古籍书店 | 老二

DUKU
读库
2004

主编 张立宪

新星出版社 NEW STAR PRESS

DUKU	责任编辑	杨　雪
读库		许　禄
	装帧设计	艾　莉
	图片编辑	黎　亮
	美术编辑	耿　冰
	责任印制	包伸明

特约审校：马国兴 | 李英子 | 刘亚 | 潘艳 | 黄英 | 吴晨光

目录

1 阿来和他的嘉绒藏区 ················ 阿 来 张同道
丰富和广大,不是规定性的。

113 "粉戏"新演 ················ 吴 钢
我拍摄的最早也最为精彩的《战宛城》演出。

150 红星照耀铁十字 ················ 徐 辰
苏联红军使用的德国坦克装甲车辆。

198 大片泡沫 ················ 王 宇
这是一个关于野心的故事,在乐观情绪弥漫中国电影业、泡沫最盛的2014年。

235 在花木掩映也唱不出歌声的枯井里 ················ 晨 星
一个十九世纪的医生,运用数据分析解决了疫情。

280 用真实的数据来骗你 ················ 克 韩
《如何用统计撒谎》的首次出版时间是1954年,但这不意味着它已经过时。

310 诗人的"精神指纹" ················ 杨 浪
《献给第三次世界大战的勇士》一诗的作者究竟是谁?

阿来和他的嘉绒藏区

阿 来 张同道

丰富和广大,不是规定性的。

阿来,四川省作家协会主席。1959年出生于四川马尔康县(现马尔康市),主要作品有《梭磨河》《旧年的血迹》《尘埃落定》《空山》《格萨尔王》《瞻对》《蘑菇圈》《云中记》等。2000年获第五届茅盾文学奖。

2017年1月24日—28日,2018年7月22日—30日,纪录片《文学的故乡》摄制组两次跟随阿来回到故乡阿坝嘉绒藏区,其间边走边谈,所有访谈都是现场进行的。

梭磨河

地点：四川阿坝州马塘村阿来家门口，梭磨河边

张同道：梭磨河是从哪儿发源的，流到这儿大约多长？

阿来：可能有五十来公里吧，是从草原发源的。这条河很短，加起来就一百多公里，然后汇入另一条河，就叫大渡河了。这是大渡河的三条上游支流之一。

张同道：你从小就在河边？

阿来：对。鱼有，但水很冷，而且这么清澈，几乎没有什么营养。它的上游还有大鱼，因为在沼泽地里，水很肥，那些鱼能长到两三斤。到我们这儿，都是石头的河床，没什么吃的。有一种无鳞的鱼，叫裸鲤，算鲤鱼科，但是没鳞，也没人吃。我小时候，夏天的水没有那么凉，鱼会游到浅的地方来晒太阳，水也冷，就抓一些玩儿。最多河边生堆火，烤两条，都是刺，没什么好吃的。

张同道：你最早有一本诗集就叫《梭磨河》，为什么这条河会在你的作品中反复出现？

阿来：我觉得所有人群的生活，其实都是水滋养的，尤其在我们山区，好像人都住在山里，其实是住在水边的，哪里有水，哪里才有人家。沿着河的平地适合耕作，这是河流的作用。

张同道：你会喝河里的水吗？

阿来：直接喝河里的水很少，几乎每户人家旁边都有一个小泉眼，待会儿我们去看我家的那个，一般会喝从泉眼里直接出来的水。

张同道：你写梭磨河，那是在八十年代，可能因为森林的砍伐带来一些环境破坏。

阿来：对，那个时候很厉害。八十年代，我们这些村子周围，每一条山沟里都有伐木场，砍树工人的数量超过当地的村民，往往一个伐木场就有几百上千人。他们在这儿，应该是从五十年代中期，就开始砍，一直砍到九十年代末。这些山其实都是砍伐过的，这是第二次长起来。那个时候看到的群山不是今天这样，满目疮痍。山上砍了树，直接往山下滑，就把一片山坡搞得很烂。山坡底下到处堆着木头，这木头其实就是树的尸体嘛，所以那个时候要用一个词"尸横遍野"来形容，一点都不过分。山坡上到处都是泥石流的痕迹，因为把植被破坏了。还好自然界有自我修复能力，息下来也就十多年，一下子当年那种让人看来很难过的景象就没有了。那时候，我总是对那种现象不舒服，就觉得一个这么美丽的大自然，我们把它变成那样。

所以不管是我写的诗歌也好，小说也好，都对这种现象有批评，或者说是一种呼吁，希望大家保护大自然。今天好像人人都会说这种话，但在当时，国家搞建设，需要木头，而对当地来说，木头可以变钱。我们这里是森林地带，家家户户都烧柴火，到今天为止还是这样，有一点电是辅助的，取暖主要还是烧柴火。但那个时候是有规矩的，几乎不会去伐大树。如果有时候烧大树，是因为那棵树已经枯死。有些树会被雷劈，或者长得太老朽掉，忽然有一天一场大雪压倒下，人们会去找这种树。如果要砍伐，就砍小树，因为伐了这些小树，第二年会在原地抽条，最多七八年又能长起来。

过去取薪柴都有规矩，今年砍这儿，明年砍那儿，过个七八年、十来年，这么大的山，回头到那儿去的时候，它已经又长好了。但是后来伐木是国家组织森林工业局成千上万人，这是我们阿坝州的高峰时期，全州不到八十万人口，其中有十万是砍树的，你想这是个什么规模。老百姓后来也想，这些树祖祖辈辈传下来保护，结果这样弄。我在一部小说《空山》里也写，老百姓也跟着干了，先是不舒服、不满意，甚至还跟森林工人起冲突。跟工人起冲突有什么用？工人也是领一份薪水，很辛苦地伐树。

大家把大片的林子砍光了，残留一点，老百姓又去弄，弄了也就是换几个钱。森林采伐是高危行业，我们这个村子里，我知道死在木头上的人就有三四个吧，其中有个还是我的中学同学。

张同道：被树砸了？

阿来：反正是死在木头上的，车祸，因为伐了还要拉出去卖。市场不在这儿，家家户户买个大卡车。但是它又造成一个矛盾，国家伐是正当的，又与老百姓的观念有冲突。过去有个规矩，这座山长森林，就由这家人来使用，别人是不会来的，约定俗成。但是现在你一来，说这些都是你的。所有都叫国有，土地就是国家的，树是国家的，跟当地老百姓的观念完全不一样。老百姓就说对啊，国家砍，你们砍，那我们也去砍点儿，你发大财，我发点儿小财。不行，乱砍滥伐蹲监狱。我弟弟都坐过那个拘留所，我还去送东西。

全村心态就变了，那个时候很疯狂。但是现在慢慢慢慢变回来，其实国家制定了好的政策，老百姓又回头来珍惜这些。过去我们家很糟糕的，出门是个水塘，山上砍树，一下雨就往下冲泥土石头，就把水塘都填平了。原来很漂亮的水塘，小时候我在那里头淹到过，因为时间久了，底下有淤泥，几岁的时候，下去就起不来了，幸好旁边还有大人，不然就真淹死在里边。水塘淤了，没多少年，你看那些痕迹一点儿都没有了。后来老百姓也认识到，说他们搞糟了，工业局会走啊，我们得在这儿，是不是？

张同道：你小的时候，这一片林子有什么？河的两岸。

阿来：河的两岸有更大的树，现在就剩下一点点，我老父亲很顽固，不让我们动。原有很大的树，老百姓说可以挣钱，它们就在家旁边，不砍白不砍。但是我父亲说，你们要弄，远点儿弄，这几棵树你可不能弄啊。

张同道：他是想把它保下来，让自然和谐。

阿来：河流两岸，所有人烟都是顺着河流分布的，即便是高高的山上，你看到一户人家，那旁边也一定有个泉眼，不然他不会去住，他到哪儿取水？

张同道：这条河后来就流进了你的文学。

阿来：对。小时候就觉得，使所有这些美丽起来的，就是水，就是河。我们的生活，至少磨坊是水推动的。六十年代开始修小水电站，我父亲还是水电站的发电员，我还经常跟他睡在水电站。过去粮食脱粒，也是靠水来带动。没有电，脱粒机也是靠一个水轮来带动的，其实跟推磨的原理是一样的。

张同道：你有没有顺着这条河，走过附近的村寨呀？

阿来：我走通过大渡河的，徒步，中游。我从泸定，就是长征飞夺泸定桥那个地方，去上贡嘎山。下了山，大家就坐车回成都。我突然想，回成都干吗？背着包就开始走，也没想过，没有计划，就把皮鞋脱了，反正那个皮鞋也不好，在商店里买了一双旅游鞋，就开始走。

张同道：走了多久？

阿来：一段一段走的，一走就走了十几天，一个村庄一个村庄。那个时候，其实我已经写过《梭磨河》那些诗了，但是我觉得好像自己对河流的认识，直接的感受没有那么强烈，就从下游往上游，一天一天走，一天一天走，走在路上。那个时候鞋质量不高，再买一双鞋，换上又继续走。我在一本书里写过这个经历，叫《大地的阶梯》。

张同道：如果说选一条河作为你的文学的河流，你会怎么选?

阿来:梭磨河。尽管短,但它是文学中情感的力量。

张同道:阿来的河流。

阿来:它从高海拔将近四千米的地方发源,那里完全是草原牧场,藏民讲另外一种语言。逐渐农耕开始出现,然后一路往下,品种越来越多,果树开始出现。出现任何一种新的作物,首先影响当地人的饮食,饮食一旦受影响,又扩张开来,影响到生活的别的方面。

村庄

地点:马塘村山上的茶马古道驿站

张同道:你说的那个废弃的村庄就是这一块吗?

阿来:对,甚至不是一个村庄,是"茶马古道"上的驿站。因为上面是三千八百米的雪窦山。那个时候翻山下来做生意,其实规模很大,几十头牛,或是上百头,驮东西,进来的最大宗的东西就是茶叶,还有一些工业品,布匹啊,点灯的灯油。出去的一类是兽皮,牛皮,羊皮,牛毛、羊毛,还有就是各种药材,珍贵的有虫草、麝香,当然还有一些更大众的药材。过去这条道上的车马是络绎不绝的,人跟牛一队,一天就走四五十里地,路难走的地方一天二三十里。驿道上这样一个小集镇，过去是一条街，其实就是大路两边盖房子，有些商铺、饭铺，但主要还是客栈。那个时候的客栈，住人的门小，后院很大，来往的牛马都要吃东西，白天走一天，晚上喂草料，都在后院里头。

我看过一个最近的资料，民国三十七年，1948年，有一个文人从这儿过，对这个地方有记载，说有二十七八户人家。那个人工作做得很详细，他调查的哪一户人家，现在他们后代都还在，所以他们的祖先我们都知道，好多其实再往上数都是亲戚。但是五十年代一解放，公路一通，古道就废弃了。一废弃，原来这些经商的人，生活就失去着落，有一部分是从内地来的，少部分回老家了，但大部分人还是在这儿慢慢往外移，因为这个地方海拔比较高。往外移有两个原因：一个是到海拔低一点、适合开垦土地的地方，过去经商的，现在就变成农民了。

第二个原因，人都是往交通方便的地方走，大家都要搬到公路边去，但这里一直也有好几家人。我们小时候还有七八家人，一路可以数下去，现在每一家的位置我都想得起来，最后一户人搬离这儿不到二十年。所以那个时候有好多空房子，但还叫哪家哪家。我们这儿的房子是有名字的，藏民都有一个词，房名就是家族名的意思，也就是汉族的姓，我们是认房子，你是哪一家房，哪个房子出来的，意思就是你是哪个家族出来的。慢慢的，这个地方就逐渐衰落了。

张同道：原来你们家是不是也在这儿经商？

阿来：我们没有。我父亲是外来的嘛，我妈妈家是外面的农民，不是这街上的。农村嫁来嫁去，我们家的兄弟媳妇，原来是这老街上的。

张同道：你父亲到你爷爷，原来不是做生意过来的？

阿来：我爷爷也是生意人，但是不在这儿做，在别的地方。我父亲是因为认识我母亲才到我们这儿来的。我父亲是外来人，我母亲是当地人，村子里的。我父亲那个时候算是出身不太好，我们那个地方解放的时候，就算家破人亡了吧，他大概十五六岁就参加了解放军。那时候藏区很不安定，打了好多年仗，他一直是一个骑兵部队的士兵，干了六七年，还被分配了一个乡干部的工作，就在我们老家那个乡，跟我妈妈结婚，有了我，我那个时候还是城镇身份。我是1959年出生的，所谓三年自然灾害嘛，国家负担不起，就让很多已有国家编制的人回到农村，所以我父亲又失去干部资格，我们一家人，包括我就回到老家，我妈妈那个村子，成为农民。过了好多年，他们这些人，有人找政府上访，要恢复身份，有些人也成功了。但是我父亲问我，我说算了吧，我养你。你问问过去跟你同事的那些人恢复工作以后，挣多少钱，我先付你这笔钱，然后我再给你增加一点儿烟跟酒。中国历史上总有一部分人作为牺牲品，作为代价。

张同道：没搭上车，被车甩下来了。你小时候经常在这一带活动？

阿来：经常来。因为那个时候是人民公社时期，所有人是一个大集体，沟里也有一些土地，需要集体劳动。今天说到这块地来收割，来播种，那么大家都到这块地来，不管走多远。那个时候效率很低，走到劳动那个地方经常要五六公里，到了休息一会儿，没干多少该吃中午饭了，吃完午饭先休息一会儿，再干，还要走好几公里回家。而且是在地头吃，到别人家里多烧两壶茶。每家我们都去过，干粮自己带。那个时候，沟里还有六七户人家。

张同道：那个时候，你在这道山上打柴、割草？

阿来：打柴是必修课，割草也是必修课。不只是冬天，夏天也要烧火，冬天更要取暖。还得出来劳动，给生产队干活，但是有空时，看见路边有什么干柴，大家都会捞一把背回去。割草干什么呢？牛冬天很难过，光吃这些是不行的，所以春天夏天的时候，有些地方草好的，长到半身高，割草晾干，一捆一捆捆起来，就挂在大树上。村子里都有大树，大树用来晾干草，因为又通风，又能遮雨，滴水不漏。有时候我们在外面露营，比如上山采药，如果没有帐篷，没有房子，就睡在大树下避雨，生堆火就可以了。

张同道：你以前还上山采过药材？

阿来：什么都干过，捡蘑菇，背后就是我们这个村蘑菇最多的山。再进去两三里地吧，上山放羊。对面那些草坡，那些山，我全都去过，采药、放牧。

张同道：你一边读书，一边帮家里干活？

阿来：农村对小孩有个要求，能动以后，就都帮家里干活。去山上采野草喂猪，野菜出来了采野菜，蘑菇出来采蘑菇，然后满山去捡柴，把柴背回来，各种活都干，包括地里的活。但是我一看到有字的东西，找个地方藏起来就读，我妈妈就不高兴，说我们这个大儿子懒。她认为我是在偷懒，我父亲不吭气，假装没看见。但是我觉得我父亲好像是高兴我这么做。

张同道：你那阵就很喜欢读书吗？

阿来：喜欢。

张同道：没时间读？

阿来：主要还是没书读。那个时候，我没读过什么书，就看报纸。村里，尤其是小学会订一两份报纸。现在他们有些时候说讨厌看报纸，我说我不讨厌，什么消息都可以看，只是怎么看的问题，对吧？

张同道：你主要看什么报纸？

阿来：《人民日报》《四川日报》。

张同道：正好是"文革"时期吧？

阿来：我们刚好是"文革"开始的那一年，开始在村里上小学。

张同道：那这些文字的文体文风对你后来的创作有影响吗？

阿来：我觉得没有，主要是认字。但是呢，后来回想起来，也能够理解，要做什么样的事情，说什么样的事情，要达到什么样的目的，必然就要一个特别的文风。即便是"文革"中那些文章，有些还是非常雄辩的，没道理要说成有道理。有些时候仅从写文章来讲，也有好文章啊。当然只是意思不对而已。

张同道：你上山有没有发生过危险的事情？

阿来：山上野兽很多，遇到过熊，遇到过狼。在我们村里，我知道有一两回野兽把人伤了，前提是他们去打猎，先把人家弄伤了，它才反扑的。我们经常徒手上山，小孩满山跑，没有听说过谁被什么野兽咬了，吃了。过去经常见到，后来越来越少，现在又慢慢开始恢复了。

张同道：有没有比较好玩儿的？

阿来：也没觉得特别好玩儿，就是很正常，上山肚子饿，小鸟啊，野兔啊，那个时候还可以带猎狗，猎狗帮你追，它跑不动了，你把它捉来。还有一种雪雉，雄的羽毛非常漂亮，现在是国家二级保护动物。那个时候山上一下雪，雪太厚，它是靠刨草籽什么的吃，没吃的，就下山来。野鸡有个特性，下山可以飞，也可以跑，但是往回走，它飞不起来。山边都是一排一排栅栏，野鸡下到河谷里了，栅栏都安上套索，从下面往上追。上坡，很多野鸟是飞不起来的，遇到栅栏，它只有找个空隙钻，一钻都钻进陷阱了，下一场大雪，可以抓到好多只。那个时候吃的东西少，这算吃点儿肉。有些时候甚至野外生堆火烤了，半生不熟就吃。

张同道：主要种什么庄稼？

阿来：山下种庄稼，山上放牧，每家人都是，半农半牧。我们这儿海拔高，过去就是青稞嘛，豌豆、小麦都不太种得好。小麦生长期比大麦、青稞要久要长，但是我们这儿九月份可能发生霜冻，霜冻的小麦不能成熟，产量很低。当地就不种粮食了，种蔬菜，有几种蔬菜长得特别好，能供应大城市。而且这些蔬菜跟内地的季节又是错开的，晚一点儿，甚至晚几个月，大家就很稀奇。高原上要么什么都不长，但是一旦某种东西可以长，品质一定比内地好，当地的土豆品质非常高。

张同道：你记忆中小时候挨过饿吗？

阿来：挨过。

张同道：是个什么情况？

阿来：人民公社一年分给一家人就那么多粮食，一般来讲是不够的。当然我们倒不至于说这顿吃了，下顿就没有，但是每一顿会少吃点，掺杂别的东西多一点儿。我们去爬山放羊，就给带点东西，爬山耗体力，劳动量很大的，羊满山跑，要去看住。早上吃那点东西，可能两个小时就没了，就再带一点儿，也不会带太多。上学的时候，第二节课肚子就已经空了，因为那个时候上学还要走路。

张同道：带什么吃的？

阿来：就是麦面做的烧饼，再不行，煮几个土豆。到底地广人稀，比起内地的艰难程度，还是稍微要好一点儿，而且那个时候也不觉得，因为大家都一样。

张同道：能吃到肉吗？

阿来：少。家里粮食少，喂一头猪，也不会长太大，但这头猪就是这一年的肉。生产队也会杀几头牛，一人分几斤牛肉，很快就吃完了。

张同道：那时候有没有想，我长大了一定要离开这个地方？

阿来：太小的时候没想，上学以后肯定是。

张同道：你上中学就离开家了是吗？

阿来：对，因为中学不在当地嘛。中学就很简单，也不像现在的学校这么好，就是一个乡校，那个时候叫戴帽子初中。本来我们可以到县城，但上头要走五七道路，就说不用来县城，我们给办，结果师资都不行。当然更重要的是生活条件很差，就是腾了一两间教室，大家住在一起，有个简单的伙房，有时候还吃不饱。有一阵子我们自己做饭，就还可以。到中学是配粮食，一个月三十斤粮食，伙房还会克扣一点儿，还是吃不饱。

张同道：从家里带粮食吗？

阿来：国家配，因为上了中学，家里就不给分粮了。

张同道：你才那么点儿就会做饭，十多岁嘛。

阿来：没办法，因为自己做，半斤米就真能吃到半斤。但如果吃伙房,跟今天不一样,伙房师傅是一定会克扣的,那可能只吃到四两。反正那个时候也没什么菜,也没别的东西,就煮一碗饭。

张同道:就是干米饭?

阿来:有菜也是随便一点儿咸菜,诸如此类的。

张同道:你当时上学的地儿就在现在官寨旁边?

阿来:对,就那条河边,现在学校已经没有了。

张同道:那时感觉生活很苦吗?

阿来:当时不觉得,什么都是现在回想起来的。当时不像今天,有人过得很好,有人觉得苦,是因为看到别人过得很好。那个时候大家都一样,不太觉得。

张同道:你在那儿上了几年?

阿来:初中。

张同道:就读了两年。

阿来:学制要缩短,教育要革命,毛泽东说的。也没怎么上学,天天劳动。

张同道:上什么课呢?

阿来:说学工学农,工没地方学,就学农,天天帮生产队去劳动,干农活。因为不想劳动,劳动饿得快。说中学要开课,语文课当然可以,政治课当然可以,数学课还勉强,化学课干什么?去农村做肥料,就是割青草,把东西堆在一起,这不是化学反应吗?物理课,说去看拖拉机耕地,拖拉机在前面耕了,翻起来的石头杂物要拣干净,大的土坷垃要打碎，所以还是劳动。

张同道：上完初中，你就回来了？

阿来：城里的念了中学都要下农村，那我们念什么去啊？第二个呢，所有人家子女都多，我是老大，老觉得应该帮父母了，不应该老去读书，因为读书多多少少要花钱，然后家里还帮不上。那个时候我们也不知道要高考。

张同道：你回家多久，才有机会到水电站去？

阿来：就两三个月时间。我们回家那一年，毛泽东逝世，我现在记得在我们大队部晒场上搭了一个灵堂，白天就让大家在那儿哭，晚上让我们这些人站岗，给一支步枪，站在遗像前面，但是步枪里没子弹，空枪。

后来说有个地方修水电站，要民工，我马上报名。人家说你去不行吧，民工很苦的，抬石头，挖土方。我说不管了，我要去。那时才十六岁多。

张同道：为什么要去？

阿来：1976年我初中毕业，一想家里边也穷，然后城里的知识青年人家都要下乡，我想他们都没指望了，这个书还念什么啊？那个时候我们读书，也得一个月花二十来块人民币。父母挣工分，一天才挣几毛钱，说那就算了嘛，回去，命不好。

回到农村里，又觉得念了书，农村里这个日子没法过，永远都是、天天都是那种样子。听说有个地方修水电站，每个村要派民工，很多人不愿意去，我说我去。那个时候一想，外面再坏，肯定都比这个地方好，因为"文革"期间乡村的生活已经坏到无以复加的地步。你想象不出来，那个时候想象的不是家乡好，而是想象不出世界上还有比这个地方更坏的地方吗？不可能有。

那个时候是阶级斗争的年代，总有工作队下来，辅导大家互相斗争。我们这个村呢，过去都是经商，好多家庭，一捋吧，都有点儿说不清楚，很少有苦大仇深的。贫下中农，虽然当时已经过得非常悲惨了，好像说起过去，还都不一样。一个月一个农民配二两白酒，都不拿回家，打出来，一家人就一斤多，供销社前头一块草地，供销社也就是一个石头房子，拿出来，整个村子的男人们围坐一圈，酒倒一碗，转圈，爱喝的人就喝大口，不太爱喝的喝小口，喝点酒就话说当年，因为眼下没什么好说的。话说当年，老子骑一匹高头大马，赶了几十头牦牛，光是牦牛背上这个东西就值多少钱。老子还背一把英式快枪，当地把步枪叫快枪，遇到什么事情，怎么对付的，跟眼下生活反差很大的。

张同道：那时候常常听到他们讲这个故事吗？

阿来：不常讲，不喝酒的人也不敢讲，经常搞运动，问你过去干过什么事情没有。这些都被看成不好的事情，说经商，那不是剥削人吗？开店，也是剥削阶级，老跟你算那个账，所以不到特定的时候，大家都闭口不谈，整个气氛很压抑。本身非常近的人开始互相提防，甚至有些时候也难免互相揭发。

这背后还有一片地，要翻山过去。你想我们从村子里出来，翻到那个地方就快吃午饭了，还能劳动多大会儿？有一次割草，割完在树上晾，我就从树上摔下来了，摔脱臼，是我们村的赤脚医生把我背下去的。

过去这些地都有名字，这有一块地叫市场。不光是住店，市场是专门做交易的地方。这儿叫营房，清朝的时候，因为这是一个要道，驻扎绿营兵。每块地的名字就是过去这里的机构的名字，或者是某一家族，比如说下面有个地叫潘家地，就是潘家的地。上面还有一块菜地，叫头人的房子，是黑水的一个头人盖的。还有一块地叫学校，也是一块地。

张同道：你记忆中的村庄是什么样？

阿来：我们那个村子人很少，我出生的时候可能不到三百人吧，二三十户人家。人口很少，但地理很广大。现在纵贯村子的公路里程将近三十公里，两边是雪山，中间一个山谷，这样一算，那得有两三百个平方公里了。现在说藏区每平方公里几个人，真是这样。

张同道：半农半牧。

阿来：对。你看夏天山谷里平地上，种麦子，种青稞，然后花两三个小时爬到山上，穿过森林地带，海拔上升一千多米，就到了高山的草甸，那个地方就是我们的牧场，每家人都有自己的牛群、羊群。

水电站-高考

地点：阿坝州松岗水电站

张同道：你当年来这儿工作，是什么时间？

阿来：1976年冬天吧，我1976年初中毕业嘛。

张同道：主要做什么呢？

阿来：那个时候都没有机械，这个工地上，我记得有两万来人。这几里地全是人，各县各乡组建一个民工队。

张同道：你才十几岁？

阿来：十六岁。来了呢，都干粗活。粗活干什么呢？引水渠一直到电站，沿途全是挖引水渠。原来公路在下面，要把公路改建，就是挖土，抬土，抬石头。

张同道：你受得了吗？

阿来：受不了也得受，而且得慢慢慢慢干。刚开始吃不消，但劳动还是锻炼人，慢慢慢慢肌肉也结实了，能挑能扛，能锤子打。但后来来了一批小型拖拉机，可能有二三十台吧，说要抽调一些拖拉机手。当时民工队里有些人是会开拖拉机的，第一步当然选的是这些人，第二步说还要有文化的。民工队伍里头，初中生都很少很少，我们那个乡的队里大概就我一个，而且也没考试，就是来个干部跟我谈话，而且干部级别还非常高。

我记得是个山西人，说，小鬼，听说你上过中学？

我说上过。认不认字？认字。顺便身上掏了一张报纸，你跟我念一段，就站在工地上，我说行，我给你念一段。你每个字都认识？我说是。那写字怎么样？工地上没纸，不是流行戴解放军军帽嘛，的确良军帽，我也有一顶，那个时候就怕别人会偷你的帽子，我的帽子里面就写了字。我把帽子脱下来，翻过来。他一看，说你字还写得好。说，想不想学技术？我说，想。能不能学好？我说，当然能学好。他说了，回去卷铺盖卷。其实就是从这个工棚——都是席子搭的，顶上是油毛毡，七八个人住一个大通铺——搬到工程队去。那个时候说工程队就很了不起，一个是干技术活，第二个，虽然还是民工，但每天另外有补贴，民工队是自己做饭，我们就可以在伙房吃饭了。

张同道：吃的东西也好些？

阿来：一周可能吃两次肉嘛。粮食要多一些，一帮人挖土，挖的土就装在我们的拖拉机上，拉得远点儿倒掉。说我们的粮食是按重工几级配的，四十五斤，那个时候吃肉少，人正能吃。

张同道：所以这叫技术活，原来那叫粗活。

阿来：确实是技术活。我们到每个民工队去，他们都想我多帮他拉一车，我吸烟就那儿学会的。民工队会有一个人专门伺候你，怎么伺候呢？一盒烟，一个暖瓶，暖瓶给你泡一杯茶，一旦歇下来，你跑回来，这边民工正在往拖拉机上装土、装石头，赶紧就给你点一支烟，赶紧把茶缸子端给你。他其实就想让你多给他跑两趟，如果不伺候，那跑得慢点儿，或者早半个小时下班都有。

张同道：你拉一趟就省他的劳力了。

阿来：那当然是，拉一趟起码顶上百人挑啊。因为都是要检查的，必须挖深到几米，宽到几米，必须完成这个土方量。挖了又不能倾倒在原地，不然又把河道堵了。

张同道：你就是在这个工地上参加了高考？

阿来：对，我1976年底来，1977年也是冬天，一年以后。这个地方正在下大坝，挖得很深，因为把机位下很深，冬天就三班倒。冬天水小了嘛，好施工，但仍然有很多水，几十台抽水机排开抽水，然后灌混凝土，我们就一车一车把混凝土拉来，倒下去。有一种电动的搅拌棍子，整个响，而且还冷。那时候水泥没有现在先进，周围山里拉劈柴，点着大火烧，能把局部的气温大概提高个两三度。

那时候刚刚粉碎"四人帮"，高考通知来了。队里跟我们说要是不走，大概一两年，就可以转成正式工人，说修完这个电站再去修另外的电站。

有一天晚上，说县城在报名。这儿隔县城是十五公里，没汽车，晚上我是十二点下的班，下了班吃点儿东西，借一个自行车就骑半夜进城等天亮。结果到那个地方说，报名时间已经过了。但那个时候规章制度大概没有那么严，我就在那儿不走，要报。后来旁边一个人说，人家不就是考试嘛，考得上考不上都不知道，就让他填一个表嘛，才过两三天是不是？就真让我填一个表，填完表说你回去吧，哪天来考试。

我回来不敢说，那个时候要说想走，不热爱劳动，是不对的。天天还是一样的，大冬天，在河边劳动，回去就睡觉。也没复习资料，也不知道复习什么，反正想管它呢。到那一天，又是晚上加了班，工作服都没换，开拖拉机很脏的，一身都是油，又骑个自行车天亮进考场。考了两天吧好像，考完回来继续劳动。结果过了几个月，三四月份，通知来了，所以我在这儿大概待了一年半的样子。

张同道：就是马尔康师范学校。

阿来：对，我本身想走得更远，报的是地质学校。我记得有两所地质学校，一个在昆明，一个在长春，因为我觉得地质学校肯定走得很远，那个时候特别想离家乡远一点儿。结果没来，左等不来，右等不来，最后来了一个通知，当地的师范学校。而且那个学校就在我过去上的中学旁边。我上中学的时候，那个学校开始第一届招生，我们去大概就第三届的样子。那个学校，不想去，我还磨蹭了一阵子。后来是工地上一些搞技术的人，说无论如何还是要读书，你还这么年轻，还考上了，我们都想不到你会考上，那得去读。是这些人劝我，因为这些人都是有文化的人，我才去的。

张同道：你们是春季入学吗？

阿来：春季入学，我入学是四月份，快五月。

张同道：你们那个班叫文史班？

阿来：文史班。那个时候非常缺师资，所以我们开班的方式又不一样。我们是直接考的中专，因为我想我初中毕业，不敢报大学，就直接考中专。但是我们那个班，绝大部分是考大学没录取的，但是觉得单科，某一方面成绩还不错，那么我们要成立一些专业班，专业班就是应对阿坝当时缺师资，尤其是缺中学教师，到处又都在兴办新的中学。我们进去学的是相当于大学专科的课程，但就只学两三种，语文、历史，当然因为学师范嘛，还要学点教育学，诸如此类。我们班上五十来个人，只有三个像我这样是初中考中专的，那就是成绩相当好了。

张同道：其他都是高中毕业。

阿来：别的是大专、大学没有录取，降下来降给我们。

张同道：这几十年，你的命运发生了很大变化，今天到这儿有什么感触吗？

阿来：也没什么特别感触，我就觉得时间好快。我刚才说的那些情形，好像就在昨天一样，那些人、当时的那个情况都在。但我只看到，这棵树这么大了，原来刚挖平的时候草都没有。过去我们在那儿搭席子铺，现在松树都成林了。

张同道：树犹如此。

阿来：人何以堪。

教书-写作

地点: 马尔康中学

阿来:一点儿都没有了。

张同道:房子没有了,是吧?

阿来:操场还是原来的位置,原来这儿是一栋教学楼,台阶那儿过来是一个平房,我们单身的年轻人,刚来的都住在平房宿舍。教学楼的旁边是学校的图书室,我在这儿倒是读了不少书,我1982年到1985年在这儿。这旁边是个四合院,我们住到四合院里,也是平房。这些房子没有变,看得到山下,拉个铁丝网,怕学生打球球飞了。那个时候,每天吃完饭,从这背后就上山了,上坡。

张同道:当时教室在什么地方?

阿来:就是现在看台这儿,是个三层楼。

张同道:你是从脚木足中学调到这儿来的?

阿来:我师范毕业分配在一个更远的地方,达维,都不通公路,走三天才能到。在那儿一年,然后调到中学,在这儿有两年多。1980年到1985年,就是这三个学校。在这儿长一点,接近三年。

张同道:你在这儿教的是高中?

阿来:高中,先在那个乡村教小学,到后来教初中,到这儿来就教高中,因为那个时候师资比较强的少,"文革"刚结束,所以到处招老师。那个时候高中还是两年制,我们有一个组,相当于始终教毕业班。好点儿的师资都放在毕业班。其实那时候规模也不大,只有两个班,一个理科班,一个文科班。

张同道: 你是教历史的?

阿来: 对,我教历史。其实也在初中部教,同时在初中部教语文课。

张同道: 你的一些老学生都讲,你在学校还是个传奇,上课不带书。

阿来: 对。因为那个时候教历史,薄薄的就那么几本书,但是背后还有本书叫教学大纲,每一节课重要的知识点,要给学生讲什么,结合着教材,就很明白。而且文科的教学,那个时候我就觉得有问题,那些字谁都认得,还把它翻来覆去讲,没法讲。你说陈胜吴广起义,多少多少年,怎么讲?写明白了。目的是让他记住这个事情,对吧?但我们那个时候,老讲意义,所以我就想脱开课本,自己摸索。与其照本宣科,不如扩张他们的知识。我就想把它扩展开来,讲得生动一点儿,比如要讲一场战斗,我会给他们画地图,而且地图不是预先画好,而是根据他走到哪儿,打到哪儿,把地图画出来,逐渐成型。那不代表我不认真,其实我很认真。理科我不懂,就说我对现在的文科教学,有些做法是不太赞同的。

张同道: 其实教学也要改革。

阿来：对，既是基于课本，又要脱离开课本。现在文科学生有些不爱学，因为都写得很明白，老在翻来覆去讲，而且讲那些本来没有、被挖掘出的很多意义，其实那些意义是没有意义的意义。不如历史就讲大量的人物史实、故事。中国人懂历史都是从故事开始的。

张同道：仁者见仁，智者见智。

阿来：对。意义是规定的，又不是说我们开动脑筋，自己讲个意义。教学大纲规定，陈胜吴广农民起义，就三条意义，那就讲三条，不能讲偏了。最后不是背史实了，是背意义。历史变成背意义的时候，它就没有意义了。

张同道：这个话说得好。

阿来：那个时候我二十多岁，但确确实实自己读书。我没有受过特别专业的训练，但正好是自己读书读出来的感觉。要是按照那样一个方式，教语文也一样。你说一篇语文课文，讲生字，但是教会了拼音字母，发给一本《新华字典》之后，上一堂课还讲二十分钟生字，没有意思。

张同道：不考虑学生的学习能力，就灌输。

阿来：就让学生自己查拼音，这是什么音，这是什么意思。古人也说过，读书百遍，其义自见。但是我们语文课也是糟糕，这篇文章的意义，不由我们自己来理解，也是教学大纲里规定的，老师就要按照这个写成教案。后来我都遇到过这种问题，我写的文章，编到学校教材里去了。家长说，哎老师，我们认识啊。把小孩带来说，你给他说说你文章的意思，我肯定不敢说。后来问那个小孩，你们老师怎么讲的？

张同道：他们讲了你文章的意义。

阿来：不是我理解的，我都没想透。高考也出现过这种情况，说选了某作家的文章，怎么分析，最后让这个作家自己去答，不及格。过去我们这儿乡下，都是妈妈嘴巴里嚼嚼嚼，吐到孩子嘴里，哺育这个词是这么来的。长大了他自己能吃了，还这么嚼着给他？文科教育这样办不应该。

张同道：你在这个学校还是很有收获的。

阿来：找了个老婆。

张同道：据说这也是——在当时领风气之先了。

阿来：也没有吧。

张同道：我听你的学生说，看你们俩拉着手去散步也是一道风景。

阿来：那个时候我们所有人，散步不是往街上去，背后有一条村道，对面山坡上有一个寨子，而且周围都是很好的自然环境，我们都是沿着那条路散步。当然我们都以为走到田间野外了，拉拉手。最后学生都在楼上看着，可能也是他们比较喜欢的。那时我二十一二岁，学生十七八岁，中间差距都很小。学生们玩弹弓，打水枪，上课收起来，放一桌子。一下课我先给他们打过去。上课是上课，下课了大家一起玩。在全校，我的课堂纪律是最好的。甚至有时隔壁班的学生闹翻天了，我还会停下来，到隔壁去维持秩序。

张同道：我估计是你当时这种新的方法，也包括对学生的态度，让学生感觉没有威压，不刻板，所以能接受你。

阿来：反正学生都很听我的。我老婆第一次对我感兴趣，缘于她每次从我的教室窗户前过，只有我的声音，学生鸦雀无声，除非我要他们说话。

张同道：这也构成了你们爱情的起因。

阿来：她觉得可能这个人有点别的什么意思。

张同道：是不是从这儿开始写作？

阿来：对，我来了一年之后。七七级第一届本科生毕业分配，一次来四五个，我们依次住在那个平房里，从里到外。当时他们学不同的专业，学地理的，学数学的，也有学中文的，但无一例外，所有人都是文艺青年，都在写作。那时候我整天上街，看有没有新书。图书室大概有几千册书，有些我当然仔细看，每一本都过过手。

张同道：第一次看到那么多书。

阿来：那个时候，我还是读历史，读古典多，也不觉得当代文学好，就觉得怎么特别叽叽歪歪，那个时候正是伤痕文学，反正我自己本能地不喜欢那种调子。一把鼻涕一把泪，受委屈了，然后哭诉，我觉得这不是好的文学方式。所以还是读古典文学多，或者比较系统地读外国文学，刚好学校有。因为这是个老学校，"文革"期间封存了，这些居然还在，一开封又拿出来，大部分书没人动，只有我一个人愿意动。

张同道：你那阵是写诗。

阿来：其实都在写，后来就看他们写，写写写，也受感染，我也开始写了，就这儿开始的。

张同道：发作品是在这儿吗？

阿来：也是在这儿。当时他们觉得发表很难，也很奇怪，我写第一首诗就发表了，而且汇款单一来，五十块钱。那个时候我工资才四十多块。

张同道：是《西藏文艺》吗？

阿来：对，《西藏文学》吧，寄过去就发表。这些人说我们写了多少年了，还没有发表，在大学里就写，而且这个活还挣钱。

张同道：第一首发的是哪个？

阿来：说起来也是挺肉麻的，《高原，我遥遥地对你歌唱》《我热爱家乡》《草原美丽》之类的。

张同道：写小说是后来的事。

阿来：对。那个时候刚开始上手，肯定觉得诗歌写得更成熟一些，更好一些。因为小说是叙事文学，它的技术总是更复杂一些。但到九十年代，我觉得能驾驭小说了，慢慢慢慢就离开诗歌，不写了。

张同道：你后来调走也是因为发作品。

阿来：就是因为发表过一些作品，这儿有一个文艺杂志《芳草地》，也去参加他们的一些活动，最后1985年就调到那边去。他们就两个意思，一个是做编辑，第二个，说这么做可以有更多的时间写东西。学校教学任务很重的，要把一个班五六十个人的作业改一遍，得几个小时，每次值日生抱来桌子上几大摞本，一本一本地改。

张同道：你在马尔康前后生活了十几年？

阿来：我1982年来的。

张同道：不止，你上马尔康师范就一年。

阿来：那时候师范不在这个地方，在卓克基。

张同道：还不算马尔康市。

阿来：后来才迁到这个地方来，那个时候学校在卓克基，就是官寨旁边。我是1982年来，1996年走。

张同道：你生命中很重要的一个阶段。

阿来：十四年。

张同道：那你最早的作品，全部都是在这边写的。

阿来：至少文学这个弯是在这儿转的。就觉得写到这个程度，写了两本书，突然觉得写作好无聊。但这个说出来也不好，像剥夺了别人写作的可能性。当时我和我老婆说，我们本单位那些作家都要退休了，也没有建树，但还是吭哧吭哧写，我说难道我写作，一辈子就成为某某某？我就觉得这一生太亏了。那我随便去干点别的，我宁愿回中学去教书，因为它会产生意义，总会影响到一些人。因为文学作品、文学艺术，如果不做到一流，几乎就没有意义，因为对读者来讲，有那些一流的就够了。这样说出来，有点对人家的劳动不恭，人家也是真心诚意，一辈子这么干的，但当时确实有这样一个想法。所以1990年就开始当驴友到处走，搞调查。

读书-写作

地点：马尔康阿来家中

张同道：你什么时候第一次去北京？

阿来：第一次去北京，1985年。我的编辑说，去我家。那个时候很少在外面请吃饭。说我看你小说还行，你在读什么书？我就反问，你们读什么书啊？这样一句话两句话怎么说得清楚，他说那你去我家看看。他三十一岁，北京文化界是很领先的，他就让我参观他的书房。我一看，自己也很吃惊。我跟他们读的书没有区别。我说我读的书跟你一样，他不相信。

基层作者可能生活很扎实，但没有这样的意识，这个意识包括两个方面，一个是文体的，一个是思想的。

这些就是我当年读的书，我读的文学。我也不知道为什么，我读的文学全是这个世界应该读的那些书，读的一直是一流作品。那个时候我就读钱锺书，就读聂鲁达，就读加缪。

他们问我，你怎么读的？我说我狗鼻子尖。你想我们在书店里挑书多难啊，但我走到书柜面前，没有看内容，也没有看作者，就抽出那一本书，不会太差，不敢说最好，今天为止还是这样。我只能解释，可能老天爷觉得我们这个地方没文化，得出个有点文化的人，他愿意帮我一把吧。不然我没有办法解释。当然我可以说是直觉。

张同道：我跟很多作家谈到这个问题，我觉得所有优秀的艺术家，都是被选中的人。他不是表达自己，他是表达一个群体。

阿来：对。

张同道：我在你这儿看到很多那个时代的东西，这是《走向未来》，那一代人都要读的。

阿来：你看这些，它当时介绍的是最好的，二十年代最流行的，法国文学里最好的，但在我们这些地方是没有的。我买这些书，很多不是当地买的。比如说去一次成都，不去别的地方，我就去书店。一个月工资四十多块钱，会买掉半个月的工资。

张同道：你的文学教育事实上是自我教育。

阿来：我这个人，出生在没有文化的乡野当中，自己学历很低，其实没有受到特别正经的教育，而且那种环境，什么是文学我都没有听说。说实话，我听到把这两个字组成一个词，说世界上有一种东西叫"文学"，都是上了中专以后。

我自己觉得，我这辈子的教育其实是一种自己对自己的教育，那么对自己教育是通过什么途径呢？就是通过文学。在文学当中遇到那些最伟大的人，在文学当中遇到那些最美好的情感，在文学当中遇到那些最宽广的胸怀，就把我们从一个小地方出来的人，没有任何见识的人，更没有文化修养的人，慢慢变成今天这个样子。所以我经常说，围绕文学我就三种生活，写作、阅读、行走，三位一体。但这个过程中，其实最大的收获是我把自己变成了另外一个人，如果没有文学，这个变化是不可能发生的。从某种意义上说，文学成了我的信仰，文学成了我的宗教。

到今天为止，我还是用非常庄重的态度来对待文学，不管是我的写作，还是我读到的越来越多的作品，以及作品背后的那种人，或者说为了这些目的，我又在越来越多的地方行走、观察，这个时候已经带上一种审美的文学眼光在看。同一趟旅行，一群人去同一个地方，我得到的东西就多一些，因为我带着这样一种心理，带着这样一种期待，带着这种态度，总是去发现美好的东西，不是简单的消费，不是休闲。始终处在一种与其说是创作的激情，不如说是在学习、提升自己的过程中。而且我觉得这个过程不会结束，我二十多岁的时候是那样一种心境，今天还是。而且它确实把我改变了，不光是文化程度提高了，视野开阔了，物质生活比过去丰裕了。更重要的，我觉得是把一个人的性格都改变了，把我从一个简单的急于求成的人，变成现在可以不慌不忙，处变不惊，用非常平静的态度来感受这个世界，变成这样一个人。

张同道：你最喜欢的作家有哪些？

阿来：我自己出生在自然力量很强大的地方，还是喜欢雄健一点、壮美一点、宽广一点的，尤其是惠特曼、聂鲁达这些。惠特曼跟我有点类似，也是出身很贫寒，小地方出来的，也没怎么上过学，但就是在这种不断的游历过程当中，他感受美国，然后写出来。聂鲁达更厉害，他是智利人，智利国家多小，他把讲拉丁语系的整个拉丁美洲当成他的故乡在写作。

张同道：你说你写作时喜欢听音乐。

阿来：我第一次听贝多芬，第一次听柴可夫斯基，第一次听德沃夏克，我觉得这是音乐，我们将来写小说写诗，要写出这种味道来。我第一次听贝多芬，不是他最有代表性的作品，叫《春天奏鸣曲》，就是钢琴、小提琴，像中国人的山歌，两个人对歌一样，钢琴跟一个小提琴乐队，互相唱和。我想到的就是那种原始状态，男女在对歌，这种对歌互相激发、互相挑逗、互相诱惑，然后一步一步往最美的地方不断进入，不断升华。而且这种挑逗结果不是越来越往下，而是越来越美，越来越纯净。如果我把钢琴比成阳，小提琴乐队比成阴，原来阴阳之间还有这样一种，让彼此用这样的方式上升，而不是下降。虽然做文学的人不相信宗教，但我觉得有时候我们会有非常接近宗教的一种感觉。

张同道：情怀。

阿来：我把它叫作宗教感。我们不可能信教了，但宗教有时候会有那种很高的、接近天光的、满天霞光的感觉。如果要让我解释德国古典哲学说的形而上，我把黑格尔他们的东西往诗意方面解说，觉得就是往贝多芬、莫扎特他们指引的这个方向去的。所以我写作时，背后经常就放着唱片，其实我没认真听，但它给我营造了一个这样的气氛。当年我就坐在这张桌子上写，外面也不是有太高级的音响，不是交响曲，往往是小乐队，就是室内音乐，或者是钢琴跟提琴，或者是提琴乐队跟钢琴彼此之间那种配合感。我觉得小说中特别需要这样一种调子。

张同道：当时有没有觉得在这个地方比较孤独？

阿来：这种孤独感，我以为到了大城市就会消失，后来比如说到了成都，我发现更孤独。因为原来我们有所期待，对写作的同行，或者对更多的所谓知识分子。但恐怕我们对于生命的理解，对世界的看法，完全不一样。

张同道：我可以设想，你当时在马尔康，从文化地理来讲，这是个相对偏远的地方，你很难找到同志。你怎么接触到这样一些作品？

阿来：是我的直觉。

张同道：在写作过程中感觉好像不是自己的手拿着笔在写，而是上帝拿着你的手在写作，你会出现这种写作的迷狂状态吗？

阿来：我倒没有这么迷狂的状态，我一直期望有。因为我也看书，见过说这种状态可能会有，但一直没有出现。至少我在读书、生活当中特别有一个指引，这个指引我无法解释。我没上过大学，后来我们这一代的作家都进修过，不同学校的作家班，包括鲁迅文学院。我们这一代五〇后、六〇后作家当中，也许我是唯一没上过作家班的，因为我觉得我只要能在书店里挑到好的书，就可以了，因为书会教你。

唯一需要别人教的，就是让我挑好书。

在我不太有文化的时候，先天的，就基本会挑书了。既然我会挑书，如果一本书里有某个字我不认识，就翻《新华字典》，《新华字典》不够，翻更高级的字典，一直翻到《康熙字典》。但是我觉得，文学不能靠别人给你解读，而是靠自己领悟。之前我也遇到过障碍，就是某个字不认识，其实汉语很奇妙，你可能不认识它，但上下文一猜，就能猜出来。读不出来，但已经猜出它的意思。

张同道：语境。

阿来：语境造成你可以理解它的意义，当然你读不出它的读音，但读不出读音不要紧。我是比较认真，一定要把字典打开。

张同道：我对你的作品有两个特别突出的印象，也可以说是好奇。一个是作品中的现代意识，你的地方经验、民族经验毋庸置疑，可是从你的教育来看，你一直到写《尘埃落定》的时候，都没有走出马尔康。

阿来：对。

张同道：可你的作品有一种现代意识，不是通常说的少数民族作家，这是第一个。第二个呢，学术化，你的作品中，学术含量还是比较高的。

阿来：土司的历史有书面记载，有口传资料，这一袋资料拿到我面前，我会对这些资料有个认知。作为一个写作的人，我并不想用生活经验代替调查，听到一个故事，这个故事其实就是一个题材。但是古今中外，有什么题材是没被人写过的？现在电视剧演宫斗，哈姆莱特不是宫斗吗？其实关键是题材的处理方法。我始终认为，我很年轻的时候就懂得，让我冥思苦想，我对某个题材就会得出一个解释，而且是高于别人的解释。

对一个题材，现代社会是什么解决方法呢？用不同的学科。比如一段口传资料说，我们这儿两千年前出现一件什么事情，那么就有三个，甚至四个学科可以利用。第一是口传，考古学有没有给出支撑？因为我们这儿后来也有考古学了，也搞了考古发掘，说进入石器时代出现了陶器，真正的定居文明，那传说跟考古能不能对应上？第二个是历史学。不光是中国的二十四史、世界历史学，它对人类社会不同的文明形态进行了分析，进行了归纳，如果承认它的大方向是对的，就得把它放进这个框架里去考察，它不是独立的。

张同道：它有坐标系。

阿来：放进一个坐标里考察，一放就明白了。某个文明阶段，该放在哪一年？今天走到一个寺院里，还会有喇嘛说，我们这个寺院一万多年。如果仅仅基于自己是个藏族人，而且对宗教有一定尊重，我也愿意相信，但从整个人类史看，一万年是不可能的，对不对？必须采用这样的方法，而且最好有政治学、社会学、人类学，还有很多不同的学科。我们已经生活在现代了，不学习这些认知方法，那太顽固了。

张同道：你是通过个人的努力，弥补了这一套现代知识体系和方法论体系。

阿来：对，因为现在有方法论，就不能假装我们还生活在一个没有方法论的时代，而且这个方法论是由各种真正的学科支撑的。比如读过摩尔根的《古代社会》就明白，我们这个社会是一个什么社会，对不对？这个很简单的。

张同道：你在马尔康的时候，一是阅读，第二是写作训练。

阿来：第三是大量的田野考察。我不想用"深入生活"这个词，因为现在"深入生活"被用滥了，被用成另外一种特别形式主义的东西，所以我更愿意用学界的田野考察。

张同道：你的目的不是去做一个学者。

阿来：实证。

张同道：你是做一个作家。

阿来：我只需要部分实证，不需要全部实证。

张同道：我想这就是为什么你的《尘埃落定》出来的时候，给人横空出世的感觉。

阿来：我相信这本书里有。比如当时我读的外国有一套书，说怎么对待民间口传文学，弗雷泽的《金枝》。我的书柜里一定有这本书。

张同道：《金枝》是人类学的一个典范嘛。

阿来：那个时候读汤因比的《历史研究》，读黑格尔的《美学》。你看我这一排全是那样的书，诺奖作家的书。

张同道：就在这个小房子里，你开始写《尘埃落定》。

阿来：我一般上午读书，下午写作。每天写两三个小时，那个时候都还有上班的。三四千字吧，我一般就写两个小时。《尘埃落定》就是在这儿写的，写完了，打印出来从这儿寄出去。一个针打机，纸边上还有圈，一点，嘎嘎嘎打。

张同道：《尘埃落定》修改过几次？

阿来：没有。我大部分作品很少修改，一般都一次性成稿，第二遍是让文字更舒服。

张同道：你写的文章里讲到，你是最早使用电脑写作的作家之一。

阿来：那个时候我觉得自己可能要写长的，但怎么写长的，再让我手写，再抄一遍、改，我觉得不行。他们就告诉我说电脑特别奇妙。后来我去成都，到电脑公司一看，这一块删了，可以挪到另外一个地方，而且改一个字，别的字还在，不用重抄一遍，我觉得这个太诱惑人了。

张同道：那时候一台286，可能是你将近一年的工资。

阿来：哪有那么多工资。我一年就两千块钱吧，可电脑加打印机，那个时候是一万左右了。

张同道：哪儿拿出这么大一笔钱来？

阿来：那个时候我就挣点小钱，只要是在写作方面花钱，我太太从来不管。而且当然也有个前提，我们始终有点儿小收入。

张同道：稿费。

阿来：稿费也就一二百。发了两首诗，人家寄一百块钱来。

张同道：你有没有遇到刚开始用电脑写作的那种困惑，我看到一些作家说一用电脑就不会写了。

阿来：我买电脑的时候，已经有两年没写了。后来我觉得出了电脑这么一个新玩意，得玩玩儿。刚好家里有那么一些钱，就倾其所有买了电脑，也没写。那个时候我还读古典，从外国文学学的是观念、方法，但外国文学不能解决怎么用中文处理我们现下的经验，所以我就从古典开始读，甚至佛经。

张同道：《金刚经》。

阿来：《金刚经》那个时候就读，现在我全文都能背。

张同道：《心经》你很熟。

阿来：《金刚经》也能背，不信拿起书我背给你听："如是我闻。一时佛在舍卫国。祇树给孤独园。与大比丘众。千二百五十人俱。"

张同道：你是一个藏族作家，但你的语言是汉语，你没有用藏文写。

阿来：对。

张同道：为什么呢？

阿来：有两个条件。第一，我们的方言跟藏文书面语差异很大，可能比汉语所有的方言跟汉语书面语的差异都大；第二是因为我们是"文革"期间成长起来的一批人，藏文的基础没有学过，后来我也想过要不要学，也试着学过一段，藏族人嘛，不能不懂自己的文字，但是我觉得成本太高，而且从这个语言当中，获得的知识量跟看法不会太多，除非特别想研究传统文化，尤其是宗教文化。但我们已经来到现代社会，除了学好中文，如果我有同样的精力，假定学英语呢，是不是对个人的收获更大一些？但后来英语也没学。我对地方口语的经验很重，这些天你也听见，跟那些讲我们当地语言的人，我都尽量讲当地语言。

张同道：你的藏文，口语是没有任何问题的。

阿来：口语就是我们的方言嘛。其实藏语也跟汉语一样，有很多不同的方言。我们这个方言区，大概有七八个县，三四十万人吧，讲这种方言。

张同道：当时写作是在这儿吗？

阿来：就是这个桌子，还有一把椅子，不是这把，是一个跟电脑桌配套的。286电脑，机箱装在那儿，键盘放在下面，显示器放在上面。

张同道：你不是说还喜欢在餐桌上写作吗？

阿来：但餐桌上写作，我就要在那儿堆一堆书。我在家里老霸占餐桌，因为手提电脑挪到哪儿都一样。反正我家里人少嘛，一堆书在那儿，有时候我做点儿小笔记什么的。到今天为止，我家餐桌永远堆着一大摞书，而且不是一大摞，是非常多摞。我家的书房我很少进，很奇怪，除非要去找书，我的床头柜、卫生间、餐桌上，全是书。

田野调查

地点：成都巴金文学院

阿来：对我来说，写作是一种自我建设。叽叽歪歪写那些故事干什么？写诗就是酝造一种自己都觉得有点虚假的情绪，然后还把它抽象，用不同的形象呈现。写小说就是编故事，塑造几个人物性格。我大概从八二年开始写，写了差不多十年时间，七八十首诗，十几个中短篇小说。

1989年，我写了一首诗，叫《三十周岁时漫游若尔盖大草原》，我感觉到一个诗人已经诞生了。

>现在，诗人帝王一般
>
>巫师一般穿过草原
>
>草原，雷霆开放中央
>
>阳光的流苏飘拂
>
>头戴太阳的紫金冠
>
>风是众多的嫔妃，有
>
>流水的腰肢，小丘的胸脯

1989年，我三十岁了，出了两本小书，一般来讲算是初步成功了。出版的时候还是很盼望的，天天盼着。等拿到包裹，把书打开，突然发现自己不愿意再看了，很空洞的感觉，就觉得自己没写好。我想与其这样写作，不如过去我在中学教书，所以就背个背包，带一台相机，到处走动，做一些当地实地的调查。

从八九年到九四年，我一个字也没写过，真是做田野调查，开始研究地方史，不然写半天，自己本地都没搞明白。我经常在山里头走，突然领悟到一件事，我跟这个土地，到底有没有关系？用文学理论说，肯定有关系，但是怎么找到你跟它发生关系的方式，尤其当我们要进行文学表达的时候。这可能是笨办法，那我就去走吧，一座山一座山去爬。

我到各个县里去，第一件事就是找县志。县志读完，再去找档案馆的各种史料。有这两个基础垫底，再到民间去收集各种民间传说。地方史就是两个,一个是宗教演变,是从文化上讲;从制度上讲就是土司制度。我走访过上百座寺院,嘉绒地区是十八个土司,我研究过所有这些土司的家族,实地走访了一年半载。还有书面材料,大量民间的口传材料,其实我也不知道要干什么,但我慢慢在知道,这就是哲学问题:我是谁?我在哪里?知道一个简单概念叫马尔康,族群上叫嘉绒人,其实没有用,有用的意思是,跟自己的情感有内心联系,在世界上找到自己的位置,这个位置是要靠自己定位来明确的。

张同道: 这种意识是不是也受到了福克纳的影响?

阿来: 其实那个时候我读这类书是少的,小说我都是读个开头,读个三分之一,没读完。我觉得我肯定知道后面它要干什么,翻到结尾,果然是这样。我大量的阅读是在学术方面,同辈作家中,我在这方面的阅读肯定比所有人都多。

那个时候我开始读德国古典作品,因为我觉得他们才是非常认真地在回答这些问题。不一定都懂,但是真读。还读大量的历史,中国的历史,西方人写的历史,中国历史看《二十四史》,读西方历史更多是在学方法。

在这个过程中,就想到把自己民族这段历史搞清楚。关于民间文学、口头文学,有两个方向可以理解:一个是把它向文艺的、虚构的方向去理解,包含一些美学阐释,这个不能自己琢磨,世界上有现成的理论,比如弗雷泽的

《金枝》；还有一部分是要把这些还原成历史记载的书面史，其实有个覆盖的问题，还原历史，它是良性的。但完全靠自己的猜测跟琢磨，有些时候会出大问题。

其实人家人类学也好，民族志也好，都有大量工具方法，我也需要。

张同道：去调研的时候你还没有想到写作？

阿来：我从来都不太愿意说自己不理解的话。好比一个姑娘，你连她的名字都不知道，你说你爱她。我们大部分的爱就在那种状态，或者是我们誓言的那种爱。

我对中国古典文学非常重视，因为我觉得我们的语感是从这儿来的。不管形式怎么变，汉语的语感，不是现代文学讲的。现代文学更多是一种新观念、新方法，而语感还是从《诗经》延续下来的，从古典散文延续下来的，甚至不是从小说来的，就是从诗歌跟散文来的。

张同道：这是你的小说一个很大的特点，语言中经常带有诗化的东西。

阿来：我觉得这就是汉语的。我觉得汉语在全世界语言当中最优秀，非常多义，非常饱满，同时又非常虔诚。

张同道：不是分析性的语言。

阿来：对，声音声调都有。不像外文一字一个虫子爬过去歪歪扭扭，而是每个字都是个形象。但是现在，今天的中国当代文学书写对这个关注不多，倒是被我一个非汉族的人去琢磨。

张同道：你的小说把很多文化的东西融合在一起。

阿来：传奇性来自口传文学，而比较新颖的那种结构表达，是受西方的现代文学影响，但语感一定是来自古典汉语的。一般都说，你写过诗你语言好。我说现在一大堆写诗的人语言也不好，怎么解释？

张同道：我曾经研究诗歌，中国现代诗歌我觉得长了两个病菌：一个是新文学以来的大水词，全部兑了一百遍水的酒；第二个毒是模仿翻译诗歌，整那种似通非通的语言，不知所云。

阿来：我是非常注意。我读佛经，也是在研究汉语的变化。

张同道：很多也是口语。

阿来：它的韵律、节奏，我是考虑这个。我每天早上功课，二十分钟到半小时，读过不知道多少。我尤其喜欢鸠摩罗什。

张同道：你这么说我就明白了。其实我看《尘埃落定》的时候还有些不明白，因为那根本不是你的生活，你没在那种时代生活过，可是你写出来那么自然，就好像，用佛教来说，你曾经有一世就是土司，就在那个环境中生活。我就没搞懂你这个是怎么来的，其实你的写作方法也带有一定的学术性。

阿来：而且更重要的是，我人生在不同的阶段有不同的方向。文化认知，尤其民族主义高涨，族群关系成为今天的一个问题。文化是冲突还是融合，也成为今天一个越来越重要的问题。

我就讲不同的阶段我自己想的问题。《尘埃落定》，讲个故事还不容易？这几乎就是一个文学处女地，所有东西都没人碰过。即便有些题材被人写过，也等于没写，在我看就是没写，因为那不是一个真正的文学表达，那么它就是一块处女地，题材都很多。如果只是一味要写作，要成名成家其实比这个快得多。但问题是，我已经放弃了所有学校教育的最终可能，文学就是我的一个途径，我写的每一本书，就等于是我一段时间考虑这些问题的心得而已。我没觉得是个什么特别的文学创作。每一本书都在回答我自己的问题。一本书写完，另一个问题就要出来了。今天不管是从官方大的意识形态解读，还是学术界对于同类问题的研究，我都不可能找到现成的答案。

张同道：事实上是一种生命体验，体验出来的问题，然后想办法找答案。

阿来：不管是官方的意识形态，还是学界的学术研究，要寻找答案，就只能从这两个渠道。学界的研究好像永远没有进入这些范围、层面，它是另外一种路数。

张同道：能不能说，你的写作其实是生命自己与自己的一种对话？

阿来：差不多就是这样，就是解决自己的问题。比如写完《尘埃落定》，其实我思考的是，"除旧"就够了吗？《尘埃落定》除了旧，那么"布新"，建立新社会怎么建立？这个过程，就通过写一个村庄，我写《空山》写了七八十万字，写了那个世纪的后五十年。后来大家也觉得，它不光是一个藏族村庄，其实是一个中国农村，是中国乡村普遍的命运。我有这样一个感觉，把旧的搞掉很容易，新的建立太难，就写了这样一个过程。后来也在不同的阶段遇到这些问题。

张同道：《尘埃落定》真正打开了你的文学、你的世界，把它作为第一块石头。这第一块石头这么大个、这么成熟，但恰巧是那么多年调研的成果，一出来就是一个很完整很成熟的形态。然后你又不断开辟新领域，《空山》是时间上往后延，《格萨尔王》可以说从空间上延展。

阿来：《格萨尔王》算我写出来的新东西，藏族文化。整个藏族，老百姓还是原来那种生活，物质层面有点进步，而恐怕隔五十年、一百年，意识也没有太多变化。通过现代教育培养一批半通不通的知识分子，但是也没有走向真正的独立，没有成为独立的知识分子。如何真正具有知识分子意识跟知识分子立场，也是今天西藏现实的问题。

张同道：就像学校考试一样，ABCD摆在那儿，不需要思考，只需要选择。

阿来：英国有家出版社说，他们有个国际项目叫"重述神话"，不同国家民族的神话，用现代小说的方式来重新表达。世界上有很多一流作家都参与了，现在我也不知道他们进到哪个国家。他们说想找我写西藏,我说三年以后。他们问为什么要写那么久?我说我要用两年做调查。不光是原始材料的调查,我要把有关这个题材古今中外的研究,大概西方人从一百多年前开始做过的这方面的研究,中国学界大概从民国开始做过的这方面的研究,不光是文本,我要把拿到的研究材料全部梳理。

张同道:你的研究跟学者的区别在于,你是完全体验性的。

阿来:这个是最重要的部分。我第一趟就在外面跑了三个月,读了材料以后,又回去重返那些地方。

张同道:实地跑的过程中,有没有让你记忆很深刻的?

阿来:也不会太多。无非就是印证嘛。在藏区,在幅员广大的其他地区,其实都一样,我们整个的历史记忆都是比较差的。

张同道:下去调研,能调研到什么呢?口头传说?

阿来:口头传说,其实有些时候也是激发自己当时当地的一种情绪。

张同道:就是回到那个历史现场。

阿来:对。在那个地方,跟坐在书房里是不一样的。

张同道:《格萨尔王》是在康定这边吧?

阿来:不是,还在上游,金沙江两岸,西藏,青海,也包括甘孜的西部。

张同道:像这种调研,包括你写《尘埃落定》之前,用了五年的调研。在调研过程中会不会就有很多灵感出来？

阿来：《尘埃落定》的时候没有，因为那个时候没有想写东西，但是后来带有写作的目的，当然有。

张同道：你怎么打通历史人物、历史事件跟你的生命感受？

阿来：要让小说变成一种非常有史感的、非常正式的东西就得靠两个：一个是还原当时各方面的情况，不光是一个故事，而是生活起居种种方面。我的小说，除了人物关系不能还原，所有东西都是可以完全还原的。

张同道：包括使用的东西，生活的环境。

阿来：不会有任何虚的。

张同道：都是经过考证的。

阿来：肯定要考证，完全要重建，前期工作跟你们做纪录片是一样的。第二个，其实作家还有一个能力，就是能够把我们在社会中的种种生命体验转移到作品中的人物身上。很多人问我，小说当中哪个人是你？我说每个人都是我。我没有进去，怎么写那些？他摸到东西的感觉，那是我的感觉，哪是他的，当然我是从他的身份抒发的。西方史学界讲两个原则，我非常同意：一个是说任何历史都是当代史，一个是我们学到的方法，同情之理解。在那个复原的现场里，变成那个人。

张同道：时间变了，地点变了，事件变了，能通的就是生命体验。

阿来：我在他的身体里，在他当时的场景当中。他拿个碗，我知道这个碗是什么样子，他穿上一件衣服，那个衣服的质感、气味我都闻得到。

张同道：如果我想拍你小说中写的，现在还能找到这些遗迹吗？

阿来：有一部分有。我不搞收集，要收集当然就留下了，因为对我来讲就是我的一个过程。我绝不把我没见过的、没把握的写到里面。

张同道：你收集的大多是口头资料？

阿来：对。刚开始写作，别人写什么，当时流行什么，就模仿。但我可能觉悟比较快，觉得八十年代的写作，好像是互相模仿，自己觉得特别没意思。如果思考这个没意思的地方在哪里，肯定就是没有独特的经验，独特经验除了自己，地方经验也很重要。而地方经验肯定跟地方历史、地方文化联系得很紧密。但那个时候都不懂，不懂就跟我们的学校有关系，学校只教大东西，不教小东西。我们知道法国大革命怎么了，美国独立战争怎么了，但当时当地发生过什么事情，我们不知道。到今天为止，我们的学校教育还是这样，本乡本土的不知道。文学就是要回答一个问题：我是什么人？这个问题要回答清楚。如果不了解地方历史、地方文化，就几乎不能回答这个问题。

藏区的历史，很少写在书里，过去也很少有书写习惯，即便有书写习惯，很多时候是用藏文记录。藏文记录，第一我们没有学过；第二，它有一个麻烦的问题，就是宗教意识太强了，它把所有事情，最后都给一个宗教解释，也是一种非常意识形态的东西。因为我们见惯了意识形态是什么，最后就只好自己来做调查研究。那个时候"文革"刚过，很多当地人对这种事情是比较忌讳的，不太愿意谈。反正日积月累，零零星星，也从书本上看到一鳞半爪，但这一鳞半爪，刚好可以跟当地听到的民间传说、故事互相对应，我就这样慢慢去挖。

做文学的人，也不是做真正的历史学科考证，不一定要把每个细节都落实，刚好就在这种是与不是之间，百分之六十是，百分之四十还没弄清楚，或者百分之七十是了，百分之三十还没弄清楚。但这没弄清楚的，刚好可以用想象去填补，而这正好是文学擅长的。有时候我想，幸好没拿到那些材料，如果拿到，那可能我就变成一个历史学者了。但刚好，我们这是口传的资料，文字记载的资料偏少，而口传材料当中，其实有一大部分——后来也发现了这个问题——每个人讲故事的时候，他要加东西。讲故事的人，并不会像历史学者一样告诉我们，他其实在讲一个英雄故事，在讲一个传奇。他不由自主就按照自己的理解进行加工，不然他觉得不精彩、不英雄、不神奇。口传材料本身就跟史实相距甚远。

但现在怀疑说，文字记载的历史材料也未必可靠。文字记载最多是记载文字的那个人做了一次加工，但口传材料可能被一百个讲述人加工过一百次。这对史学造成了麻烦，但刚好这些东西，加工得越来越美，越来越曲折，越来越神奇，而这些是文学需要的。我跟好多中国作家有点不太一样的就是，他们可能从书面要来的东西多，但我耳朵听来的东西多，从别人嘴里讲出来的东西多。最后当我自己要开始写的时候，就要选择，是按书面的材料呢，还是用口传的材料？写历史，当然会偏向书面的，但我是写小说，我发现原来口头的对我更有用，审美上对我更有影响。

土司和宗教的世界

地点：沃日土司官寨

张同道：这个碉楼是什么时候修的？

阿来：清代。明代国家政权没有抵达这里。宋代有一个故事说，赵匡胤在图上一画，大渡河以西化外之地不要，所以宋代、明代，几乎是地方首领自己管理，没有国家的待遇。但清代不一样，顺治年间就把这些地方豪强收了，册封土司，比如他叫沃日土司。土司也有等级，宣慰司就比安抚司高，长官又比安抚司小。

张同道：这是个大土司吗？

阿来：中等。乾隆年间有大小金川战事，他们有参与战事，而且是帮助朝廷输送军粮。战后又给他提拔了一级，这个安抚司大概相当于六品或者五品，一直延续到解放，最后一代土司。这个土司本人性格很懦弱，但是他老婆很厉害，人很漂亮，而且精明强干。国民党要撤退，在成都办游击干部训练班，建立反共基地，这个女的到成都上游击干部训练班，蒋介石来接见。那个男的不打仗，女的就参加反共游击队，后来抵抗不住，逃到我们老家那个县，被解放军击毙在那儿。

张同道：这是不是有点《尘埃落定》里女土司的影子？

阿来：土司史上经常会出现男的不行。我们藏族这边什么观念呢，就是不把男女分那么清楚。我们的语言有点像外语，不像汉语，妈妈这边跟父亲这边，我们是不分的，不会说这是表亲，这是堂亲，所以女的掌权大家也不觉得有什么。

这是他家的藏经楼，信佛就要请很多佛经。

张同道：那些是新修的？

阿来：改变还不太大，原来院子的轮廓。汶川地震以后，加上现在新农村建设的整体打造，变化很大，但这两个留存下来了。这也是当地历史的见证。

张同道：这是你八十年代寻访的那一批吗？

阿来：十八个土司当中的一个。

张同道：你当时来看到的，跟现在有什么不一样？

阿来：这两个还是一样。这些村子没这么多人，而且房子都在周围，但是他们家原来那个老的宅院，基本上还完整的。房子已经塌了，女主人被打死了，男的也接受改造，后来也是在当地政协吧，早就进城了，好像他们也没有后代。八十年代初这个人还在。

张同道：这个楼能上去吗?

阿来：应该不能上去。我估计现在上去也是空的，那些经书早就没了。这地方很明显受了汉族建筑的影响，不过碉还是典型的藏式，但藏经楼的样式有点像内地佛教寺院的。

张同道：建筑还是好的。

阿来：乾隆年间攻打这个碉。当地人造碉太厉害了，刚倒下一座，不远处迅速又起来一座，又搞十天半个月搞不下来。俘虏了很多当地人，全部解到北京去，在香山建了很多这样的碉，让八旗兵演练怎么破，而且是八旗兵里从东北来的最厉害的索伦兵，应该是东北北边的少数民族，演练好了才开拔这么远。北京香山脚下有一个村叫番子村，完全汉化了，他们知道自己的祖先是大金川的俘虏，那个村今天也在。

张同道：冷兵器时代，这样一个碉是非常厉害的。

阿来：那时候是红衣大炮，打一个铅弹出去，小小的砸个坑。演练最后的方法，是让这些人学会爬高，口里衔着刀，要么架很多柴火在下面。但是你往上堆柴火，人家上头火药跟弓箭伺候着。相当于拿铁蛋子一下一下去砸，终于砸个窟窿出来，然后引燃炸药。但那个时候没有炸药，就是火药包，把里头的东西弄燃，其实爆炸性不强。

张同道：所以金川打得那么难。

阿来：十几年。

张同道：伤亡严重。

阿来：前线火药要运，铅弹要运，最重要的是军粮要运。一个人从成都出发，背一百斤粮走十天，路上一天要吃两斤，路上又没别的吃的，回程还要吃，所以一来一往吃掉四十斤粮，背到前线去只剩六十斤。六十斤，一个士兵能吃多久呢？那个时候一个士兵加上他的火药，还有别的消耗，要三个背夫来背。

供给线很差，络绎不绝，全是人，背粮的，背各种各样器械的，所以一路设置很多粮台，隔几站就设饮水渠，而且是六路进军。清代不是有很多买官的吗，买官的就是候补知县。候补干什么？这个时候全上来了，就管这些。那段时间，所有候补的官都找到实职了，在前线搞后勤。

张同道：有的战争打的就是补给。

阿来：古代战争就是这样，所以那么难打。当地人也懂这个，经常去抄他们的粮寨，抄他们的军火库。也有前线饿得不行了，接不上了，最后投降；有的是被诱围，后勤供应不行。

张同道：古代战争截粮是一个重要策略。

阿来：因为要一路囤粮。

张同道：那碉里头应该也是什么东西都囤。

阿来：当然囤在里头了，而且还有一种方法是利用落差。我们当地有个灌溉技术，制陶，引水。清兵过去不懂，包围着碉，你有粮食你没水喝吧？围了一个月，人家还有，还示威，拿瓢往外泼水给你看。原来陶管埋在地下，从山上引水下来。清兵还想不通。人家一桶一桶往外倒，表示你不要攻了，让你绝望。

张同道：碉都有战略工事。

阿来：有些山口有这种半人高的胸墙，石墙有几里长，中间几个碉互相呼应，但都在高山隘口上。

张同道：西索民居大约有多少年了？

阿来：没有记载，上千年是有了。这个地方叫西索，解放以前，跟土司官寨遥相呼应，居于土司官寨的下方。寨子里的人基本不种庄稼，不干别的，土司家会有很多杂活，相当于一个嘉绒的寨子里，有专门给他放马的人，专门给他送信的人，专门给他制作各种用具的人。寨子里最下层的那些人，直接伺候他们生活。除了生活之外，还有专门给他打柴的人，或者再高级一点，他们自己房间里烧木炭，也要人手。过去藏语里有个词叫"科巴"，大概就是家奴的意思。

张同道：《尘埃落定》里你写的银匠也住在这个村？

阿来：肯定是住这个村。

张同道：你当初调研的时候，这个村子还有一些传统的痕迹吗？

阿来：没有了。我是九十年代初做关于土司制度调查的，五〇年、五一年解放，多少年了，那时是人民公社的一个生产队，这里还有我的中学同学。

张同道：你读中学就在这儿？

阿来：对啊。

张同道：我上次来听到一个传说，这个村子还藏着土司官印，有这回事吗？

阿来：有可能。因为每一个土司必须得到中央的册封，换代的时候，比如父亲传给儿子，或者哥哥传给兄弟，自己传是不行的，过去有一套东西叫"印信"，还有号纸，相当于委任状，是要从北京来的。土司家传几代以后，可能不止一个印，东西流落在别人手上完全可能，因为旧的土司去了以后换新的土司，旧的印就不用了。

张同道：这里还有当年那些匠人的后代吗？

阿来：大部分应该都还没变，这里的每一家每一户基本上还是原来的人家。

张同道：有你当时那些同学的后代吗？

阿来：当然有了，只是我们那个时代都已经变成农民了。七十年代，正是大搞人民公社的时候，是一个生产队。

张同道：手艺也都没有了。

阿来：手艺消失很快，而且那个时代，几乎就没有可能了，因为不允许过去的匠人自主经营，不允许个体经济存在。匠人不像农民，农民是种了粮食自己吃，匠人的东西不能吃，他得跟别人交换。计划经济体制，除了国家的配给，不能私下搞交换，这些匠人就归到一起，叫手工业合作社，比如说铁匠，因为需要，农民要镰刀、要锄头，木匠也是，需要做一些工程。但是过于精细的，刺绣、金银匠，几乎就慢慢消失了。

张同道：这些匠人是土司家里长期养着吗？

阿来：都不太一样，有些是直接隶属关系，有些关系浅一点，但至少首先要保证土司的用度，闲了也可以给别人做一点东西。

张同道：家奴和自由民还是不一样的。

阿来：身份上没有自由民那么自由。比如一个农民，土地都是土司的，自己没有土地，但是租不租他的土地，相对来讲这个自由是有的。还可以去做点小生意，干点别的。但这些人差不多是世袭的，没有选择，除非土司愿意给你一个自由之身。

张同道：相当于农奴？

阿来：比农奴又高一点。农奴这个词是一个西藏社会的词吧，社会结构到底还是不太一样。

张同道：就是家奴？

阿来：就是个半自由民。土司同时也有照顾他的责任，你给我干活，我保证你的基本生活。这个建筑跟土司的寨子就形成一种关系。沃日土司也是，这个在高地，那个在平地,它在中央,村子围在旁边,别的就是自耕农,更远一些了。

张同道:尔依是不住在这个村里?

阿来:行刑人直接住在官寨里,下面不是有个监狱嘛,还有个把门的柱子。

张同道:也是世袭的吧?

阿来:当然是。过去的社会当中,并不认为这是一个高尚职业,不世袭恐怕不好找人干。

张同道:你写的那个尔依,是很奇怪的一种性格。

阿来:因为长期被人歧视、忽略,正常人都不跟他交往,他很自然就形成另一种性格,而且他又需要足够残忍。

张同道:一个土司哪有那么多人要杀,他平时是不是也没事?

阿来:大部分时候是没事的。不成文的法也有,老人和过去有文化的人都知道。例如你偷东西被抓住了,该怎么处理,不是说今天兴之所至。一个暴虐的人,一个不好的土司,民间也会形成对他的看法跟口碑。太暴虐无道,我们把你干掉算了。干掉一个人很容易的,你要出门,山林里随便来一斧头,就把你干掉了。所以土司也希望博取一个好名声,在我们藏语里,土司是"亚尔布",其实就是国王的意思,小国寡民。

张同道:王也是有法的。

阿来:不成文法,约定俗成。比如说偷盗,偷了多少，民事纠纷，就趋向于调和来解决，包括杀了人。先把大家弄到一起说，能不能用现金赔偿的方式。那时候很多刑法可以用现金赔偿的方式，杀了人都可以这么做，所以过去有个词叫"命价"，一条命值多少钱。

张同道： 土司的行为有的很令人匪夷所思，他把人家杀了之后，还把孩子送走，那是为他自己留下后患，最后也确实被找上门。

阿来： 人性的复杂，有时候需要彻底残忍，但人未必能真的做到；有时候需要彻底善良，也未必能做到，这恐怕就是人性的最基本问题。其实很多问题，如果只从道理上讲，需要残忍我们就足够残忍，需要宽容我们就足够宽容，那什么都解决了。

张同道： 您什么时候第一次来到大藏寺？

阿来： 九十年代初。

张同道： 做民族宗教调查的时候吗？

阿来： 对，做土司历史的调查，也需要做当地宗教的调查。因为过去说藏区政教合一，宗教领袖直接就是行政领袖。这儿的土司还是世俗的，但也要有宗教的支持，所以一些寺院跟土司家族有非常复杂的关系，你中有我，我中有你，甚至有些寺院的住持就是土司家族的人。

这还关系到当地的文化演变。过去这些地方没有藏传佛教，七世纪左右从西藏传过来，传过来的是另外一个教派，比较早的叫宁玛派。

但这个寺院是后起的宗教，后来在藏区影响很大，就是格鲁派，俗称黄教。格鲁派兴起是因为宗喀巴搞宗教改革，但有一个背景，过去各个教派都跟政治关系很深，藏区佛教有这个特点。掌权久了以后，跟世俗社会勾连太多，慢慢造成寺院也开始腐化。因为有权力，骄奢淫逸，戒律松弛，大家不再一心向学。宗喀巴看到这个情况，觉得要改革。他的改革有两点：第一，回到佛学思想本身。思想在哪儿呢？在经典里，要读经典。今天我们觉得信教就是拜菩萨、上香、许愿、还愿，宗喀巴当时看到这个情况，就说不对。佛教是个思想体系，都写在佛经里。但佛经是需要学习的，所以他首先在寺院里规定，僧人进到某个阶段，必须完成基本经典的哪一部分的学习，在寺院就任的阶梯上，才能一步一步上升。这是第一个，回到佛教思想。

第二，佛教是有阶梯的。作为普通老百姓要信教，要受七居士的阶梯；小和尚刚刚进门，头上烫个戒疤，你要知道自己要信多少条，戒律有几条不准干的事情。佛教里有一些僧人，修道高阶的时候，戒律是几百条，这些戒律是对他行为的严格规范。宗喀巴的改革在西藏很快传播得越来越宽，影响到很多人。

创建这个寺院的是我们马尔康人，叫阿旺扎巴。他过去是另外教派的教徒，到西藏去学习，突然接触到正在出现的这个，符合他心目中关于佛学的理想。宗喀巴的第一代学生，其实就是后来的达赖、班禅，实际上是同学，有点像孔门弟子一样。阿旺扎巴也是宗喀巴直接的徒弟，后来他觉得学到差不多的时候，跟宗喀巴讲要去藏地的东方，也就是他的家乡传播宗喀巴的教义。他发了一个誓，说要在家乡建一百零八座寺院。一百零八是不是实数倒不一定，它是个吉祥数，表示圆满。这个寺院叫达苍，汉语翻译成大藏，就是结束、圆满了。他在师父宗喀巴大师面前发的这个愿完成了，这是最后一座寺院，也是他所建的寺院里，现存规模最大的一座。

他在我们家乡这一带影响很大，现在又把他的灵塔放在这里。最初是放在一个非常朴素的小寺院，非常清静非常小。八十年代这些大殿都还没有，"文革"时全毁了。我第一次来时还是，其实也是另一种壮观，一山坡的废墟，待会儿往里走还能看到一些残墙。这几年在不断整理。

张同道：大约修于什么时代？

阿来：宗喀巴是1419年圆寂的，据说建这个寺院的时间是1414年，相当于明代永乐年间，修《永乐大典》、航海也是这个时候。

张同道：这个寺庙在马尔康地区影响很大的。

阿来：因为它是规模比较大的寺院，加上阿旺扎巴的个人魅力。虽然他圆寂已经很多年了，但大家对他的崇敬程度比较高。严格讲，他跟周围这些土司之间也有同生关系。

在嘉绒地区，寺院到这样的规模是少的，如果在别的藏区当然不算什么，但在这儿就是，因为这里的老百姓在信教跟生产生活之间的平衡，是比较恰当的。

张同道：每个家里也都有佛堂是吧？

阿来：那肯定是。

张同道：这个地方总共有多少种教派？

阿来：佛教所有教派至少在阿坝州的范围内都有。对藏区来讲，拉萨的一些地方是中心，很多在中心角逐失败的人，就往边地走，这是东北边。

张同道：大概有几种？

阿来：格鲁派就算是最新的，之前有噶举派，再之前有萨迦派——元代的国教，萨迦派之前有最早的宁玛派，还有本地比较原始的本土宗教，还有所谓苯教。这些教派，至少在马尔康地区都有。

张同道：《尘埃落定》写到从西藏回来的格西，要传播格鲁派的教义。

阿来：对。

张同道：是不是取自阿旺扎巴？

阿来：那倒没有，因为他传播教义的时候没有障碍。阿旺扎巴传播格鲁教义，是在一个很健康的时代，但后来这些地方开始抗拒。格鲁派是后起，为什么呢？宗喀巴搞宗教改革，康熙时期把格鲁派扶上了政教合一，把世俗的王废掉了，所以宗教领袖也是世俗的领袖，而过去是两个，一个宗教的王、一个世俗的王。

宗教一旦变成有权力的宗教，过去宗喀巴反对的那些又开始出现，所以再传黄教过来。国民党掌握政权以后，就不那么革命了，又开始做革命之前的那些事情。教派也一样，原来没有掌权，通过改革赢得了信任，所以清朝要利用它。真正把权力拿到手以后，也许有过之而无不及。

张同道：《尘埃落定》的背景是西藏势力政教合一。

阿来：渗透这个地方。

张同道：《尘埃落定》里那个僧人翁波意西的形象有原型吗？

阿来：没有。因为文学总是需要创造一点，我觉得他应该有点象征性，如果完全写成一个僧人也许没那么好，但他已经有了另外的意思。

张同道：但这个僧人是非常有意思的一个人物。

阿来：写小说，总要有一个人有意思。小说家的本事是不那么真，但写得跟真的一样。

张同道：这个僧人在里头出现的场景并不是很多，但是一出场就很有性格，一上来很自信，充满理想。也根本不把世俗的权力看在眼里，给远路的人倒碗茶，搞得土司好像心里很不高兴他。

阿来：在过去的历史里，他觉得背后有一个大的倚仗，但我是慢慢把他想成另外一个人，他多少想带来一点新文化、新变化。这个时候总不能脱离开生活现实，带来什么呢？至少从宗教教义上讲，他带来的东西是真的，他使得我们满怀理想，他个人是满怀理想的。

张同道：这倒不像是争夺世俗权力的人。

阿来：也不是宗教界全都这样。我走访过一些寺院，有些人就在外面挣钱，而有些人住在庙里还不够清静，庙背后还有一个山洞，那就是修行。但是我们看到的，往往是那些满世界走动的真真假假的。

张同道：甚至做生意、上电视的和尚越来越多。翁波意西最后的命运很悲惨，舌头被割了，但他还要坚持说真话，舌头又给割了一次。

阿来：割一次是过去的刑法制度，是可能的，割两次是我的想象。总有不怕死的人，中国历史上也有，而且不怕死不是为了财富，不是为了别的，就是觉得这个世界上总有极少数人在维护真理，或是发现真理告诉人家，他要做的事情就是要把这真实的历史记录下来。某种程度上他也是一个最不屈不挠的知识分子。在记录过程中，他慢慢有了想法，也希望有所表达。

张同道：藏族人过去是不是每家都有人出家当和尚？

阿来：看什么地方吧。一方面宗教需求，一般有两个儿子以上的，肯定会有一个去出家，信仰程度也有区别。过去还有一个情况，有些教派，像格鲁派这样的，出家就真出家了，但是有一些教派，在这方面松弛一点，僧人也可以在家，不用天天在庙里，该干活的回去干活，该念经的到寺院去念经，甚至有些教派允许娶妻生子组成家庭，也是一种变通方式,不然会造成很大问题,劳动力缺乏。

张同道:西藏一直在世界上——不光在中国,是一个神话一样的所在。

阿来:世界上还好点吧,只要来的人愿意,他们一般还是能把这个事情看清楚。但来的人少,不能来的人就听二手传说。我觉得这在中国非藏族人群中非常严重,来了也不打算认真看,反正我就这么想了。来了,有选择的看见,不符合我想象的,我就看不见;符合我想象的就极力放大,而且往往还是有点文化的人,拍照、书写,在小资杂志上发文章,到了浪漫的地方、神圣的地方、圣洁的地方,只抬头看,脚下一堆大便没看见。现在不用了,直接微信、微博。其实这个情况只是在西藏程度更深,比如中国的小资们去了巴黎,写的也不是我们看到的巴黎,他们早就把巴黎塑造成另外一个东西。

张同道:所以你说你的写作是给西藏祛魅。

阿来:我觉得所有的文学,最大的一个功能就是祛魅,而不是煽动、鼓吹、构成一种并不真实存在的东西。但这件事有点难,因为只能影响到那些愿意想一想自己的行为方式、思维方式有没有什么不对头的人。今天中国大部分城市的人,身上有一种强烈的优越感,到这儿来,跟到纽约去的心情是不一样的,去纽约是半蹲着,任何一个人都有文化落差嘛。

张同道:我想这是不是某种程度上造成《空山》《尘

埃落定》那么受关注？

阿来：对啊！有些时候所有的中国人都说要真相，你扔给他真相，他其实不要的。

张同道：从祛魅这个角度，从藏区表达的角度，你的任务还大着呢。

阿来：我也不承认这是我的一个任务，干吗我要承担这个任务呢？难道只有我一个人是这个地方的，而且我得了一个特别的上天的命令？只有这种寺院里才有一些人是上天选中的，我们又不是。

张同道：我觉得某种意义上您也是被选中的。

阿来：每个人会选定一个自己理解世界的方式。既然我已经这么理解世界了，我就把这个传递出来。现在看来，祛魅效果多多少少还是有，但不是想象的那么大。过去我们认为，有那些说法、想法只是因为不了解，只要告诉他他就了解了；后来发现，现在信息高度发达，对很多人来讲，比如网络上的言论攻击，真相是没有意义的，他就是要永远按照他那种方式说话，表达一种强烈的存在感，甚至是非常强烈的情绪，他觉得这个就很好。慢慢慢慢就觉得，原来我们的想法都有些偏执吧。

张同道：理想。

阿来：对，或者说是对人有更美好的期待。

《尘埃落定》

地点：阿坝州卓克基土司官寨

张同道：你对索观瀛是不是有过一些专门研究？

阿来：有。比如说写马尔康县"四土"，最大的土司曾经是我们老家那个梭磨土司，但梭磨土司在二十年代就绝了，党坝土司也奄奄一息，剩下一个老土妇，男人都没有了。下面那个松岗土司也是奄奄一息。后来是另一个地方不具备土司身份的人，他有政治野心，崛起的力量，来入赘上门，实力不可挡。当时四个土司中，索观瀛辖地面积等各方面不是太大，但他正是年富力强，无形中就成了四土地区的一个领袖人物，影响超出辖地本身，而且他还学过汉文学，懂一些汉文。这个房子，三楼是他的住宿场所。红军长征，毛泽东他们红一方面军的行军路线就是从这个山沟，叫梦笔山，是红一方面军翻越的第二座雪山，下了夹金山到小金，小金过来翻这座山，就在这儿驻扎。毛泽东睡在他的屋子，他们当时跑了。现在想来，应该是跑到大藏寺去，因为那里面有一个像夏宫一样的房子。原来藏族土司家里还有《三国演义》，有个故事说后来这些人作为统战的民主人士到北京，毛泽东说，我还睡过你家房子，还看过你的《三国演义》。

后来这个地方和平解放，他也起过很好的作用。他看到历史大势，觉得共产党要来，建立人民政权，这个潮流不能阻挡，所以他也比较倾向革命，倾向进步。后来在人民政府当中，他也担任了一些职务。

张同道：你看过他的照片什么的吗？

阿来：照片看到过。

张同道：构思《尘埃落定》的时候，有没有受这些形象启发？

阿来：我没有构思过《尘埃落定》，那个时候我只是特别想弄清楚当地历史。当然这儿只是一个代表性的藏族方言区，嘉绒藏族。嘉绒藏族因为离汉地比较近，实行土司制比较完备，整个嘉绒是十八家土司，我几乎研究过他们每一个家族的历史。但那个时候研究，就是想弄明白刚才我说的那个问题，不那么功利，说我收集材料是想写部小说。如果是这样的话，了解一个家族就足够了，而是确实对整个地方的历史有兴趣，而且越进去越有兴趣，所以十八家土司的家史，或深或浅我都研究过。有些留下的资料多，比如说还有比他更靠近汉地的，家族史更完备；有些就粗放一些。每个家族留下来的史实也不一样，口传材料也不一样，而且过去跟清朝政府、跟民国政府的关系不一样，在官方史中的记载也有详有略。我最后完成了研究当地史的兴趣，有三四年时间吧。

突然有一天觉得三四年没写小说，写一写吧，也没想写什么，就开了个头，往下写，就定格，相当于定下一个调子，人物就是人物，一个出场，没有想过要写个什么。写出来以后，我觉得它其实是综合性很强的，还有一个担心，说太像某一家了，因为又不是写报告文学歌颂他，对不对？我是客观地、比较准确地反映历史大势，正面的就正面写，反面的就反面写，残酷的就往残酷写，愚昧的就写愚昧的部分。那个时候也有担心，因为很多写作的人会在这方面惹麻烦，他们的后代不同意。

如果觉得某些细节有点像，反而会改写，回避。我觉得更多还是对这十八个土司家族，在清末民初，尤其是民国时期，面临大的风雨震荡，这样一个时代的反映。

张同道：所以麦琪土司是很多土司的综合？

阿来：对，综合性的。一是不愿意写成某一家，我写小说特别讨厌以某个人、某个家族为蓝本。第二，我觉得小说要有一定的普遍意义，太拘泥于某一家，而不是从历史的大势出发来写，普遍意义就降低了。

张同道：事实上根本没有计划要写这小说？

阿来：没有。

张同道：也没有列出人物关系图。

阿来：我写任何一本小说，都没有这种打算，就是想起一个很好的场景，有时候是想起很好的一句话，作为一个开头，就往下写。调子一定，就非常顺畅。一个人物登场，也很自然，就像现实生活中的一幕戏在重演一样，不用刻意安排。很多时候我觉得自己是在跟踪、在记录那些人物，跟你们纪录片的方式很像，我没有很多设计和加工。

张同道：你的小说像泉水一样，它自己流动。

阿来：对，那些人物一出来，已经给他创造了一个环境。我有点像一个话剧导演，像话剧的美工师。我搭了一个舞台，这就是小说的空间，舞台的右边有一扇门，接下来谁推门进来，我都不知道。但是他一旦进来，就是在我给他规定好的这个空间中行动、说话、思想、欢乐、痛苦。这个空间跟生活空间一样，只要是按照人情的、人性的，以及现实生活的逻辑来行动，就必然只能那样行动，而不是这样行动。当然每个人有不同的性格，这就是小说家的基本功夫。一旦开始，一旦他们推门进来，他们就自己认识，自己发生关系，自己发生冲突，然后变成一台戏剧。我提供的所有小说空间也是这样一个空间，我只是定了一个调子。

张同道：每个人物有自己的性格，按照性格，就走出了他的命运。

阿来：对，他自己走，就像现实中的人。我们经常说艺术模仿生活，我觉得这也是对生活的模仿。小说中的人物，跟现实中的人物，很多时候都身不由己，我们几个是被人设计的还是自己设计的？大部分时候我们也不知道。

还是一个乡村少年的时候，我不知道自己会去修水电站，家里没有电灯，我怎么知道？结果我去跟人家修水电站了。哪知道1977年还恢复高考？要是知道，那我肯定念高中了呀，我肯定就上大学了，然后读研究生，然后教书。我想好啊，一分配，我们老家通公路，人家说读书都会把人读好，结果读了半天书，从有公路的地方到没公路的地方去了，是不是？这都不知道的。

张同道：最终小说中的人物会走到哪儿，不是你能安排的。

阿来：太刻意安排不好，就像生活当中，都很难安排我们自己一样。有的小说不太好，就是因为安排人物的痕迹太重，作者的意图太过强烈，就成了影响、表达什么的工具，真正通过一个人物去体味生活的那种能力反而降低了。

张同道：那个傻子形象从何而来？

阿来：刚才我讲的埋伏了这个线索。土司传几代、十几代，到了民国年间，即使共产党不来，大部分也都不行了。不是说"四土"，就剩这一家还可以，大部分都到了寿终正寝的时候。寿终正寝不是人家夺了他的权，有一部分是大家互相争斗势力衰落，但有一部分是直接生理退化。这十八家土司互相之间是亲戚，讲门当户对，他们主要的婚姻都是在这十八家当中，今天你嫁过来，明天我嫁过去，十几代以后就不行了。

几家土司到后来都没有自己的儿子，需要入赘上门，种种手段，后来好多灭了，其实都是生理原因，生理上走到了穷途末路，其中就有半疯半傻的。索观瀛家就有，不太正常，不太灵光，别家也有这样的人。就是这个时候，开始种鸦片，时代动荡。经常会看到一种情况，聪明人都是不按常规出牌的人。土司要按常规出牌，哪会种鸦片？只有傻瓜敢乱出牌，乱时代乱出牌的人，如果是在正规正常的时代，那他没什么活路。时代乱了，那些正常人脑子里的规则没用了，而正常人养成的正常思维是按正常时代的路数来走的，这是我年轻时代读历史读出来的一个体会。

张同道：所以这个傻子也有文化寓意。

阿来：放大到中国任何一个封建王朝，哪个不是这样？但完全写成这样子，也没什么意思。后来我得到一个启发。是莫扎特那个时代吧，欧洲宫廷里找小丑、侏儒来插科打诨，你把他当弱小的，可他在旁边很冷静，藏在那样一个卑微的外表下，他脑子没有问题啊，他看你们又是个什么东西。这个傻子也是这样的。

张同道：莎士比亚的戏剧中经常有这种角色。

阿来：后来我读到一个瑞典表现主义作品，作家名字我忘了，小说叫《侏儒》。他那个小说写得其实并不太好，但他提过一点，刚好呼应我想的，这个人就是用他的眼光来写宫廷，非常嘲讽。

张同道：《尘埃落定》从写完到出版经历了四年，怎么会那么长时间？

阿来：现在想来是正常的，当年可能对出版界有点绝望。我写《尘埃落定》到三分之一左右，觉得这肯定是一个特别棒的小说。之前我大概写了十年左右，我觉得这可能就是我期待自己写出来的那种作品。但发给出版社,反应与我的预期不一样,他们觉得这个小说有点难以定义。现在编辑都是科班训练出来的,也就是大学中文系出来的,受文学理论的熏陶,但文学理论不是前瞻的,更多时候是对以前经典作品的总结,然后形成一个标准。而文学艺术总是不断突破这种已有的标准,创新嘛,这个新东西很难用过去的标准来评判。他们都说,你是不是做一点修改?后来我得到一个不太好的名声,说这个人很狂妄。我倒不觉得是狂妄,我觉得我在坚持一个标准。我知道在我内心里,情感里,写完这本书跟没写这本书是不一样的。我给他们统一的回答就是,这本书只有一个情况可以修改,是什么?有错别字的话可以改。其实我相信我的稿子可能连错别字都没有,因为我是反复斟酌的,而且我就是编辑出身,我对错别字高度敏感。有四年时间,十多家出版社没有出版,但最后还是出版了。

张同道:最后是人民文学出版社出的?

阿来:对。当时很奇怪,我反而特别不想给人文社,因为我觉得人文社出了很多经典作品,我总希望是给一个与创新有关的文化品牌,那个时候人文社的创新不够。但是恰好很奇怪,就在那里得到通过。

张同道:什么机缘到了人文社?

阿来:他们当时来四川,我们就到邓贤家吃饭。他们说听说你有小说,我们看一看?我说不给你们看,因为那个时候我对出版界有点失望。他们坚持要看一看，我也没抱希望。因为原来我特别抱希望的那些地方都把这个稿子否决了。这是我最不抱指望的，我根本没指望过他们，突然回个信来说好，这个稿子很好，我们签下了。

九十年代很不容易，那个时候是文学书最低迷的时候，不像现在，出两万册，我觉得很好。过两天他们出版社的发行部主任说，他中午睡午觉，把打印稿拿来看，看看就有点放不下，下班又带回家看，居然看一个通宵，说激动。第二天早上就说，这个书不能只印两万，多印点。果然出来就是那样一个结果。

张同道：获茅盾文学奖是在三年之后？

阿来：两年多吧，1998年3月出版的，得奖是在2000年10月。

张同道：意外吗？

阿来：我也不太意外。当自己对这个作品有充分的估量以后，不得也是题中应有之义，得了也觉得当之无愧。当时我在南京，南京有个书展，我带了十几个人，刚好推出一个新的杂志，我们在那儿做宣传。过来几个记者说告诉你个好消息，我知道就是这件事情。人家说你为什么没表情呢？我说难道要我表演一个蹦起来裤带断了裤子掉下去？我说不得也是可以理解的，但得了也是应该的。我没有什么要特别喜形于色的，因为这不是意外之财，不是大街上突然捡到钱，押了宝。得了就是这个奖评得好，如果没得，就是这个奖评得不太好，如此而已，跟这个作品的品质无关。

第二天美国《时代》周刊来了，一个记者跟拍我一天，不知道拍了多少个胶卷，但最后在《时代》周刊上就一张照片。我也不管他，不给他摆什么，要拍就拍，不拍也就罢了。他们也觉得这本书得了中国的茅盾文学奖，有点不可思议。

来成都

地点：四川省作家协会

张同道：为什么离开马尔康？

阿来：《尘埃落定》是九四年底写完的，当时我面临一个问题：如果留在当地，如果我去当领导干部，或者做别的事情，可能有一定空间，但是文化这件事，肯定是在大城市才能做。我过去有点舍不得离开，一方面是确实没写出自己期待的好东西，但写完《尘埃落定》以后，将来不管出没出版，得没得奖，我自己内心对这个地方，对故乡做了一个交代，你生了我，养了我，我这个作品也算是对你的一个超级回报。如果我要在文化方面发展，故乡给我提供的可能性到尽头了，必须到另外一个空间去寻找可能性，所以我觉得是离开的时候了。我是九六年离开的，《尘埃落定》还没有出版。

张同道：是一个什么机会让你离开？

阿来：那个时候外地有很多选择，但我就想做一做出版，因为我自己在这本书的出版过程中，遇到一种不可理喻：《尘埃落定》明明是个好东西，不管是从艺术上讲，还是从市场上讲，新时期以来这么成功的文学作品，两三部而已，个位数，但当时为什么不被接受？我没有个人恩怨，但我考虑出版体制可能是有问题的。那么是什么问题？我想去试试，因为文化界到今天为止，电影、电视、纸媒、出版，我们都有个不约而同的心理暗示，说要走市场艺术上就不能走高，要走低。认为艺术上好了，高了，就会丧失普通读者，丧失普通观众。

但我觉得情形恐怕不是这样。而且文化这件事，一味用低的东西去满足低端读者和观众，那可能越喂越低。反过来我觉得文化应该有一点难度，文化本身是件有难度的事情，知识从来是一件有难度的事情，不然我们为什么要学习啊？我的文化理想不一样，那时我办杂志，试一试往高一点走行不行。后来证明我的想法是对的，就是不迎合，按照文化产品本身的规律办事。

张同道：你怎样把《科幻世界》从一本杂志变成很多本杂志，而且市场大获成功？

阿来：坚持辞职以后，我就到了成都。我们开会，问这个稿子编成这样是怎么想的？动机是什么？他们经常用一个东西来遮挡，说读者懂，如果再好，读者就不懂了，有个假定。我们办公室面向成都市最繁华的人民南路，我就把编辑们叫到那个窗口前，我说好，那现在我们来讨论一下读者，说读者是上帝，那你们帮我看看下面乌泱泱来来去去的人，谁是读者？他们不敢回答。我说全部都是读者的话，这个杂志不可能揭不开锅，那还得了吗，中国多少亿人？如果只有少部分人是读者，那么请帮我指出来，哪一个是读者，认定了帮我叫上来。读者是上帝，真是上帝，什么样子我们都不知道，上帝不就是不知道他什么样子嘛，在这个意义上你们说对了。

我说不要再跟我说这件事，我们只是提供了一种公共产品。这个公共产品不要跟我说雅俗共赏，没有这件事情，不可能。我们就老老实实做一个产品，相信这个社会当中有少部分有文化情怀、有文化追求的人会需要它。某种程度上讲，雅就是雅，俗就是俗。文化是个软需求，不是饭馆里的饭，不是电脑，不是胸罩，一年必须穿戴多少个，没有这回事情，也不是卫生巾，这么多妇女同志每个月要用几张，可以预估。哪有强制每个人必须读几本书？没有，需求是软需求，所以所有的市场评估原则，在这里会失效。

张同道：怎么做到了几百万册？

阿来：保证我的产品，在这个领域当中，在这一类别当中，是高品质。

张同道：最后发展成多少种杂志？

阿来：六种，我再不走杂志就上市了。当时遇到的情况是，我自己很冲突，特别想写东西。试水商业之后，发现商业没有那么神秘。只要真正弄明白了市场供需原则，不管办十个、二十个、六十个，都是一种商业模式，出钱吧，投资吧，定位吧，推出一个新产品。而且已经有一个成功案例在前，有一点品牌效应，人家就买账。第二个也成功了，第三个又成功了。但商业做久以后，就是数钱。当然如果你觉得数钱很幸福，那就没问题。更何况我是国企，是给国家数钱，我就过个手。但也见过钱了，百万、千万都见过，再做下去，其实对我们这种人来讲就觉得没意思，现在叫商业模式，就是不断复制这种模式。

张同道：你离开之前，杂志达到了什么规模？

阿来：出版量，加起来有六七十万份吧，那个时候，计算公司的收益都是用千万级，而且也搞了很多固定资产，办公楼和培训中心。但是我觉得没意思。他们说你为什么不做了？我说我也做不成李嘉诚，因为这个行业本身有限制，利润规模、资产规模决定了从个人来讲是个成功，但放在整个商业圈子里也是个小生意。还是写作本身更有魅力吧，它不断产生新的东西。所以我〇七年坚决不做了。

张同道：〇九年你就被选为四川省作协主席。

阿来：我没想过要当。但过了两年多，因为中国作协改选，巴老已经去世了，中国作家协会选了新的领导，地方都是模仿中央，我们的老主席九十多岁了，也说不能干了。省委说那谁干？说那阿来同志干，当然还要考察。我没有任何这种想法，我就是想认真写小说。

张同道：从马尔康到成都，其实生活节奏、生活范围、生活方式都会发生很多变化。

阿来：我觉得人生变化是应该的，人生如果一直不变化，多没趣。过去在老家那个地方，每天遇见什么人、遇见什么事都在预料之中，很少有新的东西，但是上大都市以后，尤其是做商业以后，往往有很多出乎意料的事情。对一个作家来讲，必须自己深入生活。当你是一个公司的老板，不管是大公司还是小公司，跟人家谈合同，人家不会说你得了茅盾文学奖，我让你两个百分点，不会的。这个时候就是一个真切的生活体验。

张同道：成都生活感觉如何？

阿来：成都这个地方，总体来讲，气氛还是比较放松，比较闲适。我早上一般五点半起来，有时候写两个小时，吃早餐，上班。该开会开会，该谈工作谈工作。如果有半个小时空当儿，我就读书。如果有一个小时空当儿，我就写作。也可能我永久要做一个成都市民，在这儿安居乐业，但是所有说它的好，千般好、万般好，都是沉迷于对这具肉身的满足。我们得知道这个肉身里头还包含了另外的东西，我们有一颗心，长了一个发达的大脑。如果只是满足于物质层面，那人类进化不必让大脑长到这么大的程度，一只羊吃到口草就觉得世界很完美，一头猪吃到营养丰富的饲料觉得世界很完美，但我们过于讲究物质层面的东西时，就相当于把自己界定在动物的层面。

张同道：你现在每天的基本生活节奏是什么样？

阿来：早起，写作，出去锻炼，听音乐，读书，再写作，再吃饭，再喝酒，再锻炼，再读书，睡觉。如果没有意外的情况就这个。

张同道：一组动词。你现在一般多久回老家一次？什么情况下？

阿来：我没有对自己强制，有时候一两年回一次就不错了。我们这代人要照顾父母，兄弟姊妹，我的父母我要赡养，关心他们，但是我也把他们搬到县城了。有一次，老母亲突然风尘仆仆到成都来了。我想老太婆有什么事，生活费不是经常给你们吗？我听说他们钱有点花不完，经常给别的人。她想了半天终于说，儿子，他们说你写字能赚钱？我说是。我说给你们的钱，我自己花的钱，都是写字赚的。是不是真的？我跟你爸有时候晚上睡不着，操心你，你是不是干坏事？她的意思是，你是不是跟那些官员一样？不能要的钱别要，你给我们钱我们也高兴，但你要是干那个，我们不要你的钱，我们要你好。我说我真的很好，我非常好，我是共产党里头的共产党。放心了，回去了。在我们过去的生活里，没有这样的。

张同道：超越了她的生活经验。

阿来：对，超越她的生活经验，她不相信，说过去喇嘛写书也没挣到钱，凭什么你写字就挣到钱了，还给我们那么多，给我们买房子。

《空山》

地点：四姑娘山

张同道：你少年时代周围的村里，发生过大规模的泥石流吗？

阿来：那个时候少，因为我记得气候比现在冷得多，尤其冬天。泥石流发生是两个原因，一个是冰川过快地流动，还有就是原有的植被遭砍伐，所以泥石流应该是六七十年代多。为什么？那个时候砍森林很疯狂，我的小说《空山》有很多内容，是关于森林的消失。

张同道：《空山》里写两场大火，一个是多吉自己放的火，一个是天火，这两场应该是有寓意？

阿来：这些林子就是杂灌。草坡其实也是当地人的牧场，牛羊是不吃这些灌木的，所以这些灌木长多了，到冬天，雪已经从山顶上拉下来，上头是雪线，不怕火往上攻，所以在底下划出这种防火道来，那个时候是有意放火。不是烧森林，而是烧草坡，把草坡上的杂灌烧掉，这个草木也是肥料，第二年草场质量更好，那是人为的。但现在不准了，担心失控。过去是每隔几年，小时候我们都参加过，火从下往上跑，让全村人出来也是为预防火越界，选一个无风的天气，放大火把草坡上这些没用的灌木给烧了。森林失火当然也要扑灭，但"文革"期间只走形式。那时候一场烈火，成千上万人来灭，天天开誓师大会，喊口号，写决心书，但不去扑火。等把仪式性的都做完以后，火也差不多灭了。

张同道：我看你写的火，一步步过来，到了河边。

阿来：因为这些大树含油脂是很多的，有些松脂像人长了瘤子一样，形成一个巨大的松树包，烧到那儿它就炸了，炸飞几十米远。一条溪流，就是一个天然界限，十几米宽，你觉得火不会到对岸去，可它就到对岸去了。或者一棵大树，烧倒了，轰然一声，我们这儿有很多天然的桥，就是树倒在河上形成的。

张同道：还有砍伐，大量砍伐木材。

阿来：村子周围都是森林，后来砍树的人数超过当地村民。一直到1998年，整个长江流域发大水，这才认识到要保住长江上游的天然林，才停止。伐木的又转向植树造林，这些地方还好，甚至都不用人工来栽，大自然有自我恢复能力。但内地很多地方，自然不能恢复，把它毁灭一次，它又恢复，恢复了又毁灭它，重复四五次，想起来特别触目惊心。

人其实知道环境的改变。我们刚开始伐木，老人们就说气候在变，风怎么这么大，林子对风是减速的，尤其冬天寒风一吹，无遮无拦。第二个，水变小了，冬天的水正常，春天的水变小了，夏天有山洪泥石流。村子背后的山都被砍光，暴雨一下，无遮无拦。那个时候不知道，村落都沿着山边建，十几岁的时候，我们村子遭过一次灾，几百亩地，几户人家，一个晚上都没了。

张同道：写《空山》最直接的启示来自哪儿？

阿来：之前写《尘埃落定》到中华人民共和国成立，我们那个地方是1950年或者1951年改天换地，刚好把一个世纪分成两半。《尘埃落定》很精炼，写的是前五十年，旧制度怎么解体。但后五十年又是个什么情况？《空山》和《尘埃落定》加起来，等于是嘉绒藏族地区的百年史。

张同道：《尘埃落定》带有一定的传奇性，从历史谈起。到《空山》就非常现实，甚至有些地方比较复杂。

阿来：过去的事是一个原点，相对简单。真要写好现代社会，当时有两个选择，没有传奇我也可以制造传奇，尤其少数民族题材，编点什么离奇的故事，发挥想象，但那就是另一个东西了，我的兴趣不在这儿，我要写的是一段真实的历史生活。我并不想把自己拘束在某一种风格里头，用什么风格、什么方式写，完全看这个题材需要什么风格。当现实这么严酷的时候，采用浪漫主义的笔调去写，是不负责任，甚至是逃避。我觉得不能逃避。

张同道：这种方式形成了两个结果：一个是这个作品很沉重，既包括现实的沉重，又包括思想的沉重；另一个是，人们对这部作品的反响远远不如《尘埃落定》。

阿来：没人批评。我觉得很多时候他们已经失去了思想的本领，这么多年中国的批评界或是理论界，就是急于贩卖外国人的二手理论，除此之外真的没什么建树。批评就是自己编个筐子，适合的就扔到里面去。第二，精神里头，思考也好，独立精神也好，很大程度上是用批判性来昭示的，但我们非但自己没有批判性，也害怕那种批判性，有批判性的东西很少，所以没人批评这部小说很正常。我的写作就是表达自己的所思所见，结果好当然也好，结果不那么好呢，也就罢了。也有人关注，但要指望当下的批评界很难。

张同道：书里确实有很多面对现实、很有分量的描述和批评，不仅是描述，你有很多地方直接就带有思辨性。

阿来：完全现实主义的作品，只是照相机式描绘现实生活，大概也没什么意思。这种生活已经提供了我们可以辩驳的东西，先用政治折腾，后用经济折腾，现在在环境上有点明白了，知道光挣钱大概不行，但又面临一个选择，一个时期的主张就作为全民信仰了？还是允许大家自由去探索，自由去表达。

张同道：看来你的《空山》不是王维的空山。

阿来：空洞，什么都没有。

张同道：一直充斥着新与旧的斗争。

阿来：问题是这么多年来的新东西，最后好像都不那么好。但是中国人从五四以来到现在，唯新是从。过去这个国家是太古老，太老旧，造成一些不好的事情。现在是对新东西不加辨别，接受起来比谁都快，全世界接受新东西比中国快的恐怕没有了，一点障碍没有，西方现在还有点保守。也不知道哪个对，但有些时候真应该慢一点，一个新东西到来的时候，让很多人各抒己见，讨论清楚。

张同道：缺乏独立思考，恐怕不是从上一个百年开始的，这是我们中国人很长时间以来的特征。

阿来：新文化运动出现了一个特点，那代知识分子那么不同。鲁迅、蔡元培、陈独秀、胡适，在反对旧文化方面有相当高的一致性，但后来在选择新路往什么地方发展的时候，他们的政治方向才产生分歧，左中右的分化。有左到陈独秀那样，也有相对保守一点像胡适那样，但他们在面对旧东西时同仇敌忾，在同一战场。现在我们出现这样的情况已经不太可能了。

张同道：那时候的思考空间还大一些。

阿来：思考嘛，跟民族性有关吧。有些很专制很黑暗的时期，反而产生深刻的思考者。而现在有些人有一点压力，就刚好作为不思考的借口。我们特别希望有借口，特别愿意有借口。

张同道：《空山》里，你也没有放弃带来希望的东西。

阿来：生活确实要有希望，文学也要看到希望。《空山》写到后来，写一个年轻人，他觉醒了，有一个自我救赎。九十年代以后确实出现了一些新的形态，比如说不砍树了以后，往旅游业转换，这些带来实在的变化。不能说一旦讲问题，就把自己变成简单的、站立场的人，我希望文学家不是这样的。确实我们乡村人吃了苦头，干部干坏了就走，砍树工人砍光了就走，但是他们还得留下来，还要重建生活。重建生活必须重建环境，不重建环境不可能，今天刚种一亩地，晚上泥石流浩浩荡荡下来，不就没了嘛。旅游业的出现，既保护环境，同时环境也作为有价值的资源，可以从中得到一些好处，得到一些收入。而且旅游业可以改造人，因为要给人服务，就要学新东西，原来那么脏是不行的，动不动拿刀子杀人，打一架也不行，酿一坛酒天天喝醉也不行，慢慢也会改变。

新东西总是能改变人、塑造人，关键是把人往哪个方向改变，往哪个方向塑造。旅游业很规范，就把人往好的地方引，诚信经营，新的方式，等等。昨天我们去看那些老百姓，过去能想象农民盖房子那么盖？他知道要给人家提供服务，所以自己的环境也改变了，住进这样的房子他就会洗脸，是不是？就要学习跟人交流。

张同道：《空山》里的"机村"是机巧的"机"，机器的"机"？

阿来：是藏语的译音，藏语有很多弹音，但是汉语没有这种音，机村是"种子""根子"的意思。

张同道：机村乍一看带有藏族特征，在深处，也不只是藏族。

阿来：我不希望自己写的仅仅是一个少数民族作品，好的文学作品当然有它的特殊性，但更应该有普通性。机村之类，过去被政治彻底改造，然后在经济浪潮中又疯狂地想回归，这是中国所有乡村的普遍现象。恐怕好多汉族地区的村庄，比机村还悲惨。

张同道：就人物的心理变化来讲，概括的意义可能不止藏族地区。

阿来：我想是中国的一个百年，完全可以看成百年的中国乡村史。如果不是上海郊区的乡村，至少也是百分之七八十的中国乡村。同样的，一个国家一个政策，经济风潮也席卷到每个角落。人民公社是全部实行的，合作社是全部实行的，文化大革命是全部实行的，这些都是普通的。

张同道：这也是你历时最长的一次创作。

阿来：后来发现要写五十年，第一自己熟悉，第二情感牵扯更多，觉得需要那样一个体量。五十年，每个阶段又不一样。过去中国乡村上千年不变，现在能让你晕头转向。

张同道：事实上这五十年也是你的五十年。从你有记忆开始，基本上就在跟随。

阿来：对，而且我的家人，我们的村子一样在经历这些，很多经验就来自我的经历。

张同道：有些细节就在生活中。

阿来：二十岁以前我也是迷茫的。

张同道：您特别讲到来了一个勘探队，拿了一张卫星照片。

阿来：真的。我们地方山大水大，一个村子很大，结果地图上找不着，航拍照片上一个褶子，就像人的一条皱纹一样，说你们村就在这个褶子里。

张同道：某种意义上，这张地形图可能是你的启蒙，改变世界观的一张照片。

阿来：关于大与小的观念，外面有世界的观念，过去我们村子里怎么知道呢？

人日祭杜

地点：成都杜甫草堂

张同道：2018年春节的人日祭祀杜甫，你是主祭人。每年都举行吗？

阿来：对，有十多年了吧，每年都有一次。因为杜甫的一句诗"草堂人日我归来"，就从这句诗生发出来。他出去玩,大年初七人日这一天,回到草堂来。

张同道:你是第一次祭杜甫吗?

阿来:第一次。

张同道:我觉得你来祭祀杜甫,这里边有两个很有意思的点:一个藏族作家祭祀一个汉语诗人,一个当代作家和一个一千年前的诗人。

阿来:其实他们已经写好了一篇祭文给我,写得也很好,杜甫的生平、成就,都说得挺好,但我觉得不是我的方式。他跟我有点儿一样,从某种绝对意义上讲,我们都是客居这个地方,并不是当地人,他从北方来,我自己地理距离上近,但文化距离上比他更远。过去汉语里写北方多,其实是基于北方的语言方式,写的也是北方的现实生活,杜甫也是这样。他在这儿写了四年多,关于成都,关于四川,可能有两百多首诗,而且也是杜甫一生中写出名篇最多的时期。过去大家都讲诗"穷而后工",我觉得是换了一种生活环境,一种新鲜的经验、生活感受,一定会激发出一种新的语言状态,而不完全是个人处境问题,当然处境也有点关系。所以我自己重新写这篇祭文,我就揣想,当时他到底是一种什么样的方式,尤其是语言方式,跟这个地方发生关系。

张同道:你在建立你和杜甫的关系。

阿来:在讲跟一种语言的关系时,我们不可能、也没有能力从石器时代开始,把有文学史以来的所有语言经验一网打尽。那么有一种方式，就是挑自己最喜欢的。中国诗歌史上，杜甫、苏东坡，就是我自己的最爱。

张同道：你是从什么角度来感受这两个人物和他们的作品，他们跟你建立了一种内在的精神关系？

阿来：我自己觉得，要表达对现实生活的感受，书写一个更广阔的世界，最能学到经验的就是杜甫，再加一个苏东坡。因为中国历代有很多很多各方面写得都非常好的人，但有些人始终在一种风格下，书写一种经验，换了就不灵了，风格化很强烈。比如王维，这样的人，如果始终坚持一种写作，后面难免"为赋新词强说愁"。而我自己喜欢的诗人，不管中国的还是外国的，处理各种各样题材的能力都很强，不会把自己拘束在某一种风格，或者能被世人贴上一个标签。我觉得不管是世界也好，人生也好，还是丰富一点好，广阔一点好。

我从一个小的文化当中，走到一个大的文化中来，这也算是一个很巨大的、刚开始也很艰难的跨越。一旦进入这个世界，我用中文写作，发觉这些前辈诗人作家提供了那么宽广的书写途径。杜甫遇到什么题材写什么题材，古人话叫"涉笔成趣"，都能写出意思来，写出意味来，写出意蕴来。我觉得这是非常了不起的。

张同道：我知道您了解杜甫，但是不知道您了解到那么细的程度，我看您几乎能背诵他的诗，可能很多中文系的研究生也未必能背出那么多诗来，而且了解得那么细。

阿来：杜甫到成都来，先是寄居在一个寺院里。他有一个表弟，大概是远房的，王司马，找这个人借钱。借钱干什么？盖房子，他把借钱的过程写成一首诗。他又写《卜居》，朋友们帮他找地方盖房子，什么地方适合他老杜住呢？住在城里头，尘嚣太重，但隔城太远也不好，他是个诗人，一定要找自然环境非常优美的地方。他又问弟弟借钱，也写诗。然后草堂建成了，他觉得一个光秃秃的房子不够，要栽一些树，他首先想到的就是栽老家的桃树。如今成都的水蜜桃品种很好，但那个时候大概是少的，因为他诗里写"河阳县里虽无数，濯锦江边未满园"，说这儿没有，所以他给一个朋友写信，"奉乞桃栽一百根，春前为送浣花村"。桃树不光是美观，他还有一首诗里有两句，说为什么要栽这么多桃树？"高秋总喂贫人实，来岁还舒满眼花"，秋天的时候它结出果实来，像我们这些穷人是可以吃的，甚至可以拿到市上变卖，换点儿小钱。春天呢，又开出漂亮的花。栽了桃还不够，觉得还需要一点风雅的东西，中国文人爱竹子，四川又是产竹子最多的地方，今天我们四川有个县级市还叫绵竹。杜甫就给那个地方的人、做官的人写道，入川的时候，他经过那里，在那儿吃过饭，跟人喝过酒，人家招待过他，看到竹子好，人家就给他送竹子来，又把竹子栽下了。他说桃树是小树，说要栽大树。今天这个园子里，最好的树是楠木，但楠木生长慢。四川还有一种树是香樟，生长也相对慢,但他估计自己不会住太长,所以希望栽一种长得快的树,四川有一种桤木,长得快,他觉得要有。这里景观有层次,桃树、竹,再栽一种高大的、长得快的树。

四川大部分地方的树冬天都要落叶,他希望栽一种常绿的树,所以又跟别人要松树,松树常绿,而且有巨大的树冠,伞样,亭亭如盖。他又写一首诗,人家又送松树来给他。这还不够,穷啊,又没东西,但是讲究。过去四川出白瓷,就在大邑县,那个时候是一个州,崇州,高适在这里当过知州。杜甫还给人家写一首诗,说"大邑烧瓷轻且坚,扣如哀玉锦城传",弹一下,那个声音像玉发出来的,名声很大,成都都传遍了,成都是锦城嘛。"君家白碗胜霜雪",听说你们家那些瓷碗、茶杯什么的,比霜雪还白,但是我没有啊,所以是不是给我送点儿来,"急送茅斋也可怜"。特别生活。

文学史上有一段时间,把他塑造成完全批判性的诗人,"三吏""三别",但他没有把自己固定在那种风格。到成都来,摆脱了战乱,气候又好,植物生长那么快,朋友们也善待他。都是文人,节度使严武对他就有帮助,县官、州官,都在可能的情况下照顾他,所以他心情一变,幽默起来,甚至多少调侃一下,在这些富贵的人面前,调侃一下自己的贫穷,然后人家照顾他。而且草堂落成以后,马上写《卜居》《堂成》。他在一生当中最闲适的一段,写成《春夜喜雨》,然后"舍南舍北皆春水,但见群鸥日日来",晚上坐在这儿《水槛遣心》,江边还盖个亭子,坐在那儿远望城中灯火,隐隐约约,"城中十万户,此地两三家"。你看他什么题材都能写,写得都很好,他不因为写过"三吏""三别"这样的诗,便从此把自己塑造成一个苦大仇深的形象。当闲适的生活出现时,他也愿意享受闲适,愿意享受生命、生活的乐趣。这才是一个特别宽广的诗人。

杜甫是躲避战乱,苏东坡是被贬职,客居一个地方,生活很贫苦,但是一点儿没有放弃生活乐趣。苏东坡一生中最好的词《念奴娇·赤壁怀古》,最好的散文《前赤壁赋》,最好的随笔《记承天寺夜游》,最好的书诗双绝的《寒食帖》,都是在黄州写的。而且他们两个在客居地待的时间差不多,四五年。我去过两三次黄州,有人问你去找什么,我找苏东坡呀;又说苏东坡不在了,我说文章在。我站在江边读一读苏东坡,跟站在别的地方读不一样,我站在浣花溪边读一读《春夜喜雨》,跟在别的地方感受不一样,古代诗话里也是如此,说思接千载,打通了。

张同道:能不能这么说,像杜甫、苏东坡这样的古典诗人,也给你的写作提供了一种启示?

阿来:这种路径就是一种启示,因为汉语,或者说中文,最终表达跟别的文字都不一样,有特殊的形体和声音,比如外语只有轻重音,我们有四声,声调。今天我们有一种误解,就是写白话文要尽量贴近口语。而且因为诵读慢慢从我们生活当中消失,文字成了没有声音的看读,但我希望自己在写作的时候,文字是发出声音的。

虽然我们在用现代方式写小说,但文字本身的属性,它的音乐感,怎么处理节奏,怎么使一个特别浅显、大家都用的很熟很滥的词,焕发新的生机,产生新的意思,这是今天白话文一直没有解决好的问题。即便那些名头很大的作家,他们更多是在新的形式创新,新的思想输入方面胜出,但从文字来讲,和古人还有很远的距离,因为我们忽视了一点。文学为什么存在?你说意思,很多学问都是说意思,人家说意思还更充分;你说我要表达社会,那社会学比你更全面;你说我要表达文化,人类学比你更厉害;你说我要书写时代,历史学比你更厉害,思想哲学比你更厉害。

那文学的存在理由是什么?语言,审美贡献。

这个审美是通过语言来实现的,尤其今天,图像时代,人家有人家的语言领会方式,人家也有很多可以表达的。你说讲故事,现在拿一个摄影机,找个人一演,不是故事吗?老百姓接受起来更轻松,更容易。

文学存在的理由,从根本上讲,第一是语言,通过语言来实现我们的目的。我自己年轻的时候,阅读确实没有到达这种理性思考,但是写过十几年以后,慢慢慢慢开始明白这个道理。

张同道:你的母语不是汉语,但你用汉语写作,你是在两种语言中穿行。

阿来：为什么小说不发达？还是只能回到诗歌跟散文，这才是汉语言文学最有价值的地方，尤其对文学创作的经验来讲。

张同道：是不是恰好因为是一个藏族作家，你对汉语的特性会格外敏感？

阿来：可能会有。当你有两个语言系统，两种语言，同时看到一件事情被表达时，同时象征的是两个声音。这时不同语言之间的长短，就会显现出来。比如叙事状物抒情，完全是不一样的方式，因为基本的文化感受不一样。这个时候，那种书写传统更久的，就积累了更丰富的经验，有些人说是"文化积淀"，我倒更愿意说是审美经验。

张同道：因为藏语的文化，更多是保留在口头上。

阿来：我自己是讲方言的，其实跟藏语的书面语距离也很远，方言当中，更多是更朴素的对这个世界本质性的感受。现在汉语书面语过于审美化以后，跟事物本身、生活本身会有疏离，就是过分修辞，过分沿用过去，形成一个象征的系统，隐喻的系统。弄不好，不小心就掉到那样一个系统里，过去说掉书袋，引经据典。其实都不必掉书袋，因为一写月亮，早就规定了，马上想起"床前明月光"，马上想起"千里共婵娟"，马上想起"对影成三人"，想写出一点新意是不容易的。

但这个时候，如果回到别的语言系统里去，因为没受过这种影响,表达月亮的时候,就有一些更直接,跟生命直接对应的、感应当下的、很新鲜的语言。可能在那个语言当中也很老套,但是当这个语言经验转移到另一个语言当中,新意一下就出来了,读者其实有这种敏感。

张同道:所以你用汉语的审美经验,来处理当下藏族的生活,而且把口语的传承、民间的文化融进来。

阿来:又能把藏语中的一些审美经验,自己在脑子里做过一次翻译,转移到汉语里去。我碰见一个批评家,说你的汉语使用得很好。他有一种文化沙文主义,说你就是被我们同化了。我说请你看看我的小说,我写的是一种新汉语,新汉语就是它带来另外的文化感受,不然我的书也不可能让大家读起来有那样一种新鲜的感受。

张同道:事实上你给当代的汉语写作带来了新的元素。

阿来:因为汉语就是一个很开放的系统,不断吸收别的文化。杜甫、苏东坡以外,我读的佛经也不少,也是在考究语言。因为在当时的汉语里,完全没有表达佛经意思的词语,必须创造很多词。魏晋南北朝以后,汉语有一个大的变化,证据非常确凿,就是因为佛经。比如儒家的理,儒家的世界观,甚至没有"世界"这个词,那个时候是"天下"嘛。第二,那个时候的天下观,大概就是中原是汉族,南方是蛮人,东方是夷人,北方是胡人,西边是羌人,就是天下。佛经才把"世界"这个词移过来。释迦牟尼管娑婆世界,阿弥陀佛管西方极乐世界,那是另一个世界,跟我们这个平行存在,原来世界大得很。因为世界太大,时间太长,不像天下只是一个空间概念,它还表示了时间。空间是横轴的话,它有了一个竖轴,时间跟空间。空,汉语过去当然有"空"这个词,但就是指杯子里没水了,这叫"空",汉语过去只有这一层意思,翻译佛经以后,才有了杨慎写的"是非成败转头空",才有苏东坡《赤壁赋》里的"渺沧海之一粟",才有这种相对的观念。

所以要回到语言的现场。现在很多时候讨论问题,就怕没在现场,而且也不打算回到现场,人云亦云,天天开会,写论文,还吵架,但谁都没有回到那个语言现场去看一看。我的方法是,也不开这个会,也不参加这种讨论,我争取通过自己的阅读回到现场。回到现场就是什么?就是学习古人的语言经验。

张同道:古代汉语在五四以来这段时间,被中国文学认为是一种腐朽的、僵化的,不能使用的文学语言。

阿来:因为他们没有把语言跟一些不好的思想,或者是过时的思想分开;没有把审美跟里头包含的关于历史的认知、道德教化的那些认知分开。其实胡适、陈独秀、鲁迅,他们反孔子,或者是反儒家,反的是后来被封建专制政体利用的那部分。当然,那个时候双方一交锋,难免就升级。

我非常喜欢国学,但今天把那些糟粕都说成国学,老讲《道德经》。《道德经》里也有讲得好的,但也有确实讲得不好的。比如老子说,"吾有三宝,一曰慈,二曰俭,三曰不敢为天下先",好不好?我有三件宝,此生之道,第一件,有慈爱,相当于孔子说要有仁心,没什么不好;第二个,生活俭朴,也没什么不好;但第三句话很糟糕,不敢为天下先,老子到处都不出头,缩头乌龟。那中国怎么办?竞争时代你怎么办?

我曾经写过一篇笔记,《论语》里孔子教他的学生怎么去见国王,上台阶就要把衣摆拉起来,一见到国王要碎步迈进去。

张同道: 躩如也。

阿来: 碎步进去嘛!我觉得知识分子,或者是像我这样的人,有点不一样。我们的责任就是,当所有人都说这个事情一塌糊涂的时候,我们有责任告诉他们没有这么糟,里头也有好东西;当有些人把这个事情说到无限好,我们又有责任告诉他们,未必有那么好。今天很多事,我们愿意当合唱队当中的那个高音部。从古到今,文化人不是干这个的,杜甫没这么干,苏东坡也没有。苏东坡,人家都说变法好得不得了,他说变法有不好的地方,然后他成了保守党。当保守党上台,他该捞好处了,他又说你们不要把新法全部废掉,里头也有好东西。知识分子就是这样。

张同道: 这也是中国所谓的士文化。

阿来: 这个世界靠谁平衡?政治家平衡不了,资本家也平衡不了。那是权力,对那种冲动很难克服,刚好需要局外人。

张同道：很遗憾，现在局外人越来越少了。

阿来：不管别人吧。你为什么这样呢？从老百姓到贪官，都说其实我也不想，可别人都这样。古人也说"吾从众"，但是"吾从众"不是这个意思啊。

张同道：恰好是孔子批判的"乡愿"。

阿来：现在成借口了，因为别人都这样。那我说，可以不这样，很多时候其实我们可以不这样。

张同道：你来成都二十一年，某种程度上，你现在也是成都人。

阿来：在家乡三十六年。

张同道：对你的文学产生了什么影响？

阿来：一个文学家，或者不说"家"，以写作为生的人，我总觉得经历多一点比少一点好。再过几年退休，我也许想换一个生活方式，离开成都也说不定。至少退休后的前十年，在我的构想当中，是不断旅行，而且跟旅行不一样，就是不断换地方住。

现在写作很简单啦，带一台电脑，读书也很容易，公共设施很多，到处都有图书馆、档案馆，各个地方都可以利用。我设想的是，到这个地方住一个月，了解一些东西了，再换，也没有目的。换到一个地方，不喜欢，一两天就走，喜欢就多待一阵子。也许那个时候，又找到一个愿意待好多年的地方，现在都不用盖房子，就买一个嘛。

张同道：你一直不停地转换生活方式，教书，写作，经商，又重回写作，现在又做了行政工作。换句话说，你是个很不安分的人，不断尝试新角色。这是出于一种生活的渴望？野性，挑战，还是一种什么样的心理？

阿来：其实跟我写小说的身份很吻合。小说对我有魅力，在小说里，我能观察到另外的生活，另外的人，而且有体验。这是一种生活的可能性，人生的可能性。

第二，现实生活中，能遇到很多事情。我不太相信我们能深入生活，别人的生活你怎么能深入呢？别人的生活不好深入。如果是文化的问题，你可以读理论，找到解释，但文学是一个情感的东西，你怎么体验？所以我直接说，文学的深度就是体验的深度。这个社会要真切体验，首先得有一个角色，或者就是一个职业。

张同道：你在成都的写作，跟过去在马尔康有什么不一样吗？

阿来：没什么不一样。我到处写作，在国外我也写，都在写。因为我自己不乐意当职业作家，老想干点儿别的，老在流动当中，就必须训练自己，一有空闲时间，不是读书就是写作，随时随地得让自己从一个状态转换到另一个状态，就是迅速安静下来。

现在写小说篇幅大，所以可能比杜甫他们还难一些，因为情绪转换过来，毕竟有一个体量。杜甫写一首诗，最多拈断数茎须，时间最多两个时辰，但我们一部书一两年，而且必须迅速把自己调整到那种状态。断断续续的写作，一看就看得出来，因为文气不贯通。

张同道：你每天还要走路。

阿来：因为我这人不安生，我还打算退休了多走一些地方，而且我去的好多地方也确实需要一些体力，本身写作也需要体力。所以我得保持身体的基本健康。

张同道：每天大约走多久？

阿来：我现在每天起步八公里。医生建议我别爬山，但是对我来说，不爬山是不可能的。

张同道：很多作家从乡村到了城市，经过一段时间之后，就开始写城市。你有这个打算吗？

阿来：我不知道。因为我的每一个题材，从来没有规划过。我相信，生活当中随机的触发很重要，平常只是观察、思考、体验，同时一边读书。总体来讲，我的阅读时间比写作时间多得多。一年中，我贯通写作大概四五个月，比如今年我可能九月份开始动手写一个长篇，那个时候保证每天写三千字的话，一个月是九万字，三个月二十多万字，一部长篇小说就出来了。到今天为止，我也不是特别高产的人。我的想法是不用写那么多，但每一本都要写好，然后就这样往下。所以我自己没有规划，不紧张。现在我们的写作有一个数量焦虑，不频频露脸，不频频发表，就怕读者忘记，怕自己热度降低，我不管这件事。说到底，写作是为自己，为自己的生命写作，不是为别人。

植物猎人

地点：四姑娘山、巴郎山

张同道：讲讲你和植物的相遇。

阿来：公众所需要的知识也在里头。说实话，中国人跟国外的人有点不一样，尤其是欧美的，他们对身边世界的了解，好奇心比我们强。中国人对自然真正有热情、有认知的人，其实非常非常少。但是我相信这个情况会慢慢变化。

张同道：你对植物的热情其实在小说中也一直有呈现。

阿来：年轻时发现，外国小说里的花草树木动物是有名字的，中国的小说、诗歌里，很多植物是没有名字的，花就是那些野花，树就是那些树，大树、小树、老树，没有名字，自然处在一种无名状态，要说热爱它，就像街上碰见一个连名字都不知道的人，要爱他，这个很难，所以先得认知。我写进小说里的，必须是有名字的，所以无意识中有些积累，没想到发展成个人爱好。

张同道：你后来写《蘑菇圈》《三只虫草》的时候，植物自然而然就进到小说里了。

阿来：不写是因为我们没有认知，自然处在无名状态。我们的大自然是沉默的、无名的，其实它是有名的。西方人讲人不是唯吾独尊，我们要建立关于土地或原野的新的伦理观，人只是被这片土地承载的生命形式之一，仅仅只是其中一种。要想环境好，就要充分认识一草一木、一只飞鸟、一个动物，都是生命。

张同道：这是不是跟你们藏族的万物有灵有关系？

阿来：没有关系，很多藏族人还是让自然在无名状态。

张同道：你说绝大多数人一直生活在无名的世界，知道周围有树，但很难说清它的名字。

阿来：有一个外国作家，应该是帕慕克吧，说我们应该为对于自然的无知感到恐惧。如果一个人连十种植物都不认识，他说自己热爱大自然，我是绝不相信的。

世界上也有人在不断地寻花。过去这些地方，尤其是民国晚清，西方有一种探险家叫植物猎人，不像今天我们就是死爬一座山，他们爬山时要搜集猎物，然后带回他们的国家去驯化、养殖，也做出了很多园艺观赏品种。中国人过去也驯化品种，桃、梨、梅、海棠，但据我所知，近几十年来，把野生植物驯化而且改良成一种新的观赏品种，这个事情几乎停止了。这一带叫横断山区，是中国植物种类最丰富的地区，从四川西部到云南西部，这样一个狭长地带，也可以看作青藏高原的东部东缘，高山纵横、河川纵横，是植物种类最多的地方，而且像马先蒿，数百种，几乎只在云南，其中十多种只有云南跟四川一小块地方有，叫中国特有种，别的地方没有，不可能生殖。杜鹃花是全世界都视为最好的观赏植物，早半月二十天来，就会看见一片粉红色，树都看不见，但现在我们公园里就栽点比利时杜鹃，其实比利时哪有杜鹃？就是他们把中国的杜鹃拿过去引种，变得适合在花园里栽培了。本来母本是我们的，出口转了一下回来。

张同道：洛克当年就带走好多植物种类。

阿来：下一部小说，差不多我就要写一个植物猎人，但不一定是洛克。昨天我还讲了报春花的故事，那个人叫威尔逊，也是在这一带发现。那天在进来的河谷里发现一种百合花，现在西方最好的百合花就是用它改造的，但是我们的百合还在野生灌溉，很多花店里卖的百合品种，是外国人把中国的野生百合驯养后又转过来的。

他们作为植物学家，科学的那一面我非常敬佩，那个时候条件比我们差多了，起码徒步，威尔逊就是在采百合的途中，被山上滚落的石头打断腿，终身成了瘸子。洛克的故事大家当然知道，在中国传了几十年。但这些人也有极其不好的一面，他们都固守种族主义、殖民主义、白人至上主义，到这儿来如入无人之境，随便一点钱就雇很多当地老百姓。他们出来可不是一个人，洛克甚至组织起自己的武装卫队，十二个人，一色的盒子炮，一长一短，美国卡宾枪，什么中国的主权，都没有概念。

张同道：当地政府也不管？

阿来：那个时候政府一见洋人就害怕，不敢管，从晚清以来就已经这样。我想这一趟回去，下一部小说就开始了。这一趟既是我自己爱好的延续，我也是尽量体会一下，沉静下来，一个人坐在山坡上，坐在一棵植物旁。我知道很多故事，哪一种植物是谁命名的我都知道，尽量体会一下他们的那种情绪跟心情，才能把我刚才说的，既有敬佩的一面，也有厌恶的一面，从这两个角度，才能写出一种复杂性。很多时候我选择的拍植物的路线，就是当年他们行走的路线。

张同道：小说构思差不多了？

阿来：其实写小说不是一个构思，在我来讲，就是沉浸到一种小说需要的状态中去。今天我做的这件事情，也是进入那个状态的一种方式，我已经在扮演一个植物猎人。

张同道：感觉这次又跟写《尘埃落定》的状态差不多。

阿来：《尘埃落定》那个时候就是去寻访土司的故事，写《格萨尔王》也是寻访，写《空山》是寻访那个村落，那个传说覆盖的地方。

张同道：那你肯定是到了一定的情境之后，就感觉一部小说已经从里边长出来了。

阿来：其实我今年一月份就可以写。我知道有些人是苦苦思索，终于有一个想法，就赶紧开始写。我是压制自己，刚想写的时候我不会写的，放一段，它还想冒出来，我还压它，又冒出来我还压它，直到确实压不住了，不写不行了。有些压一两次就过去了，但也有终于没压住的时候，我写小说差不多就这个意思。

张同道：你感觉到这个故事已经一点点长大，像种子一样。

阿来：对，而且故事更多像一种情绪，朦朦胧胧有个面貌。而且我不太去想，故事会怎么样，什么场景会怎么样，我不想往那个方向发展，更多还是让自己进入需要的那种真正的情绪状态。为什么反复压呢？写小说可不是写一首诗，它是个体力活，漫长的。比如我估计得四个月左右时间，得保证每一天这个情绪都没有消失。所以长篇小说要写好，不要匆忙动手，要反复压制、压抑，最后喷发的时候，才持续有后劲。经常看到那样的小说，只有前头写得不错，作为行家来讲，就是这小子气断了，到这儿已经没气了，只不过继续把故事往下写而已。

张同道：你并没有一个明确的、完整的故事。

阿来：而且我有意不让自己这么去写，因为在这个状态里头，每天电脑一打开，自然就出来了，不需要设计。

张同道：你的写作也是个探险的过程，感觉你的学习已经不是文学了，而是伸向其他领域。

阿来：老陷在文学里，也特别没劲。但现在好像有个倾向，做文学做艺术的人终身只干这个，世界上什么事情都不感兴趣。问题是，文学跟艺术是表达这个世界的，把自己弄到那么狭小的空间里，那对世界的感知肯定会出现问题。

小说就是一个探索可能性的过程，有很多可能性，往这边走一下它是这样一种可能,往那边走一下是那样一种可能。我们的人生很遗憾,不管面前出现过多少可能,最后也只能选一种,但在小说里可以不断地选。

张同道:这种写作过程就充满刺激。

阿来:有享受,就像我在这野外,累是有点累,但有一种内在的愉悦。如果艺术劳动连这种愉悦感都没有,恐怕这个事情弄不好。有些人说这个人写病了、写死了,我想老天爷我才活几十年,好不容易找了个活干,要把自己弄病、弄死,那我不干。

故乡的边界

地点:马尔康阿来家中

张同道:我发现你从《梭磨河》开始,写家乡的这条河流,然后逐步扩大到土司、机村,再到格萨尔王,文学地盘一直在扩大,这也是你对藏区,尤其嘉绒藏区探索越来越多的一个过程。

阿来:这种经验是一点一点扩张的,一个是活动范围在增加,经验在扩张;第二个,知识面在扩大,这个范围也在扩张。更重要的是我们很多文学老是拘泥于一时一地,即便我永远抒写故乡那个村子,即便我没有扩大,如果不研究更大范围的东西,也不可能说清楚这个村子的事情。如果没有对嘉绒文化的了解,那么对这个民族,对村里人的信仰、行为方式,甚至生产耕作方式,就不可能了解、说清楚,只有放到一个大的文化范围考察清楚、弄清楚。

《尘埃落定》以及后来的作品,也跟社会制度有关系。中国人现在喜欢说一句话,我最不爱听的,说你们是体制内,我是体制外。他的意思是,在单位上班,拿薪水的,叫体制内。我说中国没有体制外,所有的都在体制内。这是句真话。比如想写过去的村子,解放以前的土司制度,就比我那个村子大多了,土司制度又从哪儿来的呢?清朝,康熙、雍正、乾隆。真想把一个小问题弄清楚,就得去弄大问题,小问题最后扩展成大问题,一个小村庄的问题,最后居然是个全球化的。

写历史、写当代藏族文化,寻找一个更远的文化,考察一个更远的文化,它变大也好、变小也好,最后还是跟你从哪里开始是联系在一起的,但我肯定不会因为这样,就永远把自己固定在一个地方,人的生命不是这样的。

张同道: 你说,我的故乡不光是那个村庄。

阿来: 如果把故乡理解得过于狭隘,会出现问题。今天有很多人,说我爱一个村子,那是我的家乡;我是哪个民族,我要爱我的民族;我是哪个国家,我要爱我的国家,都没错。但往往对这些概念理解太狭隘,最后我们的爱变成莫名其妙的,有些是褊狭,有些是愤激,回不到正常状态。

在同样的地理山川中，同样的自然背景下，都靠着森林、河流、雪山、草原，中间有几块小冰地，盖同样的房子，一样的想问题的方式、一样的语言、一样的宗教背景，非说我这个村子就跟那个村子不是同一个，总是指出特殊性，没有统一性，这世界怎么得了？这更是一种扩张，既是自己情感的归宿，也是文化追求的一种，不然多没意思。丰富和广大，不是规定性的。

全世界的人，全中国的人，都有一个故乡对不对？不可能没有故乡，想没有都不行。但我们绝大多数人，其实对故乡并没有真正的认知，没有试图去认识它，了解它，很多人的故乡只是一个比较空洞的概念。开始写作的时候，才突然发现，原来我这么不了解。看到一株树，这株树叫什么名字都不知道；看到一朵花，这朵花叫什么名字也不知道；看到一个老一点的房子，这个房子的历史我们不知道。其实所有这些组合起来，才真正构成了我们的故乡。如果要抒写出一种故乡的独特风味，就不可能还按照别人写故乡的套路或者套话。对于故乡的爱，不是盲目说爱或者不爱，而应按照本来的真正的面目去认知它。如果有好的，我就歌颂；但如果出现了不好的情形，我也要把我的忧虑，甚至抗议，表达出来。

对故乡，我曾经很不爱，现在有点爱。但跟别人谈的那种故乡之爱有点不一样，我不想美化它，也不想丑化它，我所有的书写都想还它一个本来的面目。其实故乡也是我们自己的一个投影,写故乡也是写自己。如果敢于真实地写出故乡的面貌,也是对自己的一个真实认知的过程。

我并不认为我出生的那个村子,才是我的故乡。当我们的阅历日渐扩大,也会把故乡放大,现在可以说,整个川西北高原,我都看成我的故乡。

"粉戏"新演

吴 钢

我拍摄的最早也最为精彩的《战宛城》演出。

近年来,京剧《战宛城》在舞台上演出逐渐多了起来,很受观众的欢迎。在历史上,这出戏曾被历代官府称为"淫戏艳曲",是一出"粉戏",官方将此戏定性为"宣扬淫毒奸杀者"。

这出戏讲述的是《三国演义》中的一段故事:曹操统兵征战宛城,传令三军不可践踏青苗,违令者斩。但行军途中,他自己的马因受惊而入麦地,践踏青苗,曹操欲拔剑自刎,为众将劝阻,最后割发代替斩首,用来儆戒三军。兵至宛城,守将张绣出战,不敌而降曹。张绣的寡婶邹氏不耐寂寞,闺房思春。曹操误听侄儿安民怂恿,掳占邹氏,邹氏遂与曹操苟合。张绣知情后大怒而欲反曹,但怵于典韦之勇,先派胡车盗取典韦双戟,然后夜袭曹营。结果,典韦战死,曹大败逃走,张绣刺死邹氏。

此剧中最受诟病的是邹氏思春,有"拿耗子"的情节,还有邹氏与曹操苟合的场面,被批评为"露骨的色情表演"。

那么,《战宛城》到底是怎样的一出戏呢?

行当齐全的大戏

京剧讲究行当,舞台上的各种人物,根据性别、性格、体魄等分为生、旦、净、丑四个行当。《战宛城》剧中行当齐全,曹操由架子花脸扮演,张绣由武生扮演,邹氏由花旦扮演,典韦由武生扮演,胡车由武丑扮演。戏中生、旦、净、丑俱全。

京剧讲究"一棵菜",舞台上的演员要旗鼓相当,彼此衬映,演出方能精彩夺目。在戏曲界的一些重要演出和纪念活动中,经常有众多知名演员参加,人多了不好安排,于是就常演一些角色多、行当全的大戏,如《龙凤呈祥》《战宛城》等。

我在四十多年戏曲摄影的工作中,曾经拍摄过最重要,也是"文革"后最早恢复的一场《战宛城》演出。那是1981年3月21日,在北京人民剧场举办"侯喜瑞舞台生活八十周年纪念演出"活动中,演出京剧《战宛城》,由侯喜瑞的弟子袁国林饰演曹操,富连成科班"盛"字辈的高盛麟饰演张绣，筱翠花的弟子陈永玲饰演邹氏，尚小云的长公子尚长春饰演典韦。演员配置上乘，各个角色都是由当行流派中的绝佳演员来扮演。可惜当时的各位表演大家现在都已经不在，此剧已成绝响。所幸还有我拍摄的这些照片留存下来，可以看到诸位大师的风采。

《战宛城》是一出人物众多的大戏，光是曹操领兵的阵容就占了不少人。舞台上曹操是主帅，背后有撑伞人举着红罗伞，旁边站着他的儿子和侄子，两旁排列着典韦、许褚、曹洪、张辽等八员靠将（扎着大靠，配着四面靠旗，这是曹操戏中出战时候的基本配置，称为"曹八将"），再加上两堂龙套和四个兵丁十二个人，台上就有

1981年3月21日北京人民剧场演出的《战宛城》中，袁国林饰演曹操，后排左一为尚长春饰演的典韦。ⓒ吴钢摄影

二十多个人，而且衣甲鲜亮，满堂生辉。

中国传统戏曲的虚拟性也表现在时空的突破上，不受时间和地域的限制。譬如剧中人物带着龙套转场一周，或者是一个圆场，就代表千军万马来到了另一个战场。在《战宛城》中，曹操准备攻打宛城，坐帐点将时说"此去宛城，屯军淯水，有三百里路程"，然后传令"起兵前往"，与"曹八将"等一起拿马鞭跨上战马，带领众多龙套兵丁出征，其实就是兵将们随着锣鼓的敲击，围绕曹操在舞台上转动行走。曹操一个人上到椅子上，再上到桌子上，表示站上高山，观看军队的行进，再从另一个椅子上下来，表示翻过了一座高山。众将和龙套在舞台上转到下场门时停步不前，曹操高声问道："前军为何不行？"众将齐声说："来到淯水。"这就表示大队人马来到目的地，准备开战了。只用少许时间，在舞台上转几个圈，三百里路程就赶到了。如此巧妙的舞台调度，既节省了时间，又转化了时空，而且舞台上人物众多，服饰鲜明，行进有序，场面也非常好看。

侯派的"马踏青苗"

京剧讲究流派，每个行当中，演员根据自己的特点创造出不同风格的表演方法，逐渐形成自己的流派，譬如旦行中的梅、尚、程、荀。

《战宛城》与传统大戏《龙凤呈祥》《四郎探母》不同，对流派的要求很严。《龙凤呈祥》中的刘备、孙尚香，可以由不同流派的演员来饰演，各有各的演法；《四郎探母》中的铁镜公主，梅、尚、程、荀都可以演，杨四郎更是余叔岩、马连良、谭富英、杨宝森、奚啸伯等不同流派的老生演员都演过；《战宛城》则不同，是流派特色最为突出的一出戏，由流传至今的演出来看，曹操的表演都是采用架子花脸侯喜瑞"侯派"的演法。

侯喜瑞是旧时北京富连成科班头一科的大师哥。"富连成"是京剧最为鼎盛时期的最大京剧科班，培养出喜、连、富、盛、世、元、韵七科学员，其中有第一科的侯喜瑞、雷喜福等，第二科的马连良、于连泉等，第三科的谭富英、茹富兰等，第四科的高盛麟、裘盛戎等，第五科的李世芳、袁世海等，第六科的谭元寿、茹元俊等，第七科的夏韵龙、冀韵兰等，培养了众多流派的优秀演员。梅兰芳、周信芳等人都曾经在富连成带艺学习（现在叫进修），可见其在京剧历史上的重要作用，说富连成科班顶起了中国京剧鼎盛时期的半壁江山，并不为过。

上世纪三十年代唐伯弢所著《富连成三十年史》中，有关于侯喜瑞在科班时的记述："该社教授萧长华，以侯喜瑞才堪深造，遂为之排演三国志之曹操。侯喜瑞天资既高，性复勤敏，且好学不倦，善揣摩剧情，对所饰剧中人

晚年的侯喜瑞与儿女在家中。摄于1981年1月3日。© 吴钢摄影

之身份及个性,咀嚼靡遗。故每演一剧,尽善尽美,传曹操之奸诈权变,不啻阿瞒复生,乃有活曹操之称。"

侯喜瑞先生是1892年生人,我做摄影记者时很年轻,赶上拍摄的最早的京剧表演艺术家就是他老人家。当时侯先生已经九十岁,住在北京崇文门外西花市大街手帕胡同的小旧平房里。侯先生成名时收入很高,在手帕胡同置了三进的四合院,庭院之大,可以在院中搭台唱戏。那时家里的子女都不用工作学习,由老爷子挣钱供养着。谁想到"文革"中被批斗,全家人从四合院里被赶出来,一家三代住到同一条胡同的陋室之中。我去侯老家中拍摄,一代名优就躺在破旧的椅子上,家徒四壁,一张铺板两头用垒

侯喜瑞先生肖像。摄于1981年1月3日。
© 吴钢摄影

墙的空心砖支撑起来，煤球炉子上坐着一个破铁壶，炉台上烤着白薯。四十年前的白薯不像现在是稀罕食品，当年食物都要票证，白薯实为果腹充饥之物。照片上的侯氏一家人，儿女们年纪也大了，没有工作可做，环坐在侯老周围，都指着侯老微薄的退休金生活。

即便如此，侯老还是十分乐呵，永远笑容满面。我在屋内极其微弱的光线下，为他拍摄了一张逆光头像，把侯老的音容笑貌记录下来。

侯喜瑞先生当年还时常出来参加戏曲界的活动，我曾经拍摄当年最重要、最著名的四位京剧架子花脸。

侯老冬天出来参加活动，穿一件水獭领子的大衣，他

1980年10月30日,四位架子花脸演员在尚小云追悼会现场(右起:袁世海、侯喜瑞、尚长荣、袁国林)。© 吴钢摄影

1981年1月28日,侯喜瑞(右)与王金璐在中国戏曲学院。© 吴钢摄影

儿子侯英山对我说："不怕您笑话，老爷子连件像样的衣服都没有，出门的大衣都是现借的。"听起来令人心酸。

我拍摄的最早也最为精彩的这场《战宛城》演出，由侯喜瑞先生的入室弟子袁国林饰演曹操。在侯先生的众多弟子之中，袁国林与侯喜瑞交往最深，曾有一段时间就居住在侯家学艺，是所谓"入室弟子"，得到侯派的真传。此戏中前半场以曹操的戏份最重，袁国林饰演的曹操宗侯派，京剧中曹操的脸谱为白色，以示人物奸诈的性格。袁国林勾画的脸谱线条清晰，眉长目细，印堂和眉间有三道黑纹凝聚，表现出曹操善用心计和在大战之前的忐忑心情。

京剧中的"架子"花脸是以身段动作和功架为主，不同于演唱为主的"铜锤"花脸。"马踏青苗"是此戏的特色表演，曹操头戴黑色相貂，身着红色蟒袍，左手抱令旗宝剑，右手持马鞭，用力勒马，蹲下身行，两腿交错着走矮步、搓步、横撕步。此时曹操身体已经倾斜，右脚斜插至左脚的后面，右脚背几乎贴在台毯上，一步一探，小心翼翼。

这种台步既有步履沉稳中的谨慎，又兼卧鱼身段的妩媚，别具异彩，是其他戏中见不到的。观众仿佛看到在茫茫麦田之中，曹操紧张地勒紧马匹行进，防止马匹踩坏了老百姓的庄稼。斑鸠惊马后几个大转身趟马的身段，用马鞭三次击打靴尖，动作舒展，大开大阖。这套程式化的身段，配合着锣鼓舞蹈起来，美不胜收，又十分符合剧情，

袁国林饰演曹操。© 吴钢摄影

是这出戏里最好看也最能展现演员功力的一套特殊的台步动作，是侯派架子花脸艺术的精华。

筱派的拿耗子

张绣兵败降曹之后，战事结束。此时将士们全部下场，舞台上空着，转为张绣寡婶邹氏在绣房中的一场戏。

邹氏因为有思春、与曹操通奸、被张绣刺杀等表演，在京戏里通常为"刺杀旦"或者"泼辣旦"应工。

"刺杀旦"不同于青衣、花旦、武旦，是花旦行当中的一个特别的分支。"刺杀旦"来自昆曲，昆曲旦角中的"四旦"就是"刺杀旦"，扮演有刺杀行为的女性，多是贞洁烈女，如《渔家乐·刺梁》中的邬飞霞、《一捧雪·刺汤》中的雪艳、《铁冠图·刺虎》中的费贞娥等。还有一类"刺杀旦"，专门饰演放荡轻薄、风骚泼辣、水性杨花、凶恶歹毒的女子，最后都被人杀死，如《挑帘裁衣》中的潘金莲、《翠屏山》中的潘巧云、《乌龙院》中的阎婆惜等。可见，"刺杀旦"不仅指刺杀他人的女性，还表现舞台上被人刺杀的女性。

后一类的"刺杀旦"，以筱派的表演最为著称。

"筱"是指京剧男旦演员筱翠花。筱翠花真名于连泉，也是富连成科班"连"字辈的演员。筱翠花能够在梅派、程派、尚派、荀派四大名旦的夹缝中生存,自成一派,并且有自己的表演风格、有自己的代表剧目、有筱派艺术的传人、有喜欢筱派的观众,可见其艺术成就之卓著。筱派在表现特定性格的人物方面,有独到的表演风格。在京剧最为鼎盛时期的1926年,筱翠花曾独立挑班成立"又兴社",常演出《翠屏山》《战宛城》《大劈棺》《杀子报》《马思远开茶馆》等剧目,表现一些淫荡、泼辣、凶狠的妇女形象。当年对筱翠花刻画人物中的色情表演,剧评家有如下之评论:"惟见其剔透入微,风光妩媚,不知其荡;若夫凶悍泼辣正宜以淫荡见长,唯其能荡,筱翠花之所以可贵也。"

筱翠花的剧目多为凶杀色情,解放后他几乎没有演出的机会,于1967年逝世。

筱派弟子陈永玲,十二岁就拜筱翠花为师,学习筱派剧目。后来又经筱翠花的举荐,先后拜在荀慧生、梅兰芳、尚小云门下,学习旦角各派的艺术精华。年轻的陈永玲得以拜师四大名旦中的三位,为他日后学习和发扬筱派艺术打下了坚实的基础。1947年,原"四小名旦"(李世芳、张君秋、毛世来、宋德珠)中的李世芳遭飞机失事遇难,北京《纪事报》重新选举"四小名旦",选出"新四小名旦"为张君秋、毛世来、陈永玲、许翰英。此时陈永玲年仅十八岁,就能位列"新四小名旦"之班,可见其艺术之精湛且前程无量。解放初期,陈永玲为支援大西北

陈永玲先生。摄于1981年8月30日。© 吴钢摄影

到了兰州京剧团,可惜从反右开始,直到"文革"的运动中,受到批判。陈永玲从三十五岁到五十岁,也是演员最好的年华时不能演戏,而是在劳动、改造中度过的。

在1981年的这次《战宛城》演出中,邹氏由陈永玲先生饰演。在此之前,我拍摄过陈永玲先生在北京演出的《贵妃醉酒》和《小放牛》两出戏。

民国时期,常州人张肖伧所著《菊部丛谭》一书中有"燕尘菊影录"一篇,介绍筱翠花时有如下评述:"《醉酒》《小放牛》两剧,尤卓著声誉,可与元元旦(男旦高喜玉,又名元元旦,富连成科班第一期'喜'字辈,武旦、花旦演员)并驾,醉酒之双眼微酡、斜视流波、魂飞色授,最能传杨玉环之神。即软腰台步身段,亦远非梅尚等能望其项背。"由此文可见,《贵妃醉酒》《小放牛》是筱翠花的代表剧目。

那是在1980年12月8日,陈永玲复出后首次在北京中和戏院演出,或者说是"亮相",至关重要,因此他选择了筱派的这两出代表剧目。这次演出是与北京京剧院二团合作的,演出之前,我到后台看望陈永玲先生。我们知道,剧场的后台是不准闲人走动的,我是《中国戏剧》杂志的摄影记者,加上那时摄影拍照实为罕见,于是可以例外。即便这样,到陈永玲先生的化妆室,我还是加了小心的,因为男旦演员的化妆室,有别于普通男演员。首先男演员

1980年12月8日,陈永玲在后台化妆室里化妆。© 吴钢摄影

的化妆比较复杂,男人化成女妆,要比女人化女妆更费时间,总怕化妆化得不好看,因此怕外人打搅;其次是男旦演员要避免裸露上身,这在旧戏班有严格的规定。据民国二十年合肥人方问溪所著《梨园话》中记录后台规矩:"第十五条,占行扮戏,不得赤背。旦角扮戏时,虽在盛夏,亦不准赤背。因旦角既上妆后,则属于女性,岂可赤背于广众间耶?"

近年来戏曲舞台上男旦渐盛,甚至有"全男班"的演出,须知记者或戏迷在后台走动,要有眉眼高低,即使是男旦化妆和更衣,也要有所忌惮。

1980年12月8日,陈永玲演出《贵妃醉酒》。©吴钢摄影

《贵妃醉酒》中,陈永玲饰演杨玉环"看雁"时的云步。
© 吴钢摄影

我这次到后台看望，他也非常配合，边化妆边与我聊天。陈永玲先生告诉我，梅兰芳先生的《贵妃醉酒》就是跟刀马旦演员路三宝学习的，而陈永玲的师傅筱翠花的筱派艺术，也是从路三宝的表演中分支出来的。这一天，我也得以在化妆室里拍摄了陈永玲先生的化妆照片。

如今都知道，梅兰芳的《贵妃醉酒》最为经典，其实该戏最早是由刀马旦或者是泼辣旦应工的。梅葆玖先生曾经讲述过旧时《贵妃醉酒》的演法："《贵妃醉酒》以前比较色情，它讲述的是杨贵妃等待唐明皇而他失约，贵妃醉酒后思春，主要人物除杨之外，还有小生裴力士和小丑高力士。以前表演时，杨玉环眉眼斜视，表情放荡，拉裴力士同衾共枕，拉高力士同入罗帏。"后来梅兰芳重新编排了新版《贵妃醉酒》，把其中色情的成分去掉，使得全剧的整体格调和精神境界得到升华，成为梅派的代表剧目。现在舞台上经常演出的《贵妃醉酒》，无不以梅兰芳的版本为标准，展现升华了的杨贵妃形象。

而独有陈永玲的《贵妃醉酒》，是在梅兰芳表演的框架下，根据自身条件和筱派特点，采用了一些与梅派不同的表演方法。如唱到"鸳鸯来戏水"时，用流盼的眼神和羞涩的神情表现出对男欢女爱的期待；唱到"金色鲤鱼在水面朝"时，用扇子上下左右的扇动；唱到"燕儿飞"时走一个大的圆场，这些都是十分有特色的，或者说是保留了一些老的演法。

1980年12月8日,陈永玲演出《小放牛》。©吴钢摄影

梅葆玖评价筱翠花时曾说:"他的跷功、腰功都在我父亲之上。他醉酒时跑的醉步、能够卧鱼三分钟,都是绝活。卧鱼也是炫技的一种,演员从侧面弯下,人脸朝天,筱翠花在卧鱼时能保持凤冠下的珠子直起直落不摇摆。"

可惜我们无法观看到筱翠花的演出,只有从陈永玲先生的《小放牛》《贵妃醉酒》中一窥筱派艺术的风范。

《小放牛》虽然是一出小戏,但有繁重的歌舞表演。陈永玲的圆场加上一跳一颠的骑驴动作,生动活泼地表现出妙龄村姑的形象,其实他当年已经五十多岁了。戏中一

陈永玲饰演妙龄村姑时，已经五十多岁了。©吴钢摄影

个在河边卧鱼下蹲后俯身喝水的动作,难度极高,程式技巧与戏剧情节呼应,美不胜收,展示了筱派艺术的辉煌。

说了半天《小放牛》和《贵妃醉酒》,只为介绍筱派艺术与陈永玲先生的表演特色,还是回过头来说一说《战宛城》。在此次演出中,陈永玲饰演的邹氏是一个年轻的寡妇。

"思春"一场,是邹氏在房中的独角戏,前面几十员战将在舞台上打得热火朝天,把场子"炒"热了,紧接着就是这场一个人的戏,场子骤然冷静下来,节奏也放慢了,此时此景,稍微弱一点的演员就会把戏演"温"了,压不住场子。

陈永玲先生一出场的几步走,就获得了满场掌声。他的台步既不是花旦的天真摇曳,更不是青衣的稳重端庄,似踩跷又没有跷,轻佻妖艳之态从脚底到腰间而直上肩头,此时肩膀上颠耸的戏就足以勾人魂魄,被"钓"住眼神的观众追着邹氏出场,仿佛看到一股春风吹到了台上,把方才的大战硝烟吹得烟消云散。

这还刚刚开了个头,后面的戏就在这个"春"字上做文章了。

邹氏在桌前坐下,通过摇头、叹息、低首、垂眉,无聊之间把花插入发鬓等一系列动作,把邹氏的"暮春天,日正长心神不定"和"病恹恹,懒梳妆缺少精神"的自叹、自怜、自哀心境表现出来,唱做结合得恰到好处。在唱腔的音乐过门声中，邹氏摘下头上的白花，边看边唱出"辜负了好年华贻误终身"，随着把花重新插入头发，结束了这段唱。深情的演唱与传神的动作紧密结合在一起，把一个美丽贵妇的思春情绪声情并茂地展现在观众的面前。

接下来是邹氏一个人的"哑剧"表演，在"行弦"节奏声中，用搓手绢、转手绢、用牙齿咬手绢、用手绢擦指甲……无聊之中用手捶打另一只胳膊，揉搓肩膀、摇晃着胳膊解闷，再伸个懒腰……充分表现了寡妇的烦闷和难耐。

邹氏听到窗外的鸟叫声，打开窗户，春光乍现。陈永玲用一左一右接连两个侧身叉腰的动作，表现邹氏欣赏着窗外迷人的春色，体态妖娆，眉目含情，邹氏的神态骤然舒展，流露出对爱情的无限向往。窗外春色撩人，吹皱一池春水，搅动了寡妇的春情。然后是蝴蝶飞进来，邹氏追扑蝴蝶的小圆场，身段妖美、步履轻浮，像漂在水面上打转的一股清流，又是满场的掌声。前面的表演展现了邹氏的寂寞难耐，这里的赏春和扑蝶则是表现了邹氏的春情萌动。

接下来就是这场戏中最著名的"拿耗子"。

乐队吹出耗子的叫声，邹氏听到耗子的叫声，面露惊恐之色，环顾墙角四周，找寻耗子的踪迹。突然，手指桌子，发现耗子上了桌子。邹氏看到耗子，先是惊恐，继而又伸出两指，表情动作从惊恐转为羞臊，两手轻拍胸脯仿佛也按捺不住春情的躁动，面红耳赤地暗示观众她看到桌上的两只耗子在交配。

《战宛城》中，陈永玲饰邹氏，无聊中揉搓肩膀。ⓒ 吴钢摄影

《战宛城》中,陈永玲饰邹氏,观看窗外的景色。© 吴钢摄影

陈永玲表演时，用手帕遮住目光，羞于观瞧，又忍不住从手绢后面偷看，甫一流盼，复转娇羞，这一遮一盼之间，表现出寡妇的情欲被两只耗子撩动起来。邹氏起身迈步，想用手绢捕住，又生怕惊走耗子，一只腿迈出而定住，两只手举着手绢抖动。在欲捕欲就的过程中，这几步走仿佛是影视中的"慢动作"，莲步轻举，芳心忐忑，给观众充分的时间来感受寡妇看到耗子交配时的心理变化，又展示了演员控制台步和腰腿的功力。用手绢盖住耗子后，再快速抓几下手绢，活灵活现地表现被盖住的耗子的跳动。

在这场"拿耗子"的戏中，有道具制作的耗子出现在桌子上，像木偶戏一样用钢丝操纵，两只耗子作交配状，撩动了邹氏的春情。而近年来的演出，为使观众看清耗子，还把道具耗子的体态增大，在桌子上动作。

以我一个普通观众的看法，耗子上台，其实是没有必要甚至画蛇添足的展现。且不说传统京剧是虚拟写意的艺术形式，并不需要木偶上台，也不说两个道具耗子交配的不雅动作有碍观瞻，就是桌子上耗子的出现，也与前面的程式化表演有所出入。试想，倘若是道具制作的耗子此时出现，那么几分钟之前的扑蝶也应该有钢丝操纵的蝴蝶飞舞才对。再往前看，曹操的马踏青苗，更应该有机械操纵的马匹上台才合理，那就乱了套了，还是京戏吗？

就以《小放牛》来看，河边喝水的动作，演员用俯身弯腰来完成，完全没有河水的出现；《贵妃醉酒》中的摘花，用侧身卧鱼来完成，台上并没有花，全靠演员的表演"无中生有"出来；再看一下我们熟悉的花旦戏《拾玉镯》，孙玉娇出场的哑剧表演，用手搓线、绕线，然后穿针、引线、绣花等系列动作，都是虚拟完成，手里什么都没有，再下面的喂鸡、轰鸡、数鸡的情节，台上一只鸡也没有，全凭演员逼真的表演来完成。

因此我们可以想见，如果《战宛城》中"拿耗子"演出时，把两只不雅的木偶耗子去掉，完全参照前面的扑蝶动作，用乐队模仿耗子的叫声，演员再把看见耗子的情景用手、眼、身、步充分细腻地表演出来，交代给观众，观众是完全可以理解这是耗子在交配了。我们不要低估观众的想象力和欣赏水平。

京剧理论大家齐如山在几十年前就说过："按国剧的规矩，不许写实，不许有真物上台……所以说旧剧一切避去写实，不需真物上台，也是一种很有道理的规定。因为真正想写实，便有许多事情，办不到也。"

以《战宛城》来论，真耗子上台当然是"办不到也"，就是木偶耗子上台，也纯属木偶的表演，而"非京剧也"。

以笔者浅见，去掉木偶耗子，从舞台效果方面，有如下好处：符合传统京剧尊崇的程式、虚拟、写意化的表演方法，此其一也；彻底摒弃有争议的耗子在台上交配的木偶表演，还舞台于演员，此其二也；观众得以集中精力欣

《战宛城》中,陈永玲饰邹氏,跟耗子有关的戏份都是在虚拟中演出。© 吴钢摄影

赏和理解演员的动作，不为耗子所干扰，此其三也；撤去桌上遮挡木偶操纵者的帘帐，甚至撤去多余的桌子，最大限度净化舞台，参照《拾玉镯》的设置，还舞台于"一桌两椅"，给演员以最大限度的表演区域，扑蝶时候的圆场跑动更能圆满自如，此其四也。

如果某位演员能够大胆改进，去除耗子干扰，则前有梅兰芳先生对《贵妃醉酒》净化之先例可循，后有观众对上述四项元素之欣赏有加，于演员于观众皆有诸多裨益，一试而又何妨？

再说回1981年的这场演出，被夹在两场恶战之中的大段独角戏，被陈永玲先生演得活灵活现，此时的观众完全被演员的表演所征服，安静地坐在黑暗处窥视思春寡妇的一举一动。陈永玲的表演不温、不火、不"黄"，恰到好处地刻画挖掘出这位寡居贵妇渴望爱情的心理，也为后来邹氏与曹操的苟合埋下伏笔。

曹操进城后，将邹氏和丫鬟春梅掳去，邹氏见到曹操，一双水灵灵的眼睛显出万种风情，略一飞眼，便勾引得曹操魂不守舍。观众在前面的"思春"一场戏中早已洞悉了邹氏的荡漾淫心，如同见火就着的干柴，此时何需烈火？她与曹操交谈几句，就相拥着走入后堂了。这是一场快节奏的过场戏，时间虽短，却有"迫不及待"的深长意味，观众并不觉得唐突。正是因为前面有邹氏"思春"时的表演，微妙细腻到毫巅，而后曹操与邹氏的苟合就是顺

1981年3月21日演出的《战宛城》中,陈永玲饰演邹氏,袁国林饰演曹操。
© 吴钢摄影

理成章的结果了。

早年间的演出中,有些演员为迎合一些观众的低级趣味,把这场戏作为重点,加强了情色的表演。我们知道,数百年来,传统京剧表演是极其保守规矩的,演员在舞台上露出胳膊已然不可以,更遑论祖裼裸裎的大尺度展现,那么,《战宛城》这出"粉戏"的"粉"从何来呢?当年所谓"粉色"、现在称为"黄色"的表演,就是在舞台正中设置幔帐,即在两张斜放的椅背上绑着两幅帐帘。邹氏与曹操见面,几句言语撩拨、眉目传情之后,有邹氏与曹操携手入帐的情节。入帐后演员故意关闭帐帘，晃动着帐子，暗喻帐内的不雅动作。也有演员把一条踩着跷、穿着裤子的腿架在椅背上露出帐外。此时舞台上一个人也看不见，观众只看到露出帐外的这一条腿。有看过当年演出的观众描述说："这条腿便在帘子外，或紧张蜷缩，或放松伸展，或笔直紧绷，上下颠簸，好似波浪一般。"此种用抽象、写意的方法演释"情色"场景，名曰"大闹销金帐"。更有甚者，演员把鸡蛋清从帐子后面抛出来，甩到观众席上……以鸡蛋清为道具，即使放到今天，也可归类于当代的"行为艺术"了。总之，"粉戏"煽情的手法无所不用其极，变着法儿地启发观众的邪念和想象力。

乾隆年北京的《燕兰小谱》就曾有"粉戏"《战宛城》的报道："友人言近日歌楼演剧，冶艳成风，凡报条（以红纸书所演之戏，贴于门牌，名曰报条）有'大闹销金帐'者，是日坐客必满。"

如此糟粕之种种，都在此次陈永玲先生的表演中被摈弃，舞台上也根本没有幔帐的陈设。

杨派武生的袍带戏

本次《战宛城》高盛麟饰演的张绣，出场后的戏不多。前面曹兵军威的展示，再加上曹操"不准马踏青苗"

的禁令，大军压境，以石击卵，张绣焉能不败？无奈之中，只得降曹。

高盛麟先生是富连成科班"盛"字辈的演员，杨（小楼）派大武生，也是这次《战宛城》演出中唯一一位富连成科班毕业的演员。

高盛麟出科后，拜武生演员丁永利为师，丁永利常年与杨小楼配戏，也是传授杨派艺术最好的教师。后来高盛麟迎娶了杨小楼的外孙女刘蕙芬。杨小楼无子，只有一个独生女儿，女儿生了三子一女，一女就是蕙芬，因此杨小楼对女儿和外孙女疼爱有加，对外孙女婿也是另眼看待，把平生之学尽心传授给了高盛麟，因此高盛麟的杨派武生戏学得多、学得瓷实。

高盛麟先生擅演长靠武生戏，我曾在中国戏曲学院排演场拍摄过他在"文革"结束后首次演出的长靠戏《平贵别窑》。他扎着大靠，穿着厚底靴，在台上跑圆场，脚步随着"急急风"的锣鼓疾促奔跑而上身平稳有序，四面靠旗和靠旗上的飘带随风在背后扬起，丝毫不乱。这个圆场的跑动，是几十年长靠和厚底功夫的积累和展示，至今为京剧界所乐道。

高盛麟的箭衣戏我也拍摄过，是"文革"之后在中国戏曲学院内部演出的传统老戏《连环套》。之所以有"内部"二字，是因为黄天霸的"叛徒"问题，当时还不可以公开演出。高盛麟扮演的黄天霸穿箭衣，戴硬罗帽，蹬厚

1979年3月23日，高盛麟在《平贵别窑》中饰演薛平贵。© 吴钢摄影

1979年，高盛麟在《连环套》中饰演黄天霸。© 吴钢摄影

底靴，少年英雄、血气方刚，与王正屏扮演的窦尔敦争强斗恶，有不少精彩的表演。

在1981年的这场《战宛城》中，高盛麟扮演的张绣出场时是大武生装扮，扎长靠，配靠旗，英勇霸气。可是与曹军一战即败，无奈献城投降。降曹后的张绣卸去甲胄，改穿青袍小帽，还要低头弯腰，报门而进。大武生改穿老生的装束，头上的纱帽翅、双手的水袖、腰间的玉带，都要运用起来，与穿长靠和箭衣的表演大不相同，对武生演员来说难度很大。

高盛麟不愧为杨小楼先生的高足，继承了杨派武生武戏文唱的特点，他的父亲是有名的高派老生高庆奎，"袍带戏"源自家传，因此表演起来游刃有余。

舞台上演英雄容易，演英雄落魄最难。败兵之将何以言勇，张绣在曹操面前只能唯唯诺诺，赔着笑脸，极尽卑微之态度。若无曹操与邹氏的苟合，张绣兵败降曹，戏也就该结束了。

谁知风云突变，寡婶被操军掳走，张绣去曹操住处打探消息，看到婶娘的贴身丫鬟春梅前来上茶，确认了曹操与婶娘的奸情，震怒得跌坐在椅上，进而起身双手高抛水袖，再狠狠地抓住，双手倒背身后面向观众亮相，强忍满腔怒火而不形于色，只有头上两只纱帽翅的颤动表现出胸中的愤恨。此时不但观众一惊，曹操也被震住了。僵持半晌，曹操试探着从侧面用扇子敲他的肩膀，一次两次，张绣仿佛僵住了一

《战宛城》中袁国林饰演曹操，高盛麟饰演张绣。© 吴钢摄影

般丝毫不动。观众从他的脸上表情读懂了他内心韵白："曹贼呀曹贼，你欺人忒甚呀！"直到曹操第三次用扇子敲他的肩膀，张绣才缓过神来，认清形势，假意拱手告退。出来后狠狠地说："曹操呀，我不杀尔，誓不为人也！"

我们知道，高盛麟继承了其父高派唱念嘹亮响脆的嗓音，但是这几句道白隐忍低沉，暗藏杀机，仿佛从牙缝里挤出来，咬牙切齿地念出了满腔的愤恨。京剧讲究"千斤道白四两唱"，道白之功夫和重要性，就表现在这里了。张绣平日视婶娘如母，遭此奇耻大辱，是可忍，孰不可忍。

大将典韦的威武

京剧中曹操出场，身边有八员上将，《战宛城》中重点突出的则是大将典韦。此次演出，典韦由大武生尚长春扮演。

尚长春是尚小云先生的长公子，先后在富连成和荣春社科班学艺，得到过名师传授，学习杨小楼、尚和玉这两大门派的武生戏，能戏甚多。我做摄影师时他已经在中国戏曲学院任教，不常演戏，为人谦和可亲，对学生像是慈祥的老妈妈。这出《战宛城》是我看过他唯一的一场演出。

典韦在这出戏里是一个关键的棋子，曹操之所以有恃无恐，奸掠张绣之婶娘，倚仗的就是典韦，而张绣所惧怕者，也是勇猛无敌的典韦，因此凡是演出《战宛城》，典韦就是"硬里子"活儿。戏曲界称优秀的配角演员为"硬里子"，如同做衣服，面子用好面料，里子也要选用好料子来衬托面料，以此来比喻戏曲演出选择演员，主角是好演员，配角也要选择相当名气的演员与之搭配。因此饰演典韦的演员，一定要选用有名的大武生。如果饰演的演员太"水"，就显不出曹操的傲慢骄横与张绣的大智大勇。

尚长春扮演的典韦勾黄色三块瓦脸，黄色在京剧脸谱中表现骁勇凶暴的人物性格。典韦扎黄色大靠，盔头上插翎子，带白色狐尾。典韦出场时的起霸就看出功力，手、眼、身、法、步都运用自如，大开大阖，孔武霸气，

尚长春先生在中国戏曲学院里任教,为学生勾脸。
摄于1986年。© 吴钢摄影

有冠绝三军的气势。当年尚长春先生已经五十多岁,体魄胖大,但开打时身手稳健、功架饱满霸气。几个连续的翻身,左右盘旋舞蹈,生龙活虎般矫捷。

后面的戏是张绣夜袭,大战典韦。如果说前面的张绣是大兵压境时的被动应战,此时则是报仇心切下的主动出击。典韦猝不及防,又失了双戟,且是醉酒后开打,仍困兽犹斗,以一挡百,死战而不退,为曹操逃命争取了宝贵的时间。典韦被杀时走"硬抢背",高高跃起再翻滚着摔下,以尚先生的年龄体魄,殊不易也。

宛城一战,曹军反胜为败,曹操侥幸逃脱,却折了大将典韦,曹操的一个儿子和一个侄子也死在乱军之中。在后来的三国戏《张松献地图》中,张松讥讽曹操"丞相虎威,不过是濮阳遇吕布,宛城遇张绣,赤壁遇周郎,华容

《战宛城》中,尚长春饰演典韦。©吴钢摄影

道遇关羽",其中一句"宛城遇张绣",不如说是"宛城遇邹氏"比较准确,倘若曹操没有遇见邹氏,如何会有张绣的兵变?

《战宛城》这一出战争大戏,两头都是恢宏激烈的武打场面,可全剧的重点竟是当中一段寡妇思春的独角戏,对这个女人有过多、过长、过细的心理描写与刻画,却又完全符合剧情发展,有它发挥表现的合理性,也符合中国戏曲"有话则长、无话则短"的艺术规律,令人感叹京剧老先辈们的艺术安排,的确是高水平的场景布局和舞台调度。

红星照耀铁十字

徐 辰

苏联红军使用的德国坦克装甲车辆。

1941年6月22日0315时（凌晨三时十五分），德国动用全军一百九十个师中的九十九个师，共三百零五万兵力，加上意大利、斯洛伐克、罗马尼亚、匈牙利派遣的十五个师及十三个混成旅，在北至波罗的海、南抵黑海的漫长战线上，对苏联发起闪电进攻。

这些德军部队包括十四个装甲师和十个摩托化步兵师，德军当时拥有的五千八百二十一辆坦克与自行火炮中，有三千八百七十一辆被投入这次"巴巴罗萨"作战行动。

苏德战争爆发前，苏联拥有世界上最庞大的装甲坦克兵部队，坦克与自行火炮总数多达两万五千九百三十二辆。开战之初直接面对轴心国军队的西部战线五大军区[①]，

[①] 包括列宁格勒军区、波罗的海特别军区、西部特别军区、基辅特别军区及敖德萨军区，分别对应开战前后一周内改组而成的北方面军、西北方面军、西方面军、西南方面军及南方面军。

总共装备一万三千九百八十一辆坦克装甲车辆。然而战前红军的大部分现役坦克都沿用1930年代初期的技术构造,这一时期开发制造的坦克耐久性差,返修周期很短①。德军大兵压境之际,西线红军能够正常出勤作战的坦克只有约七千二百辆②,其中约三分之一是1934年之前出厂的旧货,机械性能极差。加上部队作训不足、后勤系统混乱,西部战线的红军部队在战争初期节节败退,半年间先后损失坦克约两万零五百辆。即便苏联在此期间向西方盟国购买作战车辆③,工厂加紧动员生产,仍难以在短时间内填补巨大的装备漏洞。

如此局面,迫使红军指战员打起了敌军坦克的主意。

事实上苏德战争刚一打响,苏联红军就开始使用缴获的德国坦克和自行火炮作战。当时前线部队曾发回一些由N.波佩尔和G.佩涅日柯撰写的战斗记录,绘声绘色地描述西南方面军第八机械化军第三十四坦克师运用缴获的德军坦克,在夜晚对德军发起反冲锋的故事。内容十分精彩,却不符合史实,只是用于掩盖西南方面军一溃千里的战斗实况,并维持后方士气的宣传手段。第三十四坦克师的作战日志在此期间只记载过一次类似的战斗:"(1941年)6

---

① 以装备数量最多的T-26轻型坦克和BT系列快速骑兵坦克为例,它们的引擎每运转三百五十小时就必须返厂维护。
② 数据引自苏联红军根据1941年1月10日颁布的国防人民委员会第1V号指令,于1941年4月1日制订的《关于红军内部登记与汇报方针》。
③ 同年10月起,根据《租借法案》获得援助。

月28日到29日,师属部队组成了有坦克参与的防御阵地,共歼灭敌军坦克十二辆,大部分是中型坦克。我们利用这些坦克原地阻击敌军。"

战争的头四个月里,德国人牢牢控制着战争的节奏和机动战场的主动权。在莫斯科会战前,红军并没有留下多少运用缴获坦克和自行火炮的记录,以下是一些可以确认的战例:

1941年7月7日,在西方面军第七机械化军发起的反击战中,第十八坦克师的梁赞浩夫中士在科特帖地区开着自己的T-26轻型坦克杀入德军后方,在那里与德军周旋两个昼夜,最后带着两辆T-26和一辆缴获的德国Ⅲ号坦克回到自己的阵地。

1941年8月5日,在列宁格勒郊外的战斗中,列宁格勒指挥进修部队的装甲训练班组建了一个混成坦克团,在前线缴获两辆被地雷炸坏的德军坦克,这些坦克修复后就立即为红军征用。从记录描述来看,它们应该是捷克波希米亚-摩拉维亚机械制造股份有限公司设计并为德军承造的38(t)轻型坦克。

在保卫敖德萨的战斗中,苏联沿海部队也缴获过多辆坦克。例如1941年8月13日,苏联海防部队在保卫敖德萨的战斗中摧毁了十二辆德军坦克,其中三辆被运到后方接受修理,并被编入第二十五步兵师。

西南方面军在1941年8月的基辅保卫战中缴获两辆突击

炮①，其中一辆被送到莫斯科用作研究；另一辆先开放让基辅市民参观，之后即被部队征用并开赴前线。

1941年9月的斯摩棱斯克会战中，红军少尉S. 克里莫夫在自己的坦克被击毁后，立即爬上一辆缴获的德国突击炮继续作战，并且在一天之内摧毁两辆德军坦克、一辆装甲运兵车和两辆载重汽车，为此获颁红星勋章。10月8日，晋升中尉的克里莫夫指挥着一个由三辆德国突击炮组成的小分队突入德军后方，完成了一场勇猛的战斗，获颁红旗勋章。12月2日，他在戈里亚沃契镇与一个德国反坦克炮兵连正面对决，牺牲在自己的突击炮里。

1942年春，德军兵败莫斯科。苏联红军这才有时间系统地清点并开始修复从德军手中缴获的军事重装备。一位名叫拉里·列瑟的美国杂志记者曾于1941年12月中旬造访驻扎在莫斯科郊外的红军第二十集团军，生动记述了红军清点战利品的丰收景象："沿着寒冬的树林走了没几里地，就来到一个名为'火焚村'的镇子。令人惊奇的是，虽然有这么个称呼，小镇在度过德军占领时期后还是保持得非常完好。我们走到堆满战利品的地方，红军战士正在收拾庭院、板棚和房间，找到的许多步枪和冲锋枪被集

---

① 即 Sturmgeschuetz，是德国用Ⅲ号坦克底盘改装而成的自行火炮，火炮安装在车体前部的封闭式装甲战斗室。该词在德语中只有"突击炮"的意义，之所以后来有了Ⅲ号、Ⅳ号突击炮的区别，是为了区分出战争后期用Ⅳ号坦克底盘改造的装备，后者不包括在本文记述的"突击炮"中。

中到院子里堆成好几排,而德国人几小时前才离开这里。有一位红军战士满怀胜利喜悦,驾着缴获的德军摩托在地里疾驰。当我问他为什么他的摩托如此轰轰作响,他高兴地答道:'德国人的技术就那样,他们想用这个来吓唬我们。'"

"另一边,三个红军战士正在拆卸一部德国大型运输车的引擎,尽管天气很冷,他们的动作依然十分麻利。注视着他们的举动,我听到他们在骂娘,因为螺丝扳手从结冰的车侧滑落了。由于对俄国人的初步印象,我曾经期待看到一些机械地完成艰巨任务的农民,和他们的温厚与忍耐,但这些人使我想起美国汽车厂的修理工。他们也是那样的好冲动,控制不住自己的嘴巴,他们会极力咒骂这种毫无成效的工作。看得出来,红军在这里因为寒冷受的罪不比几英里外的德国兵少。我想,就是这些人,这些壮实的小伙子组成了红军的骨干,他们信任热爱自己的指挥官,时刻等待着他的战斗命令;这些战士也非常尊重懂技术的专家,而德国装备引起他们极大的好奇心,他们在德国坦克和运输车里钻来钻去,活像是年轻的淘金人。"

由于当时红军仍十分缺乏坦克和自行火炮,有修复可能的德军装备被收缴后,都必须统一运往后方工厂。成绩最突出的是西方面军编制内的第五步兵军,从1941年12月到1942年4月期间,共向莫斯科运回四百一十一件缴获的德军装备,其中包括十三辆中型坦克、十二辆轻型坦克、两辆自行火炮和三辆装甲车。此外,该部的应急车辆组装点还修复了七百四十一件德军装备,包括三十三辆中型坦克、二十六辆轻型坦克、六辆自行火炮和三辆装甲车。另有三十八辆状态比较好的德军坦克装甲车辆在前线就被登记征用,包括两辆I号轻型坦克、八辆Ⅱ号轻型坦克、十九辆Ⅲ号中型坦克、一辆Ⅳ号中型坦克和七辆突击炮,以及一辆38(t)轻型坦克。这些战利品大都在战斗中幸存,并于1942年4月至5月间被悉数运往莫斯科。

为更有组织地收集缴获装备,苏联红军装甲坦克管理局于1941年底设立"缴获物资收集和后送部",还在1942年3月23日发布了题为"关于加快从战场后送缴获和本国装甲坦克部件"的训令。

许多苏联工厂夜以继日地从事着修理整复缴获装备的工作。仅位于莫斯科的,就有国营升降机厂、红色无产者工厂、乌赫托姆斯基工厂、国营第三十七工厂的分厂、全苏农业机械学院实验机构机器制造厂等。尽管记录当时维修工作的资料大都佚失,国营第三十七工厂的分厂还是保存了部分档案,资料显示,该厂在1942年共修复三辆德国Ⅱ号坦克和三辆38(t)坦克。

同年,全苏农机学院实验工厂[①]也修复了大批德军装甲车辆,还利用现有资源,自行开发出一些改型车辆。1942年

---

① 这座工厂在战前负责制造轻型坦克行走装置的活动构件。

2月，该厂接收了三辆德国I号指挥坦克，它们是以过时的I号B型坦克为基础改造而成的通信车，只安装机枪，完全不具备反坦克能力。起初，苏联人对它们毫无兴趣，但随着前线对坦克的需求增大，加上工厂里还有四十门20毫米TNSh火炮和ShVAK航空机炮，以及五门旧式坦克炮，工厂决定利用这些资源把它们改造为能够摧毁敌军汽车和火力点的战斗车辆。为此，厂方提供一笔奖金，公开悬赏征集改装方案，最后工程师I.彼利科夫的方案雀屏中选。彼利科夫拆除指挥坦克上的全部无线电装置，扩大正面装甲的机枪射击孔，以安装一个螺栓固定的铸造炮座，将车载武备升级为一门20毫米ShVAK航空机炮。根据工厂记录，共有两辆"彼利科夫坦克"被送到前线，它们的命运无人知晓。

1942年10月，全苏农机学院实验工厂还利用库存的国产汽车引擎、DT机枪和20毫米TNSh火炮，修复了从德军手中缴获的十一辆法国坦克。到1943年初，厂里的缴获坦克基本都已修复或拆解，这才转而专注修复缴获的载重卡车、履带式和半履带式拖车。

全苏农机学院实验工厂的上级督导单位是苏联武装人民委员部机械管理局，后者曾于1942年4月12日推出一种"列别绍夫坦克歼击车"，这个名称多少有些夸大其词，其实它就是将14.5毫米西蒙诺夫反坦克枪安装在德国半履带式装甲运输车上，再加上一个小型防盾。5月，这种由工程师列别绍夫设计的歼击车立即被送往西方面军，配属在第三十三步兵军。由于该部面对的德军没有坦克，歼击车就被用来封锁和摧毁德军火力点。它们在前线的表现可圈可点，机管局便加紧改造，在5月内又向前线输送了七辆歼击车。

苏联武装人民委员部机械管理局提供的综合报告显示，机管局除监督和统筹后方工厂修复缴获装备外，还发动下属企业以德国坦克为基础试制过多种新式武备，包括：

（1）在捷克造38(t)坦克底盘上安装国产ZIS-2型57毫米反坦克炮而成的ZIS-57自行火炮。由国营第九十二"高尔基"工厂研制。

（2）在德国Ⅱ号坦克底盘上安装国产76.2毫米野战炮而成的"貂鼠"①自行反坦克炮。

（3）在德国Ⅳ号坦克底盘上安装德制88毫米高射炮而成的自行反坦克炮。由国营第八十二工厂与第九十二工厂合作研制。

（4）在德国Ⅱ号坦克底盘上安装国产M1909/30型122榴弹炮而成的SU-122G自行榴弹炮。研制单位不详。

（5）在德国Ⅳ号坦克底盘上安装国产D1型152毫米榴弹炮而成的SG-152自行榴弹炮。研制单位不详。

这些样车都没能获准装备部队，主要原因在于相对于安装的火炮，原型坦克都太小，难以适配。

1942年至1943年间，红军对德军坦克装甲车辆的使用

---

① 德军利用38(t)及Ⅱ号坦克底盘进行过类似改装，也统称为"貂鼠"。

达到最高峰。为让部队快速适应这些缴获装备，机管局还特别印发《缴获德国战斗车辆及运输车辆使用手册》《缴获德制Ⅲ号坦克勤务指南》以及《缴获布拉格坦克勤务指南》[①]等出版物。这一时期红军装备的德国坦克大都被编为独立连或独立营，有时也会和国产坦克及西方援助的坦克混编。它们会一直被用到燃料、弹药以及备品备件告罄为止，毕竟这些物资的后勤补给没有保障。

1942年2月，红军中尉S.贝科夫发动南方面军第一二一坦克旅的修理工人修复了一辆德国Ⅲ号坦克。2月20日，在亚历山德罗夫村攻打一个特别强固的德军据点时，贝科夫中尉亲自带领车组驾驶这辆Ⅲ号坦克带头冲锋。德国人误以为这是自己的坦克，将它放进了阵地，贝科夫立即调转炮塔从背后突袭德军，以轻微损失拿下这个据点。

1942年3月初，第一二一坦克旅又修复了四辆德国Ⅲ号坦克，和贝科夫的坦克共同组建成一个特别坦克分队，在雅可夫列夫村和新可科夫列夫村发生的三月战役中连续袭扰德军后方。根据该部二营长H.马特维恩科回忆，为和真正的德军坦克进行区分，五辆Ⅲ号坦克都被涂成崭新的深灰色，还插上标注"我是自己人"的信号旗，以免友军误击。它们在部队里服役的时间并不短，直到1942年5月17日，第一二一坦克旅仍编有两辆Ⅲ号坦克。

---

① "布拉格坦克"指38(t)轻型坦克。

红军步兵搭乘缴获的德国Ⅲ号J型坦克通过一个村庄执行任务，一旁的村民们正在围观红军缴获的Ⅳ号坦克。Ⅲ号坦克炮塔侧部的战术呼号旁画着德国陆军第十八装甲师的师徽。Ⅲ号坦克是德国在战间期研制的十五吨级中型坦克，1939年进入现役，"二战"中期因改进余地不足而逐渐让位于Ⅳ号坦克。1936年至1943年间共生产约五千六百辆。摄于1941年9月，西方面军。

1941年9月,西方面军的红军步兵搭乘缴获的德国Ⅳ号坦克行军,其炮塔后部的杂物箱画着德国陆军第十八装甲师的师徽,师徽左侧绘有飘浮骷髅头的盾徽为该师序列中第十八装甲团的团徽,说明这是一辆能够安装潜渡装置的特种坦克,用于渡河突击作战。Ⅳ号坦克是德国在战间期研制的二十吨级火力支援坦克,1939年进入现役,因机械性能可靠且改进潜力大,而在"二战"中后期取代Ⅲ号坦克,成为德军主力中型坦克,有"德国军马"之称。1936年至1945年德国战败为止,共生产约八千五百辆。"二战"结束后,Ⅳ号坦克在叙利亚军队继续服役,曾参加1967年的第三次中东战争。

苏联回收部队的工程师正在检视一辆被德军抛弃的Ⅲ号G型坦克,炮塔后部杂物箱上白色的"G"字母说明它原属德国陆军的古德里安装甲集群。一位苏联工程师正将它登记在册,这些缴获车辆必须接受苏联武装人民委员部机械管理局的统一管理。摄于1941年9月。

在莫斯科近郊的鲁科沃村,红军近卫第八步兵师的战士正在检查一辆被暴雪覆盖的德军Ⅲ号坦克。摄于1941年12月上旬。

从前线回收的德国坦克装甲车辆由苏联军列运回莫斯科的后方工厂进行检修。
摄于1942年7月。

莫斯科一家重型机械厂的工程师和工人正在登记一辆德国Ⅲ号G型坦克的受损情况，其炮塔后部的杂物箱上画有德国陆军第十四装甲师的师徽。右侧的突击炮则画有德国陆军第二二六突击炮营的营徽。摄于1942年4月。

1942年4月,莫斯科后方工厂的修理工正在研究一辆德国B型突击炮的零件,堆场里有三辆突击炮原属德国陆军第一九二突击炮营,侧面画着巨大的骷髅头营徽。以Ⅲ号坦克底盘为基础改造而成的突击炮诞生于战间期,在"二战"初期担任火力支援任务,战争中后期逐渐演变为反坦克作战的重要力量。1940年至1945年间共生产约一万辆,"二战"后在叙利亚军队继续服役,曾参加1967年的第三次中东战争。

莫斯科乌赫托姆斯基工厂堆放着大量等待修理的德国坦克装甲车辆。
摄于1942年4月。

一辆德军广泛装备的捷克造38(t)坦克正被龙门吊运往工厂修理区。摄于1942年4月,莫斯科。

一辆德国Ⅲ号J型坦克被军列运抵位于斯大林格勒的后方工厂。摄于1942年6月。

苏联军列运载着修复的38(t)坦克赶赴前线,车身和炮塔都画有醒目的白色五角星,以免遭到友军误击。摄于1942年7月,西方面军。

红军使用的德国Ⅲ号J型坦克,车身侧面书写的标语为"消灭希特勒!",但铁十字标识没有抹去,三辆德国突击炮紧随其后。摄于1942年3月,西方面军。

红军使用的德国突击炮,战斗室侧面书写着大字标语"复仇"以及小字标语"痛揍戈培尔!"。摄于1942年3月,西方面军。

红军车长米特洛凡诺夫在他的德国Ⅲ号J型坦克上搭载着步兵弟兄赶赴前线。摄于1942年,西方面军。

共青团员瓦里娅·尼卡拉耶夫娜在第一〇七营小分队回收的Ⅲ号J型坦克旁站岗,坦克上涂有器材编号"D-31"。摄于1942年4月,沃尔霍夫方面军。

已晋升红军少尉的巴里谢夫(左二)和他的车组,以及他们的德国Ⅲ号J型坦克。塔斯社报道照片,摄于1942年7月6日,沃尔霍夫方面军。

红军第一〇七独立坦克营政委 I. 索夫琴科正向部队指战员宣读文件。照片中的德国Ⅲ号、Ⅳ号坦克炮塔和车体前部都画上了镰刀锤子标志。塔斯社报道照片,摄于1942年7月6日,沃尔霍夫方面军。

苏联修理工正在检修一辆德国Ⅳ号F2型坦克,车间里也停放着国产T-34和T-60坦克。照片摄于1942年9月,西方面军。

一位红军中尉爬出自己的德国Ⅳ号坦克，接受居民献花。摄于1942年，北高加索方面军。

这位腼腆的小伙子是红军骑兵战士 V. 康得拉琴科,战前是一名拖拉机手。康得拉琴科完成了一项富有传奇冒险色彩的壮举:他潜入德军后方,设法将一辆完好并且全副武装的Ⅳ号 F2 型坦克开回了自己的阵地。这张照片是他和战利品的合影,摄于1943 年 11 月,北高加索方面军。

库尔斯克会战期间，红军坦克手正在检查一辆被德军遗弃的G型突击炮，确认完好之后，它会立即被投入战斗。车体前部左侧画着德国陆军第十一装甲师的变形师徽，目的是伪装自己，使红军对德军部队番号产生误判。摄于1943年8月，沃罗涅日方面军。

出击前的最后商讨。这次侦察行动由两辆苏联国产 T-60 坦克和一辆德国Ⅲ号 J 型坦克执行。照片摄于 1943 年 12 月，地点不明。

红军近卫第八机械化军装备的德国Ⅴ号"黑豹"A 型坦克，原属德国武装党卫队第五装甲师。1944 年 8 月摄于波兰华沙布拉格区。

红军近卫第五坦克旅使用的德国 G 型突击炮,为防止友军误击,车组在战斗室前部两侧和火炮防盾正面共绘制三个红色五角星。摄于 1944 年,第三乌克兰方面军。

红军第三六六近卫重自行火炮团在巴拉顿湖战役期间缴获并使用的德国Ⅴ号"黑豹"G型坦克,上面原有的德国铁十字标识和战术呼号都被抹去,而代之以白边红五星和红军呼号。摄于1945年3月。

红军第二十七集团军在巴拉顿湖战役期间使用的德国"土蜂"自行榴弹炮,侧面涂有五星徽记和红军呼号,附近可看到美国援助的M4A2(76)W"谢尔曼"中型坦克。摄于1945年3月7日至3月10日间,第三乌克兰方面军。

与此同时，苏联西南方面军和南方面军的其他部队中也编有德军坦克装甲车辆。在攻打哈尔科夫时，红军缴获了大量德军重装备分发到一线部队。例如，1942年5月14日的记录显示，当时红军第五十二坦克旅共编有五辆KV重型坦克、两辆T-34/76中型坦克、十三辆T-60轻型坦克、三辆美国援助的M3"李将军"中型坦克、一辆英国援助的"瓦伦丁"Ⅲ型步兵坦克以及一辆德国Ⅳ号坦克。近卫第五坦克旅则编有三辆德国突击炮。但这两个坦克旅都在德军的反击战中被包围，战至1942年5月28日，几乎全军覆没。

1942年3月底，缴获的德国坦克大量出现在苏联北部的沃尔霍夫方面军第八集团军编制内。这一年初春，红军第一山地步兵旅、第八十步兵师和邻近部队准备进攻维涅戈洛沃地区，为突破敌军防线和支援步兵，他们急需坦克。尴尬的是，经过波戈斯基地区的二月战役消耗，这个地区的红军坦克部队已经快揭不开锅了：第一二二和第一二四坦克旅损失惨重，第一〇七独立坦克营则是两手空空，一辆坦克都没有。3月底，该营的坦克手在沃尔姆因为无所事事而烦恼。他们的驻地紧挨着集团军司令部，大家都觉得特别难堪，从哪儿去弄些新的坦克呢？要是在严寒的冬季，列宁格勒的工厂还能从拉多加湖的冰面向部队运送坦克，但冰面已经开始在春天的阳光下融化，冰上通道眼看就要切断，何况新出厂的坦克都要优先提供给其他地区的部队。

最后，第一○七营的各位坦克手和营长B. A. 沙里莫夫少校决定自己去找坦克。在波戈斯基附近的森林深处可能还遗留着一些被打坏的德国坦克，把它们修理一下，说不定还能用。上级接到请示后，非常赞赏他们的这个想法，鼓励他们放手一试。

营部挑选了五个人组成坦克回收小分队，他们是尼古拉·伊万诺维奇·巴里谢夫上士、I. S. 波戈列罗夫中士、机械师兼驾驶员斯卡契可夫上士和贝里亚耶夫上士，还有受过炮手技术专业训练的女共青团员瓦里娅·尼卡拉耶夫娜。第一天，小分队在阵地前沿活动，结果毫无收获，就在云松下面的雪地里和衣过了一夜。

翌日，小分队在波戈斯基西南面接近德军的前沿阵地，冒着迫击炮和野战炮的轰击在森林里寻找。

突然曙光乍现，总算没有白跑！就在他们正前方，几棵大树中间趴着两辆德国中型坦克，他们加快脚步向坦克走去。可是靠近了一看，这是两辆什么坦克呀，其中一辆被大口径炮弹完全摧毁，引擎被掀翻在离坦克十五米远的地方，变速箱却躺在另一侧的雪地里，它的装甲板被撕裂，奇形怪状的碎片嵌在旁边的松树上。方圆五十米内一地狼藉，散落着各式各样的零件和弹片。几具德军坦克兵的尸体躺在被血染红的雪地里。

这里无事可做，小分队只得四处看看哪些零件可以拆下来当作备件使用，回头要是找到能用的坦克，或许修理的时候用得上。另一辆坦克就紧挨着第一辆的残骸，炮塔被反坦克炮弹掀翻在一旁，看来也修不好了，不过小分队仔细查看后发现它倒还值得收拾一下，起码引擎还算完好。五个人都不懂德国坦克的结构，但还是在德军猛烈的炮声中开始努力研究这些陌生的系统。从中午到深夜，巴里谢夫和他的小分队一直在两辆坦克里忙活，不停地把损坏的部件拆下来和另一辆坦克上完好的部件做比较。

他们在这一天学到了不少东西，瓦里娅特别高兴，因为波戈列罗夫答应教她驾驶坦克和引擎方面的知识。在坦克营的护士中，瓦里娅是先进分子，还在涅瓦河畔的杜勃罗夫卡得过勇敢奖章，但她不愿在战地医院里干一辈子，急着要上前线去打纳粹。

第三天早上，小分队决定继续寻找。巴里谢夫看了一下指北针，继续大步向前带着大伙一直向西南方向走去。德军冲锋枪射击发出的哒哒声越来越清晰，这种声音只有在林间寒冷的空气中才能听到。巴里谢夫由此确认他们走的方向没有错。森林还是那么空旷，但满地都是德国兵的尸体，说明这里曾经发生过怎样的激战。

小分队停住脚步，仔细观察着阳光照射下被大雪覆盖的森林。在高过云杉小树林的大松树边缘不远处，显然曾经有德军放弃的前沿堑壕，隐隐约约可以看到深灰色的坦克炮塔，显然这辆德军坦克曾经越过红军防线，成功进入森林，即将离开林地时被击中，失去了动力。五个人商量之后，决定沿着林间小道继续前进，走了不到一百步，就被松树后边闪出的红军哨兵挡住去路。对应口令后，哨兵告诉巴里谢夫："军事技师同志，您不能再往前走了。这儿离德国人的阵地只有两百米，那辆德国坦克在我们这里已经有个把星期了，是我们用榴弹把它给打趴下的……"

哨兵话音未落，德国兵的机枪就响了，大家不得不全体卧倒。巴里谢夫用眼睛扫一下森林后边的空地，瞥见被大雪覆盖的土屋顶和掩没在胸墙长长雪堆中的小壕沟。红军没有还击，波戈列罗夫用手势命令小分队朝坦克匍匐靠拢。德国兵发现有人向坦克接近，机枪火力越发凶猛，小分队只好把积雪裹在身上，隐蔽行踪，红军哨兵见状举起冲锋枪进行火力掩护。趁德国人忙于还击，小分队借着德军机枪的射击间隙，迅速从一个壕沟翻进另一个壕沟，从一棵松树跑到另一棵松树，稍稍逼近后紧靠着坦克躺下隐蔽起来。坦克的右侧正对着他们，炮塔侧面的出入舱门大开。突然间，巴里谢夫和波戈列罗夫猛地跳起，跃上坦克履带，先后猫腰钻进舱门。德军机枪立即向坦克集中扫射，紧接着三枚迫击炮弹在坦克前方相继爆炸。波戈列罗夫从侧面舱门里伸出头，挥了一下手。瓦里娅和贝里亚耶夫在最后一枚炮弹爆炸前也成功进入坦克。斯卡契可夫来不及登车，只好钻进坦克底下，卧倒在两条履带之间。

坦克里面因为早先红军榴弹的攻击而混乱不堪，操纵杆被打断，整个操纵系统也损坏了。几个德军坦克兵的尸体挂在车内，被抛出车外的几个早已冻得邦硬。

德军暂时停止了射击。巴里谢夫看一下表，指针正指向正午十二点，现在可以干正事了。斯卡契可夫看准时机钻进坦克，从背包里倒出前一天晚上从那辆同类型的报废坦克里收集的零件。他们把整个坦克查了一遍，一个一个零件拆修，瓦里娅帮着男人们把不需要的东西扔到坦克外边。修理工作持续了好几个钟头，前一个晚上在报废坦克里学到的知识帮了大忙。小分队用粗铁丝代替被打断的拉杆，再用整块钢板修补被炸坏的供电系统，检查了所有的电气设备，修整好所有被拉断的线路，测试过所有的阀门和起动机，并且把泵拧紧。此刻最重要的事情是发动坦克，赶紧离开这个危险的战区。小分队找不到点火钥匙，巴里谢夫就用导线和白铁皮拧了一个钩子，作为代用品。

贝里亚耶夫和斯卡契可夫被派去联络壕沟里的步兵和炮兵，一个半小时之后，他们拉回几个油罐。巴里谢夫决定试试引擎，他按下起动马达的按钮，引擎立即转了起来。听到引擎轰鸣，德国兵又架起机枪一通扫射，子弹擦着坦克飞过，发出咔嚓的声响。不胜其扰的巴里谢夫粗粗查看了一下火炮，发现电击发器已经损坏。当时他们已经来不及紧急修理，因为德军的迫击炮又开始轰击了。巴里谢夫和波戈列罗夫合力把炮弹塞进火炮，将炮塔转向德国人的阵地，随后抓起一束导线，一端接到驾驶员控制板上，另一端接到火炮电击发器终端触点上。炮弹立即发射出去，接着是第二炮、第三炮。德国人的机枪和迫击炮被打哑，现在总算可以把坦克开出去了！

糟糕的是，这辆坦克居然停在雷区。在早春阳光的照射下，积雪融化的地方一眼就能看得到已经露出地面的反坦克地雷，但厚雪堆和长满青苔的巨大石板下可能还有更多的地雷。大家挤在坦克里大眼瞪小眼，巴里谢夫直盯着贝里亚耶夫，那目光好像在问："怎么办？"贝里亚耶夫紧闭着嘴，摆了一下头，于是巴里谢夫一挥手："走！"

贝里亚耶夫把坦克掉个头，小心翼翼地驾着坦克通过雷区，履带避开了可以看见的反坦克地雷，有些地方几乎是紧贴着绕过去。这些地雷随意地散布在雪地里，贝里亚耶夫巧妙地曲折绕行，一些小型反步兵地雷在坦克履带下像爆竹一样噼啪作响，好在威力不大，无法毁坏坦克。靠近林地边缘的地方堆满了德国兵的尸体，贝里亚耶夫不得不开着坦克直接从他们身上轧过去，他事后回忆说这简直令人作呕，却是减少触雷机会的唯一办法，因为人体有时候会缓解车辆的压力，使他们身下的地雷不至于爆炸。

坦克艰难行驶，在离林间小道不到几十米的地方熄火了，原来是油供不上。要命的是小分队对供油系统的结构一无所知，但现在还是得尽量远离敌人。他们决定做一个虹吸管凑合一下，却找不到够长的软管，便拧下一些排水管，又找来一小截软管。排水管的一头伸进油箱，另一头绕过引擎上方插进滤油器，贝里亚耶夫按下起动按钮，引擎总算又开始工作了。

突然,小分队身边冒出一辆一模一样的德国坦克,第一〇七营的一位连长图京大尉和年轻的连政治指导员巴罗宁从舱门里探出身来。

两个小分队欢呼着互致敬礼,掏出步枪和手枪朝天鸣放,大家干脆聚在坦克边上,把图京大尉珍藏的一小瓶伏特加喝了个精光。他们在炮塔后部的杂物箱里找到一面纳粹旗帜,瓦里娅扯下几片红色的部分做成两面红旗,分别固定在两辆坦克的炮塔上,因为红军的反坦克炮就在前头,必须让他们在很远的地方就看到这两面红旗。

他们在森林里足足开了五公里,进入一个红军应急车辆组装点的地界,来到一片林中旷地。快抵达营部的时候,瓦里娅、斯卡契可夫和波戈列罗夫坐在坦克前装甲板上,瓦里娅兴奋地挥动着红旗。前来迎接的红军步兵、炮兵战士以及其他部队的战友高兴地朝着她高呼"乌拉"。

这是两辆德国Ⅲ号J型坦克,两侧的装甲板上画着白地黑杠的铁十字徽记,巴里谢夫的坦克炮塔上刷着大号阿拉伯数字"121"①。这辆坦克是德国军工厂1942年2月生产的,一个月后的3月28日就归第一〇七坦克营了。

当天夜里,巴里谢夫被任命为战利品的车长,贝里亚耶夫被任命为坦克机械师兼驾驶员。到第二天早上,车

---

① 这是德军坦克装甲车辆的常用战术呼号,"121"代表一连二排一号车。

组人员就已到齐：伊万福米奇·沙特科斯基上士担任炮手，他是共青团员；代理政治指导员叶甫根尼·伊万诺维奇·拉斯托尔古耶夫担任机电员兼航向机枪手，他刚从大学毕业，是苏共预备党员；列兵格奥尔基·弗拉洛维奇·祖巴辛担任装填手，他也是共青团员。营长沙里莫夫少校给了巴里谢夫五天五夜时间来修复这辆Ⅲ号坦克，它需要更换六根带平衡臂的辊轴，修复全套电气设备和操纵系统，并安装丢失的机枪、无线电台和光学瞄准器。

一个星期之后，经过精心修理维护和重新涂装，这辆Ⅲ号坦克和其他九辆缴获的德国坦克组建了第一〇七独立坦克营三连，由图京大尉指挥。

1942年4月8日，红军第八集团军强攻德军重点设防的军事集结点维涅戈洛沃，第一〇七独立坦克营三连的十辆德国坦克全部出战。巴里谢夫的Ⅲ号坦克杀进德军后方，支援第一独立山地步兵旅的一个营和第五十九滑雪营的约六百名步兵，他们在包围圈里坚持了四天四夜，但始终没有增援赶到。最后，巴里谢夫在4月14日指挥坦克突出重围，将仅剩的二十三名步兵带回己方阵地。

两个月后，苏联塔斯社驻列宁格勒及沃尔霍夫前线记者P. 罗克尼茨基受命前往第一〇七独立坦克营驻地，发回了关于小分队"寻宝"之旅的详细报道，一经刊发，五个年轻人立即成为方面军重点宣传的标兵。

到1942年7月5日，第一〇七独立坦克营仍编有七辆德国坦克装甲车辆,其中包括一辆I号坦克、两辆Ⅲ号坦克、一辆Ⅳ号坦克和三辆突击炮。

德国坦克装甲车辆在苏联红军最大的"用户",是西方面军和北高加索方面军。高加索战区从1942年起就转入阵地战,不需要长时间行军,车辆折旧相对比较慢。此外,西方面军的后方莫斯科有足够强大的工业基础,便于修复和保养缴获的军事器械。

西方面军曾在1942年组建过两个缴获坦克营,它们没有固定番号,有时在方面军文件中被简称为"B类营"。其中一个营隶属于第三十集团军,根据1942年8月1日的编制表,该营共有九辆国产T-60坦克和十九辆德国中型坦克。另一个营则配属第二十集团军,根据1942年8月1日的编制表,该营共有七辆Ⅳ号坦克、十二辆Ⅲ号坦克、两辆突击炮和十辆38(t)坦克,这个营的指挥官是涅贝洛夫少校,所以有时也被称作"涅贝洛夫营"。在漫长的阵地战中,这两个坦克营用火炮和机枪火力支援红军步兵,直到1943年初才被解散。

1942年秋季,西方面军第二一三坦克旅也大量装备缴获的德国坦克。据1942年11月10日的统计,这个旅共编有四辆国产T-34坦克、十一辆Ⅳ号坦克和三十五辆Ⅲ号坦克。11月13日,第二一三坦克旅和第一四九五自行火炮团受命前去突破德军在沃尔科拉克沃地区卡茨扬斯基农庄的防线,并进攻萨维谢沃。11月14日拂晓,第二一三旅的十辆德国坦克在第四十二步兵师支援下成功强渡罗索申卡河，随后陷入反坦克雷区，十三辆Ⅲ号坦克和十一辆Ⅳ号坦克触雷被毁。其他坦克奋力前进，帮助步兵连夺两道德军堑壕，并打退了对方的反冲锋。但第二一三旅在雷区的损失过于惨重，不得不在步兵布设防御阵地后，退到罗索申卡河东岸进行休整。

1942年10月至11月间，苏联北高加索方面军大败德军第十三装甲师，缴获大量德国坦克和自行火炮。1943年初，他们用这些装备武装了一些坦克部队，如第一七五独立坦克营就收到了三辆德国突击炮。第三十七集团军序列内的第一五一坦克旅则在1943年3月24日组建了只装备德国坦克的二营，编有五辆Ⅲ号坦克、三辆Ⅳ号坦克和一辆Ⅱ号坦克。此外，第二六六独立坦克营除国产坦克外，还混编四辆Ⅲ号坦克。

北高加索方面军第五十六集团军的第六十二和第七十五独立坦克营也编有缴获的德国坦克。1943年5月6日，第六十二营出动两辆Ⅲ号坦克、一辆Ⅳ号坦克和十五辆英国"瓦伦丁"Ⅲ型步兵坦克，配合第三二二步兵师下辖的第一一〇步兵团攻打141.9高地和下班坎斯基镇，尽管遭到德军凶猛的炮火阻击和战术空袭，红军坦克手仍然成功从高地侧翼迂回，逼退德军，自身只损失三辆英国坦克。该部在这一地区一直作战到1943年5月20日，随后被编入北高加索方面军的预备队，才退出一线。

第七十五独立坦克营编有两辆Ⅲ号坦克、两辆Ⅳ号坦克和英国"瓦伦丁"Ⅲ型步兵坦克。自1943年5月20日起,他们和第八十三步兵师第四十五步兵团协同作战。这里的战斗消耗颇大,第七十五营在短短一周内就因触雷而损失一辆Ⅲ号坦克和两辆英国坦克,不过还是摧毁德军两门反坦克炮、五门迫击炮和两个机枪阵地,消灭德军六十五名。

1943年7月,第二四四坦克团也被编入北高加索方面军,这个团的装备包括十六辆美国M3"李将军"中型坦克、两辆美国M3"斯图亚特"轻型坦克、九辆Ⅲ号坦克和四辆Ⅳ号坦克。7月20日,该团受命与近卫第一〇九步兵师的三〇六团合力保卫克里姆斯卡娅车站,作为第二梯队为步兵提供火力支援,尽管美制坦克损失惨重,红军还是保住了车站,消灭十四个德军火力点和近百名德军士兵,缴获的德国坦克则全数幸存。

奋战在苏联南部的红军斯大林格勒方面军于1943年2月击败德国第六集团军后,也将大量的缴获坦克和装甲车辆编入部队,用于填补惨重的战斗消耗。资料显示,位于斯大林格勒的国营第二六四二工厂,在1943年内就修复了三百八十三辆德国Ⅲ号和Ⅳ号坦克。和北方部队一样,这些坦克也被组成独立单位,以便灵活运用。例如1943年2月,红军第一六九坦克营在顿巴斯地带缴获五辆德军坦克,临时组建了一支由伊利科夫少尉指挥的侦察分队,他们没有涂掉坦克上的铁十字徽记,希望用它迷惑德军,实施渗透作战。2月13日，侦察分队伪装成德军坦克，被德国人放进了自己的阵地。进入德军腹地后，伊利科夫立即命令所有坦克紧急掉头，从后方实施突袭，一举摧毁德军十五辆坦克和八门火炮，消灭德军约一百五十名，自己几乎没有任何损失。红军第三三三步兵师的大部队赶到时，战斗已经结束。

缴获坦克在罗斯托夫州战区的红军第四十四集团军中也很活跃。1943年8月28日，该部接收了一个由十三辆Ⅲ号坦克、三辆Ⅳ号坦克和两辆美援坦克组成的独立坦克连，在之后两天的战斗中，这个连支援第一三〇步兵师解放了港口重镇塔甘罗格，以损失五辆Ⅲ号坦克的代价消灭十辆汽车、五个火力点和四百五十名德军，抓了二百五十多个俘虏。

1943年是苏德战争局势开始扭转的一年，就在这一年，两种全新的德国坦克先后进入红军部队。首先亮相的是绰号"黑豹"的Ⅴ号中型坦克，这种坦克参考了苏联T-34坦克优异的避弹外形，战斗全重接近四十五吨，与苏联重型坦克不相上下，装甲防护远远优于Ⅲ号和Ⅳ号坦克，其装备的75毫米坦克炮身管长度达到七十倍口径，能在两千米开外摧毁所有类别的苏联坦克。

德军的"黑豹"在1943年7月发生于库尔斯克突出部正南的战斗中第一次参战。而红军有关文件披露，仅一个月后的8月5日，红军就在攻击别尔戈罗得郊区的战斗中临时使用过缴获的"黑豹"D型坦克。同年秋,红军第五十九独立坦克团也曾短暂装备一辆"黑豹"坦克,但它立即成为德军坦克和反坦克炮优先攻击的目标,没在战场上撑太久。

鉴于"黑豹"坦克的强大杀伤力,红军装甲坦克管理总局在1944年1月命令,将缴获的完好"黑豹"坦克编成独立坦克分队,并严令这些坦克只能用于德军坦克威胁最严重的战区。为方便坦克手熟悉这种坦克的性能,红军还印发了《缴获V号"黑豹"坦克简明使用手册》。

不过,"黑豹"坦克有一个直到德国战败都没能解决的致命缺陷:它的机械性能很不稳定,主减速机可靠性极差,每行驶一百五十公里就必须更换。而红军当然没有足够的零备件和维修基地伺候它们,因此完好的"黑豹"坦克被缴获并使用一段时间后,若出现机械故障往往就再也没有办法修复。此类后勤保障的困难,也令缴获坦克部队的上级机构头痛不已,例如1944年9月13日,红军第四坦克集团军司令D. 列柳申科将军在呈交装甲坦克总局的一份报告中就抨击道:"我认为,目前在混成部队使用缴获的'黑豹'重型坦克[①]是不适当的。这种坦克的使用和维护都过于复杂,我们十分缺乏它的备件。而为供应这些坦克,还得预先准备并不断地为部队提供优质航空汽油。此外弹药供应也是个难题,因为1940年型火炮[②]的炮弹不能在这种

---

① 红军将"黑豹"划分为重型坦克。
② 指德军Pak40型75毫米反坦克炮。

"黑豹"坦克上使用。对于将要发起的进攻战役，使用缴获的德国Ⅳ号坦克比较合适，它的结构比较简单，容易使用和维修，而且在德军中的普及程度很高。"

尽管招致诸多非议且装备数量相对较少，红军的"黑豹"坦克在战斗中还是表现得非常出色。1944年1月，在通往日托米尔的要冲地带战斗中，近卫第三坦克集团军缴获了大批损坏的德军坦克，副司令H.索洛维耶夫少将命令立即在第四十一和第一四八独立修理营集中一个排的熟练修理工，快速修复了四辆Ⅳ号坦克和一辆"黑豹"坦克。根据红军的战斗记录，这辆"黑豹"坦克在1月末的战斗中击毁了一辆德军Ⅵ号"虎"式重型坦克。敌方单位——德国陆军第五〇三独立重装甲营的战报也证实了这一战果，只是德国人没有想到炮弹来自红军的"黑豹"，以为是友军误击："1944年1月27日，在奥奇雷托尼娅南部，我部三连战术呼号为332的'虎'式坦克遭武装党卫队第一装甲师的'黑豹'坦克误击摧毁。"

"虎"式坦克虽然早在1942年8月就上了战场，却要到1943年底才加入红军[①]。记录显示，第一支在实战中使用"虎"式坦克的红军部队应该是隶属于白俄罗斯方面军第三十九集团军的近卫第二十八坦克旅。苏联方面的原始资料如下："1943年12月27日，德国陆军第五〇七独立重装

---

① 在此之前，大部分被缴获的"虎"式坦克都被优先送往后方的研究机构，进行分析和测试。

甲营的'虎'式坦克在西涅夫卡村附近向我军发起突袭，其中一辆陷入弹坑而被抛弃。近卫第二十八坦克旅的坦克手设法将它拖出弹坑，弄回了自己的驻地。这辆'虎'式坦克几乎完好无损，坦克旅指挥部决定把它用于战斗。在此之前，这个旅只有七辆T-34中型坦克、五辆T-70轻型坦克和一辆Su-122自行火炮。'虎'式坦克车组由五名经验丰富的近卫军组成，他们是：车长列夫雅金中尉、机械师兼驾驶员基列夫尼克大士、炮手伊拉瑟夫斯基大士、装填手科基可夫大士、机电员阿库洛夫大士。这些坦克手花两个昼夜就掌握了'虎'式坦克的使用方法，为避免遭到友军误击，他们抹掉车身上的铁十字徽记，在炮塔上绘制了两颗红星，并用俄文写上'虎'字。1944年1月6日，这辆'虎'式坦克第一次为我军出战，和两辆国产坦克一起突破到西涅夫卡村，然后隐蔽起来。三辆坦克在这个居民点坚守两天两夜，协助我军步兵巩固已经夺取的阵地。"

这份战报的细节与史实有些出入，德军第五〇七重装甲营当时还没有形成战斗力，仍在后方接收坦克，直到1944年3月24日才损失了第一辆"虎"式坦克。第二十八旅的这辆"虎"式坦克实际上来自德军第五〇九重装甲营，弃车前由该部佩奇少尉指挥。

近卫第二十八坦克旅后来又缴获了一辆"虎"式坦克。根据1944年7月27日的编制表，该旅共编有四十七辆坦克和自行火炮，这两辆"虎"式坦克也在其中，它们参加了1944年夏季发起的"巴格拉季昂"行动,把旧东家赶出了联盟的土地。直到同年10月6日,这个旅的作战序列内仍留有一辆"虎"式坦克。

第一白俄罗斯方面军第四十八集团军也装备过缴获的"虎"式坦克。1944年8月25日,该部军事委员伊斯托明少将向方面军司令部报称:"目前我们这里可以使用的坦克车辆只有四辆T-34坦克、四辆Su-122自行火炮以及一辆缴获的'虎'式坦克。"

与"黑豹"坦克不同,"虎"式坦克的设计相对保守,机械性能更可靠,但维护工作也十分复杂,加上缺乏备件,红军发现这些方头方脑的"老虎"比"黑豹"还难伺候。例如,隶属于红军第四乌克兰方面军的近卫第五坦克旅曾于1944年8月21日在考涅西夫镇修复了两辆德国突击炮和一辆"虎"式坦克,并用它们临时组建了一个缴获坦克连。同年9月7日至8日,"虎"式坦克和一辆突击炮在行军途中抛锚,被送到道尔纳镇居民点进行修理。后来那辆突击炮很快修复,"虎"式坦克却始终无法启动,只得自行炸毁处理。

苏德战争的最后一年,苏联国产坦克的数量已经完全压倒德军,因此红军使用的德国坦克装甲车辆数量明显减少,且偏重于德国自行火炮和装甲运输车。不少曾在一线服役的缴获坦克也撤下火线,被用于保卫集团军司令部和后方设施。它们退出前线的另一个原因,是反攻打响后越发频繁的误击事件。

对此，近卫军大尉M.巴宁深有感触，他从1943年3月起指挥德国突击炮作战，曾在近卫第一二二八自行火炮团指挥一个缴获突击炮连，于解放基辅的战斗中在舍甫琴科区单车摧毁四辆德军坦克。巴宁一直到战争结束都没有离开自己的突击炮，在向西挺进的征途中几次险些命丧友军之手，战后他曾如此回忆当时的情形："这些突击炮真是顶尖货，座位很舒适，观瞄系统和仪表都非常好。在夏天，所有的突击炮都被涂成绿色，有时候会显得带些褐色，而到了冬天就涂成全白。夏天涂色的时候要格外小心，我们曾经尝试过采用德国人那种多色迷彩，只在车体前装甲和两侧画上几颗五角星，但一开出去就吃了自己人的炮弹。为避免友军误击，从1944年开始我们连的突击炮都有了自己的名字，比如'亚历山大·涅夫斯基''德米特里·顿斯科伊''亚历山大·苏沃洛夫'以及'米哈伊尔·库图佐夫'等①。这些名字都用涂料标在车身侧面，夏天是白字，冬天则用红字。除这些名字外，车身两侧还画着近卫军标志，我们还在前装甲板漆上一个大大的红星，有时候也画在车顶，好让友军飞行员看得清，但根本不管用，空军的攻击机好几次把炸弹扔到我们头上。"

1945年3月，苏联红军迎来使用缴获德国坦克与自行火

---

① 均为俄罗斯民族英雄或沙俄将军的姓名。

炮的最后一次高峰。同月6日，德军孤注一掷在匈牙利境内的巴拉顿湖附近区域发起名为"春晓"的大规模反攻，出动武装党卫队第六装甲集团军编制内的两个装甲军，以及陆军第六集团军的一个装甲军，坦克和自行火炮近千辆。负责防御的红军第三乌克兰方面军坦克部队在先前的战斗中损失惨重，预备队的坦克车辆数量又跟不上，不得不将缴获的德军装备全部投入前线。其中，隶属于第四十七集团军的近卫第三六六重自行火炮团从战场回收两辆"黑豹"G型坦克后，立即更换标识，投入战斗；第四十六集团军第九九一自行火炮团也编有三辆"黑豹"A型坦克。

因实在缺乏装备，第三乌克兰方面军还调集了所有能作战的德国自行火炮。其中，第二十七集团军于德军反攻翌日从预备队调来两个没有番号的独立自行火炮分队，共装备八辆"土蜂"自行榴弹炮和六辆"犀牛"自行反坦克炮，这两种车辆都是德国人以Ⅳ号中型坦克为基础改装的，在红军中称作Su-150和Su-88。罗哈契夫中校指挥的第一五〇六自行火炮团在3月10日赶到战场时，也编有六辆突击炮和一辆"黄蜂"自行榴弹炮，后者以Ⅱ号F型坦克为基础改造而成，在红军中称作Su-105。

第三帝国覆灭后，一些红军指战员不愿离开自己的德国铁骑，便带着它们奔赴远东。根据外贝加尔方面军的记录，至少有一辆Ⅱ号坦克和一辆Ⅲ号坦克在1945年8月参加了摧毁日本关东军的战斗。

第二次世界大战结束后,红军装备与储存的大部分德国坦克与装甲车辆,被统一运往全苏农业机械学院实验工厂①。工人们耗费十年时间,将这些已经完成历史使命的缴获装备改装为起重机和各类大型农机,用于战后重建与农业生产。

真个是:铸剑习以为农器,放牛马于原薮,室家无离旷之思,千岁无战斗之患。

---

① 少量德国坦克与装甲车辆被用作靶车或电影拍摄道具。

大片泡沫

王宇

这是一个关于野心的故事,在乐观情绪弥漫中国电影业、泡沫最盛的2014年。

欧·亨利说,人生是由大哭、抽泣、破涕为笑组合而成,而在这之中,抽泣占据了绝大部分。对参与者来说,制作《阿修罗》的过程也大体如此,除了破涕为笑的日子遥遥无期。

"出了一点小故障"

2019年10月24日,进入深秋,草场地飘了一点儿小雨。中午,董明安守在公司的会客区,准备接待又一批来看《阿修罗》的陌生人。票房惨败后,因为主动撤档,这部投资七点五亿元的电影看起来还有一线生机。为给重映招徕合作伙伴,片方安排了这次小范围放映。作为负责3D

制作的前合作伙伴，一年多来，董明安坚持提供免费的接待场地。

观影结束后是讨论环节。鉴于《阿修罗》目前的处境，难免会有潜在合作者想"趁火打劫"，这种时候，董明安觉得时间难捱，好在他只是旁观者，转个身就能离开。

但制片人杨真鉴不能。会议室是向董明安借的，白炽灯的功率很大，忍着腰伤把自己塞进那把小小的黑色皮革座椅后，杨真鉴的脸上就带着一种不太自然的神情，你很难分辨那是痛苦还是不安。即便已经亏掉了七点五个亿，杨真鉴仍尽力保持着体面。黑色的休闲西装配牛仔裤，他总是用这身装束配自己中长微卷的洋派发型，就像他总是抓住一切可能，尽力打破一种受难堪境遇胁迫的沉默，坚持重申《阿修罗》是个奇迹。讨论开始前，他曾招呼我挨他坐下，向董明安介绍我为联系采访所做的努力。"通过各种渠道，追了我一个月。"他语调夸张，既像是褒奖，又藏有不难察觉的炫耀。

在望湖公园那座如今已当违建拆除的四合院里，杨真鉴曾对他的朋友、编剧宋方金说："方金啊，我在哪儿，哪儿就是中国电影的中心。"事后回想起来，宋方金还想反驳，又觉得困难，只好先赔上一句"这个也对"。他真正想说的是："你不能太自我，你不了解微信，也不了解微博，你不了解这个时代正在发生什么。"

但王彪霞了解。作为投资人，她为《阿修罗》先后投资、借钱一个多亿，讲起这重关系，会下意识地叹一口气。所以，讨论环节，面对有可能合作的同行，当杨真鉴谈起好莱坞电影工业对《阿修罗》的影响，王彪霞就忍不住打断，"还有两分钟"。另一次打断发生在他谈论当时的市场判断：在百亿美金的中国电影市场，《阿修罗》一亿美金的投入是正常的数字，没什么了不起。王彪霞的提示仍是——"还有两分钟，真鉴老师"。

没人否认，杨真鉴拥有过人的演讲能力。一个常被提及的传说是，他用单场时间超过三小时的四百多场演讲为《阿修罗》融到了七点五亿。

但现在，王彪霞留给他的时间只有两分钟。

这最后的两分钟里，杨真鉴的意思是，该实现的，《阿修罗》都实现了，片尾"几千个好莱坞制作人员的名字"就是明证。所以，《阿修罗》只是"出了一点小故障"，值得被更多观众看到。他语气自然，但听者如坐针毡，气氛就变得异样。

来客里最有分量的是楼总，"在院线上很有实力"。到同行发言环节，楼总克制地提了一小处剪辑建议。但几轮对话下来，还是忍不住下了结论："我从来不看玄幻小说。玄幻这一块儿，国内观众接受度弱一些。"他最终伸出的援手是提供一批质量更好的3D眼镜。

车总是导演，正拍一部投资两千万的主旋律电影，讲晋城企业家的创业故事。"问题太多了，没有让你看下去的欲望。"他说。车总习惯在下判断前铺垫长长的理论，比如"电影创作有五个要素：本子、票子、班子、路子、凳子，简称'五子登科'"。听到理论，王彪霞就频频点头："这是真正的专家。"等车总在催促中匆匆结束演讲后，杨真鉴就一言不发。车总最终的建议是重构剧本，重拍一部电影。他的言辞太锋利，场面就很紧张。"当然这样说不太好。"意识到气氛不对，车总试图收回话锋。杨真鉴理应在这个时候说点什么，但他还是什么都没说。

好在做宣发的窦总救了场："车老师说的问题现在解决不了，咱捡干的聊。"电影五月要上了，重拍，现有的素材都用不了。他说，当务之急是少花钱多办事，尽可能地回收成本。至于故事，最实际的做法是，在现有的叙事结构下大幅压缩。

修修补补的讨论持续了不到五十分钟。大家准备起身走了，杨真鉴勉强开了口："也特别欢迎大家跟我们合作。"

不够直接、不够迫切，匆忙间，投资人王彪霞进一步坦白："我们现阶段，宣发方都还没有确定，我们想广泛地找，找到合适的跟我们一起再往前推进。"

一屋子人呼呼啦啦地站了起来。

"各位是不是单独再聊一下呢？"

没人搭腔。

杨真鉴离开会议室，躲进了董明安的办公室。

"你留一下。"王彪霞叫住车总,"你觉得有什么办法?你来帮我们把把关?"

"但你没有办法不乐观"

《阿修罗》上映前,杨真鉴接受过几次采访,以制片人和《画皮》系列操盘手的身份。他喜欢在与《阿修罗》有关的表述后面加上"级别":超过一亿美金的制作费是"好莱坞A级入门电影级别",自己发掘的年轻导演是"工程师级别",故事题材是"东方级别",价值观是"人类级别"等等。

他确信,相比核心圈里的核心人物,自己会是引领中国电影产业向前半步的人。

野心是从《画皮》开始的。在电影票房过亿就可称"奇迹"的2008年,《画皮》拿下二点三三亿。四年后,续作《画皮2》首试3D,虽然口碑平庸,但票房"狂揽七亿",自此,电影行业就有了一个创造两次票房传奇的"《画皮》团队"。对外,杨真鉴的角色是艺术总监和营销总监,提出了"东方新魔幻"的类型概念,负责全部的艺术规划。挂名"艺术总监",因为那是"统领艺术工作的最高职位"。

2012年8月,《画皮2》下映不久,杨真鉴给女儿安娜打了个电话:"我想玩儿个大的。我想做个好莱坞大片。"

当时安娜十二岁,在广州读初二。她后来在一封信中说,因为爸爸拍电影,她可以见明星、走红毯,在床垫下的信封里塞满各路明星的签名。娱乐、消遣、高跟鞋和酒会,这就是她当时理解的拍电影,所以,当杨真鉴在电话里袒露野心,她没有疑问和反对。

在政策和资本的双重驱动下,2011年中国的电影银幕数量增速达到百分之四十八点四的历史高位。从那时起,野心勃勃的从业者就已经看到电影市场增长的无限可能,繁荣的市场顶开了从业者的职业天花板。

2013年,张鹏在《金刚王》剧组遇到杨真鉴的时候,这位动作导演正尝试回中国当导演。从做武行替身算起,他已经在好莱坞摸爬滚打二十年。

而在两次票房大赢后,杨真鉴开始琢磨怎么把电影卖到国外。中国电影产业贸易逆差长期存在的背景下,2013年,进口电影在国内收获九十亿票房,而国产电影海外销售仅有十四亿。助手麻朝俊跟杨真鉴去过几次电影节,戛纳、香港,距李小龙在好莱坞成名已近半个世纪,他们意识到,有卖点的依然是动作电影。

动作导演高翔还记得杨真鉴和张鹏合作之初选定的题材,是少林寺和尚抗倭的故事,有点像《斯巴达三百勇士》,叫《八百和尚》。

即便是与杨真鉴最亲近的麻朝俊，也弄不明白要拍的电影怎么就变成了预算五个亿的《阿修罗》。或许是因为极速增长的市场刺激了杨真鉴的野心，他想要比"卖电影"更大的东西——效仿好莱坞"创世"，做真正的视效大片。

一切都站在野心这边。2014年，中国电影银幕数量增长到两万四千三百零四块，观影人次达到八点三二亿，全年电影票房总收入逼近三百亿人民币，一切指标都在以超过百分之三十的速度保持增长，永不停歇似的"再创新高"。在这一年，中国成为仅次于美国的电影消费第二大国。

超级视效大片会带来颠覆性的市场反应，杨真鉴当时这样判断。投资五亿，收回成本需要三十亿票房，面对一个涨疯了的市场，单片票房达到三十亿算什么野心？

事后回看，杨真鉴承认自己对市场的判断过于乐观。"但你没有办法不乐观。"想想《画皮》吧，三千多块银幕的时候，《画皮》的票房是二点三三亿；七千多块银幕[①]的时候，《画皮2》是七点零二个亿——而如今超过六万块银幕了，票房三十亿有什么不敢想？

"赢过的人和没有赢过的人不一样。"杨真鉴说，"五个亿的投资当然大了。但你赢过，就敢争取更大的目标。这不是赌博。"

[①] 据公开数据，2012年中国电影银幕数实为一万三千一百一十八块。

电影项目的融资似乎也变得非常容易，哪怕目标是几个亿。宋方金形容那是"没有千万级投资项目的时代"，咖啡馆里洽谈的影视项目动辄就是几个亿。几乎所有用来给项目融资的PPT上，"拟邀请"一栏里都写着黄渤、黄晓明、范冰冰、Angelababy。宋方金据此提出"漫咖啡四大神兽"，流传至今。"那时候你做一个亿的项目都不好意思拿出来说。"采访宋方金时，社交媒体上讨论的正是大投资的《上海堡垒》《长安十二时辰》，提到它们，宋方金猛拍一阵桌子，"都是那时候做的！"

"那时候真是，你不要钱，别人都恨不得塞给你钱。"专注影视的投资人毛成胜至今都觉得不可思议，"明明这杯咖啡我只需要十块钱，你非要给我一百块，你说'拿着吧拿着吧'，我就想，我要这个钱干什么？"似乎所有的钱都开始往电影业里涌，毛成胜用"登峰造极"形容资本的疯狂。

"热钱、傻钱、不良资本，不是开玩笑，搞屠宰的、开饭馆的、卖火腿肠的，全在2014年进来了。"宋方金回忆。

敏感的从业者感到被一种躁动的力量催逼，深耕行业的人开始产生搭不到车的恐惧。毛成胜说："你自己去看就会发现，那么多资本都抢着进一个片子，那时候只要有一个成色亮一点的片子，所有的钱都可以往里面来。"

"创世"与"夸张"

在北京市朝阳区望湖公园的四合院里,当杨真鉴拿着好莱坞美术指导绘制的"六道轮回"概念图,向来客展示"创造一个世界"的野心时,每个人多多少少都有一点儿发蒙的感受。动作导演高翔对此的描述是"特别high的那种"。

"啊?你们想得这么夸张?"在朝阳区将台路滨河1号一幢用于办公的别墅,执行制片人阿Paul向我做了一个能充分表达"夸张"的手势。2015年的初春,麻朝俊在北京找到他的时候,他正给程小东的电影做执行制片人。

阿Paul五十多岁了,1991年入行,从助理制片做起,直到成为执行制片人,见多识广,即便如此,他还是选择用"夸张"——他在那座四合院里最深刻的感受——概括与《阿修罗》有关的一切。

"创世"代表工业电影的生产力。按照宁夏电影制片厂厂长杨洪涛的解释,《画皮》系列做到第三部,需要升级,交代清楚九尾妖狐"小唯"的世界。创造"群妖"比创造世界更难。杨洪涛没有理由不支持弟弟杨真鉴的尝试。

杨真鉴考虑过从《西游记》《聊斋志异》等中国古典神话小说中选择模型,但它们都缺乏对新世界如何运转的想象。直到他找到"六道轮回"。

他把自己在北京的临时办公室设在了七棵树创意园,

背阴的两层小楼里，会议室的天花板很矮，粗壮的下水道紧挨投影幕布，每过一阵就响起富有节奏的冲水声。即便遇到那样讨厌的噪音，沉浸在"创世"梦想中的杨真鉴也不为所动。"用轮回法则天然串起六个世界，别人创造一个世界都难，我们一下就有六个！"整整四个小时，杨真鉴竭力陈述着"六道轮回"的故事设想。空气浑浊，作为采访记者，我努力让自己挺直腰背保持清醒，但还是被看出了困意。像是感到被冒犯，亢奋中的杨真鉴有点儿生气，要求我站起来，以保持听讲的注意力。

阿Paul没想到杨真鉴会选择"六道轮回"。没多少人熟悉"六界"，也没人知道轮回以后的世界是什么样，虚构人物也没有原型可参考。对市场的反应，阿Paul没有把握，而且二期投资已经从最初预估的五亿涨到六亿，从业二十八年，他还没有经手过同等投资规模的电影。

阿Paul与杨真鉴相识于《画皮》，当时他随香港制片团队入组，而杨真鉴代表资方把控剧本。阿Paul摊开双手："《画皮》是知名的香港导演陈嘉上来拍。但《阿修罗》这部戏，导演不熟，演员不熟，题材不熟，反而投资最大。"

四年后，在某购物中心二层嘈杂的咖啡馆里，香港灯光师马文能把杨真鉴的野心简要翻译为："做一部没人能超越的、中国的《阿凡达》。"

但在被野心和希望主导的年代，杨真鉴从未遭遇过公开的质疑。常见的是一种迟疑："投资太大，跟不起。"听到这句话，大家就默契地举杯，喝酒或者喝茶。投资人之一、一家名为"当代明诚"的上市公司甚至针对制片公司、导演和主要演员的过往业绩做了详细测算，结论是：《阿修罗》稳赚不赔。

三百名外国主创

决定加入前，阿Paul的疑虑只有一个：主创都是外国人，那剧组究竟由谁来掌控？杨真鉴当场保证，主控的一定是中国人。

一开始，杨真鉴只想按惯常做法，在国内找人完成概念设计。他找过几个年轻人，绘画的娴熟度不成问题，但模仿美国大片的痕迹很重，且都是单干户，无法承担一部电影数量庞大的体系化设计。可他不甘心就此放弃，才转向国外寻找。

在好莱坞发展多年的导演张鹏就成为资源窗口。但尝试邀约了各种人，态度不是轻慢就是拒绝，几番周折，终于找到一名叫Keith的英国设计师，请他来到中国，双方沟通、Keith画图，如此相处了一段时间，事情才算有一点儿谱。

电影制作就像熟人社会，当你可以选择合作伙伴，你一定会选自己信任、志趣相投的人。所以，当Keith决定加入后,又请来了意大利美术总监Oscar Chichoni,资源开始像雪球一样越滚越多。墨西哥籍的视效总监Charlie Lturriaga入组以后,向张鹏推荐了同为墨西哥籍的摄影指导Patrick Murguia。后者入组以后,又请来了刚刚结束《长城》拍摄的灯光师马文能。马文能入组的条件则变成请自己信得过的外国机械组。摄影、机械和灯光联系紧密,三个部门打包进入,加起来有一百多人。

最终,将近三百名外国主创来到中国,几乎包揽各个制作部门的"部门长"一职,负责《阿修罗》各个制作环节的创意和设计。

高翔还记得收到邀约那天,得知自己将要合作的制作阵容,他的反应是:"可能吗?像梦一样!"杨真鉴最终把对剧组筹备的满意简化成两个字:"神迹。"

尽管对项目的市场判断持保留态度,但在得到杨真鉴关于控制权的保证后,阿Paul还是爽快接下了担任执行制片的邀请。阿Paul试图向我解释两种矛盾态度何以在一个职业制片人身上自洽:"因为他真的希望引进一些外国技术给中国人去学,令中国的电影市场和技术更成熟。"一开始,阿Paul坚称是被杨真鉴的理想所打动,察觉到这番说辞难以打消我的疑虑,他决定"说难听一点":来这个剧组,跟外国人学习,还有钱拿,何乐而不为?

"神迹"落地,执行制片人阿Paul却已经一筹莫展。有一处摄影棚在河北廊坊的大厂回族自治县,这样大规模的外国制作团队,住宿都成困难。廊坊只有一家喜来登,根本不可能容纳所有外方人员。阿Paul只能安排各部门的部门长优先入住,剩下的人员就找比较干净的七天酒店安置。

"你想想七天酒店对外国人来说到底怎么样?"但没有别的办法,丑话说在前面,能接受就来,不能接受,也只有这样的条件。

在众多部门长中,威亚部门的负责人石峰是少数具备国际制作水准的中国人。在《阿修罗》以前,石峰曾与导演程小东合作几十个项目,为人熟知的是张艺谋的《英雄》《十面埋伏》《满城尽带黄金甲》,但真正使他具备国际水准的并非影视项目,而是与舞美大师Mark Fisher合作的广州亚运会开幕式。整个开幕式以威亚表演为创意核心,连位于珠江江心的四个高达八十米的船帆设计都由两百人的威亚表演决定。为跟上Mark Fisher和外国团队的制作要求,不会使用键盘打字的石峰花费一年时间自学了CAD工程图,才适应流程化的沟通合作。他从小习武,但学习CAD、适应国际团队过程之艰困,使他一度觉得"这个坎儿过不去了"。某种程度上,石峰的职业成长,能够说明《阿修罗》的制作班底何以使国内的从业者如此兴奋。

《阿修罗》不同于国内其他剧组的细节有很多,比如,剧组的伙食很好,甚至每天都有下午茶,每周都能享受单休。但最大的不同是:规模前所未有的庞大。经纪人翟婧言去探班,按照以往的习惯,她要为剧组里的每一个人买点儿东西。但《阿修罗》剧组有一千五百人,得知这个数字,她放弃了,最终只给主创买了咖啡。在《阿修罗》以前,她见过的最大剧组《道士下山》也不过近千人。一千五百人,就算只买瓶装饮料,一辆车也运不进去,更何况也消费不起。

演员董琦发现自己很想拿到《阿修罗》的角色,是在大厂影视基地三层楼的服装加工厂里——在《阿修罗》以前,她从未见过剧组为演员服装开辟一个工厂。更让董琦惊讶的是,有一百多个老外在那里做衣服,安安静静,敲敲、缝缝、补补。灯光打得很强。该怎么形容那种艺术博物馆一样的氛围和精致?

"吓到了,惊呆了。"董琦说,"你知道吗?他们给我的感觉不是做衣服,而是做工艺品。"

那是2016年7月中旬,《阿修罗》开机已经一个多礼拜。头天晚上十一点,经纪人翟婧言接到选角导演的电话,请董琦到大厂的摄影棚试戏。所有的信息都是"保密",对方只告诉她,女二号临时要换。翟婧言隐约知道那是一个很大的项目,圈子里都在议论,私下打听演员究竟想定谁。

幸运降临的时候,董琦一无所知。在摄影棚卫生间门口,董琦还在等另一位女演员,一个外国女人同她打招呼:"你是演员吗?"得到肯定答复,她拉住董琦,要求她到二楼试衣服。

衣服很复杂,有专人负责为她穿脱铠甲,手臂、肩膀,光是一片一片地穿上衣服,就得耗费半小时。大概是一天之内重复了太多次,帮她穿脱的姐姐看上去很不耐烦。衣服是皮质,按之前女演员的尺寸做的,稍胖或稍瘦都不会好看,但董琦穿起来意外地合身。她能感觉得到,拉她上来的人很满意,而且,对方在剧组很有权威。董琦被外国女人拍照,正面、侧面,各个角度。

董琦后来才知道,那个人是凭借《指环王》得了奥斯卡的服装设计师Ngila Dickson(奈拉)。事实上,导演张鹏对董琦的试戏表现并不满意,但最终,董琦拿到了角色。后来,执行制片人告诉她,为给服装制作留出充足周期,奈拉急于确定演员人选。将董琦的试装照发给导演张鹏时,奈拉告诉他:董琦非常合适。

对于传奇般的奈拉是如何加入《阿修罗》的,存在几个不同的叙述版本。在阿Paul的叙述中,一切平平淡淡,顺理成章:奈拉与已经谈妥的摄影师共用一名经纪人。她想开拓中国市场,也对中国人尝试魔幻题材颇有兴趣。《阿修罗》筹备阶段,刚好奈拉在北京筹备《卧虎藏龙2》,当晚约她,被告知约满,第二天早上,他突然被告知当晚有一起用餐的时间。之后保持接洽,直到签约。

但在杨真鉴的叙述中,过程就变得戏剧而曲折:

《指环王》三部曲服装造型师,奈拉,在好莱坞赫赫有名,是奥斯卡奖获得者,我们数次邀约,不来,说:

"中国电影？根本不可能。"有一次她路过北京，我和导演跑到宾馆，把人家揪到了我的工作室。她说我没有这个安排，我说你作为一个伟大的电影人，你一定要看一下，不枉此行，哪怕你听我一下，看一下我们的设计。她说我只有半小时，结果她在我那里整整三个半小时。我讲完，她说了三句话，坐在沙发上看着我，她是很优雅的一个女性。她说："我喜欢你。"吓我一跳。她的眼睛很勾人的，但是岁数有点大。就说我喜欢这个项目。一个半月以后，这么伟大的一个电影艺术家跟我签约了。

顶级的投资，顶级的制作团队，《阿修罗》的幻梦似乎在奈拉决定加入的那一刻达到高潮。

"动态融资"

加入《阿修罗》，是灯光师马文能的审慎决策。除了和摄影师Patrick合得来，更重要的是"老外"加入带给他的安全感。毕竟，按照好莱坞的习惯，工资要提前两周支付，只有资金安全的剧组才能做这样的保证。

开机后，马文能发现自己还是失算了，小小的拖欠不时发生，有时工资会晚发一周。作为自己公司的老板，马文能对此表现得迟钝而宽容。但拍摄地转到青海后，因为剧组又一次没能在约定时间内支付工资，外国主创决定集体罢工。机械组是马文能拉来的，也设置在灯光组内，马文能感到自己负有责任，决定先帮剧组垫付一百八十万的工资，以便自己的部门能及时复工。

"我不想拖垮整部电影，"解释那笔垫资时，马文能看着我的眼睛，"有些老外可能只是来打工，不会看重这部电影，但对我来说，它是作品，真的是我的一部分。"但他也承认，垫资时，他完全不清楚剧组的融资究竟出现了什么问题。

"通常资金筹备工作完成百分之七十以上，电影项目才会进入拍摄阶段。"在最近出版的《电影行业"入圈"指南》里，徐峥这样告知电影新人。这个数字也得到阿Paul的认可，它是规矩，也是常识。

与常识相悖，杨真鉴认为，剧本开发完成的情况下，只要有百分之三十的资金，就可以开机。《阿修罗》开机前，预算已经调整到了七亿，而杨真鉴设定的融资目标是二点五亿，只要达到这个数字，剧组安全。

但开机时，因为资方反悔，实际上就连百分之三十的资金也没有到位。

临时毁约的都是打过交道的基金公司，算是旧相识，对他们融资能力，杨真鉴曾深信不疑。签约之后，杨真鉴甚至收到了额外的口头保证。但开机之前，旧相识发来消息："老杨，实在没办法，原来答应好的钱，彻底到不了了。"

开机前本应到位的资金少了一点五亿。投资方少支付百分之二十、三十甚至百分之五十，都还有转圜余地，但结果是颗粒无收，这样的违约合同数量"不下两个"。而一个规模一千五百人的剧组，仅维持基本运转，一天的支出就有几百万，设备、材料，各种大项支出随时都有可能发生。事后杨真鉴形容自己"陷入一种悲壮状态"。

命悬一线的情况下，杨真鉴决定豪赌一把：如期开机。那意味着融资进展稍有放缓，剧组就要陷入资金链断裂的窘境。事后再看，杨真鉴的豪赌正是《阿修罗》陷入恶性循环的开始。从那时起，"制作的每个阶段都是最缺钱的阶段"，直至电影正式上映。

"当时敢这么做，是因为行业是最良好的状态。都疯狂了嘛，大规模的投资对你趋之若鹜。"回忆起对融资常识的违背，杨真鉴谈起2013年到2015年的影视行业，他相信只要做出一个世界级的电影，融资不是问题，而动态融资也是常有的方式。

事后，当我问杨真鉴为什么不能推迟开机，他愣了一下："开机前停下来可能导致整个剧组解散。比起这个风险来……你首先一定不会去冒这个险。"前期的概念设计已经烧掉一个多亿，剧组解散，意味着所有的投入都打了水漂。

为了融资，杨真鉴不得不放弃到现场监管和实时决策的权力，回到北京，在望湖公园的四合院里，持续约见一批又一批同行、朋友、基金经理和投资人。态度积极的只有两种人：刚入行的和想入行的。而基金经理通常在两到三个月的漫长接触后消失得无影无踪。后来，融资变成了杨真鉴的个人借款，再后来，借不到钱的杨真鉴抵押了广州的住房。

《阿修罗》宣传期那条广为流传的消息——"资本少帅张家豪两小时决定投资，资金两天到位，占比最大"——也被证明是一个谎言。事后，当我问起张家豪的入局过程，杨真鉴忍不住痛斥："某种角度，是老子个人担保，他借钱，算成是他投资。这个人赖到你一点招都没有。可以说是脸皮太厚！"

超难、超期与超支

当杨真鉴在后方一筹莫展时，董琦已经在动作组做了长达三个月的体能训练。不过，爬上青海坎布拉国家森林公园一座由硬土和石块构成的小山后，她还是"喘了半天"。一百五十米的高度。上山前，动作导演高翔指着头顶上的威亚装置告诉她："那就是过两天你要飞的地方。"

那是一条长度为二百六十米的威亚索道，为一场"空中大战"而设。被《阿凡达》震撼过的人不难理解张鹏的渴望，但《阿凡达》的"空中大战"是CG做的，很贵。张鹏只能通过真人实拍实现它，这让外国制作人直呼"疯狂"。

那是石峰做过的"最极致的"影视项目，无论是环境的复杂程度、威亚设计的难度还是工程量。钢架结构要运上山，要在山上挖掘基坑做好预埋结构，但山上没有路，仅是把物料运上去就已经是极为庞大的工程。

在这种情况下，张鹏选择了难度更高的拍摄方案：单机长镜头的动作群戏。这意味着，拍摄时只要有一个人出现失误——哪怕是身处后景的群演——整场戏都要重拍。

在剧组，你想提高标准，挑战难度，就意味着付出更大的代价。张鹏希望《阿修罗》的动作戏"有所突破"，因此，武行在开机前四个月就已正式入组，开始动作设计和训练。第一次动作测试，十几个人在只有一脚宽的铁桥上用相同的速度冲刺跑。所有机器到位，开始拍摄，从第二个镜头开始，严重的受伤接连发生。那天，高翔把四个兄弟送进了医院。接受我的采访时，高翔正在澳洲拍戏，在电话里回想这段经历，他的情绪开始失控："真的，那天我不知道是怎么过的。"

为了使单机拍摄"空中大战"的画面更有冲击力，张鹏希望摄影机实现空中三百六十度拍摄。他在好莱坞见过一种能在空中承载摄影机旋转的吊台，但涉及核心技术，那家公司不愿租借。按照张鹏的要求，石峰花了很大的力气把那台设备开发出来。后来，有一个"需要拍摄屋顶奔跑画面的剧组"听说有那样一台设备，找到《阿修罗》的一名副导演，进剧组探看。"张鹏知道后，第二天就把他开除了。"石峰说。

到了阿Paul那里，因为标准太高，动作戏基本无法按计划完成当日拍摄目标。为完成目标，"时间表天天改"。但演员的档期早已排定，顾此就会失彼。统筹找他哭诉："真的谈不下来，烦得不得了！"阿Paul只得亲自出面协调，极力避免超期。

超期，意味着每天几百万的超支灾难。

好莱坞的工业体系

另一重困难在于，《阿修罗》的场景规模太大了。这是美术总监Oscar Chichoni设计过的最大的场景：三十五个拍摄场景，搭建总量是八万平方米。邢延荣是美术部门的副部门长，从业超过二十年，从未在单体电影项目中搭建过如此庞大的场景。他参与过的《拉贝日记》已经不小，但《阿修罗》的体量数倍于它。有的场景造价高达两千万。

每个拍摄场景都要有无数需要调试的细节。对夹在片方和主创之间的阿Paul来说，好莱坞工业体系，意味着每一个制作部门都能提出各种让他精疲力竭的高要求。

比如服装部门，群众演员的衣服都是手工绣制，件件都堪比女明星走红毯时的晚礼服，而且是每个样式只有一件的定制款。"简直漂亮得不得了。"阿Paul说起来，赞叹的语气里夹杂困惑。为此，奈拉不断催逼导演、副导演，要求尽快确定演员人选，以便确定尺寸加紧制作服装。

群众演员的试装耗资也见所未见。第一次到剧组，跟服装设计师见面；第二次是试白衬衫；第三次是定妆；第四次是修改；改完还要来第五次。阿Paul从椅背上离开，前倾身体，瞪大了眼睛，伸出左手的五根手指："一个群众演员哦，你要让他来五次？！"

摄影部门要求剧组提供绿幕和蓝幕系统。一万平方米的摄影棚，从天地到四壁，统统需要用布包裹，一次下来要用掉七万平方米的布。布与布之间的缝合稍差一点儿，做好的材料就要作废，最终，光是布料就用掉了五十六公里。一开始，中方的制作团队都极其抵触，"我们拍摄的时候只需要在那面墙上挂一块布"。但外国主创说，我们不会那么做，不按照标准做，我们就集体走人。

"可能做得细是人家老外工业化的基本要求，不像中国是粗制滥造，镜头根本带不到的地方，我做这么细干吗？"执行制片人麻朝俊说。如今，事过境迁，对两种不同的做法，他的结论是："会找巧劲儿，这一点是中国人比老外强。"

制片部门的职责是保证拍摄质量的前提下，做到支出可控。但问题在于，所有人都清楚，请外国主创是为了提升制作水准，如果不能为他们提供相应的保障，一切努力就意义全无。更重要的是，拥有制作能力的人是真正的权威，所以制片部门内部互相提醒，面对外方主创的要求，保持克制和谦逊。

因为懂双语，阿Paul负责与外方沟通，能做的只是有限度的讨价还价："每个演员要五十套衣服？不要每天换衣服吧，每人四十套吧？剩下的十套拜托你重新排列组合，从那四十套里帮我变出来吧？"

最大一笔超支——事实上，因为缺少可以借鉴的国内制作先例，《阿修罗》无法事先做出预算，所以，超支的准确含义是"超出想象的支出"——发生在摄影和机灯部门。

剧组先是选用了"全世界也没多少台"的H.265，得从洛杉矶进口，价格昂贵。"有些效果啊什么的，人家就要用这个。"在麻朝俊的印象中，选择这个方案是摄影指导的坚持。摄像设备确定后，马文能与Patrick达成一致，向制片方提出要求，效仿《长城》，第一次在中国电影里使用DMX灯光控制系统。

"一万平方米的棚，灯光不是人工打，而是靠计算机控制，定光强、定色温，还要开发软件系统。这个你打死我也想不出来。"对此杨真鉴笑着摇头。

在马文能看来，《阿修罗》这样大规模的剧组，如果使用大量人力,也许单价便宜,但意味着耗时旷日持久,总价又会提高,艺术效果也难达预期。哪种方案性价比更高,没有人能说清楚。

事实上,这也是资深灯光师马文能第一次使用最前沿的DMX控制方案。"我最喜欢飞机、大炮。"马文能说,进组之前,当Patrick邀请他来北京的大项目时他就清楚,这样规模的预算"可以给到我们去弄飞机、大炮"。

"为什么非要采用这样的方案?"阿Paul提出过质疑,"我以前又不是没有拍过大片,我也拍过《碟中谍3》。"

"我——知——道——"回忆起说服阿Paul的过程,马文能拖长了声音,"《碟中谍3》已经是十年前的东西了。Paul哥,你现在用什么手机?是,老款手机也可以打电话,但你现在为什么会使用iPhone?"

最终,制片人采纳了马文能的建议,又为DMX配备了必须的SkyPanel LED灯,三百五十台,阿莱最新款。SkyPanel这样的灯具,小制作的电影只需要四到六台,而当时全国能找到的SkyPanel总共也只有四百台。马文能对能在《阿修罗》剧组达成心愿颇为感激。

《阿修罗》这样一部电影,在国内找不到使用同等规模器材的参考。说到这里,马文能眨眨眼睛:"有点像我们说什么,制片部门就只能听什么。"最终,灯光器材耗费了两千八百万。在《阿修罗》之后,如果有中国剧组需要使用相近规模的灯光,那么他们终于能依据《阿修罗》

的经验做出预算。

对外国主创提出的高要求,杨真鉴愿意保持开放和信任,在他看来,那不仅是不妥协的艺术追求,也代表制作能力的真正提升。但当记者问起麻朝俊对这种开放态度的看法,他叹一口气:"说白了,谁难受谁知道。"

"维稳"

轮到自己的一场重头戏,董琦满心期待地赶到了片场,却发现只有少数中国人在场——因为到期未支付薪酬,外国制作人集体停工。董琦觉得失望,氛围变了,大家不像以前那么团结。导演张鹏看起来很憔悴,她不能说什么,只能尽量按照要求完成那场戏。

当其他部门陆续收到拖欠的薪酬时,为剧组垫资的马文能突然觉得自己非常愚蠢。在那之前,他也曾催问制片部门,对方承诺一个月后到款。他选择相信,直到他发现承诺日期时,所有人都收到欠款,只有他没有。

"你为什么不先给我?我还帮你垫付,你是不是欺负我太善良?"马文能随即也要求灯光部门停工,并告诉执行制片人麻朝俊,"这次我是认真的。"很快,他收到了钱,但只有垫付资金的一半,剩下的九十万,直到关机九个月后才支付。谈起这段不愉快,马文能语气里有些轻蔑:"讲难听一点,就像你养了一只狗,你觉得跟它关系很好,但它突然反咬你一口。"

从那时起,马文能觉得《阿修罗》"肯定会出问题"——"你的名声败掉以后,很多事情做起来都会变得非常困难。"

在资金链屡屡断掉的情况下"维稳",这就是麻朝俊的任务。他尝试给出各种解释,比如账户出了一点儿小问题,或者投资方的钱暂时延迟。但外国人不讲情面。沟通是困难的,你必须得面对,不然呢,你总不能告诉他们,别拍了,去北京找投资方吧?你只能说,请相信我,你看,我不会跑,我整天都待在现场。

看到外国人罢工,中国人就也想撂挑子,这让麻朝俊难以容忍。但问题在于,就算中国工人愿意讲情面,也没有能力独立开工。部门长全是老外,中国人只是听从指挥。

美术师邢延荣一度以为《阿修罗》拍不完了。因为罢工,部门长不愿意提交设计方案,但时间紧迫到不得不独立开工的时候,邢延荣带着中国工人扛了下来,在美术设计和场景搭建上,"同行之间只隔一层窗户纸"。工资一两个月没发,邢延荣努力安慰工人,也催问片方,但不大张旗鼓,而是慎重地发一条信息。他的意思是,"我也在扛,希望你们能理解"。

"谁都不想把活鱼摔死,但外方维护权利是成熟度的体现。"在上海接受采访时,邢延荣坦陈,欠薪是中国电影业的积习,他向往的是一个更讲规矩的环境。

对于同外方的合作,麻朝俊后来觉得遗憾:"我只学到一半,或者说,一小半东西。"真正专业的制片管理、艺术创作,他没机会学。"因为到后面,精力根本没在专业上。"麻朝俊说。

张鹏能理解制片部门因为第一次做"大片"表现出的不专业。尽管他极力让自己显得平和,但仍难掩愤怒:"毫不夸张地说,我最多只有百分之三十的精力放在导演工作上。没有哪个导演第一天到现场,先管厕所放在哪里,别人应该吃什么,管理别人的情绪。但没有办法,你进了这个组。"

深度失控

每个身处泡沫的从业者,都能讲几件属于乐观年代的往事。张鹏的故事是:"明天要拍了,半夜三更,我还在心急火燎地想明天到底要说啥台词。"

作为总编剧,杨真鉴始终没能交出可以直接拿来拍摄的剧本。剧本总在改,事后他承认,无法在一部电影的时长内完成叙事目标,故事情节总是"仓促、展不开、来不及"。拍摄现场,各个部门都得参与进剧本讨论,决定人物究竟应该如何与丰富庞杂的场景发生关系。

看到剧本后,动作导演高翔提过建议:"阿修罗王打天?天是什么?是老天爷,你怎么打?"他觉得荒谬,找到张鹏。他被张鹏说服了吗?他也闹不明白。"杨老师把他给驾驭了嘛,他又用同样的话把我给驾驭了。"但高翔也承认,即便张鹏想改剧本,也无从下手,体量和体系摆在那儿,要改就得大量推翻。

剧组常设A、B组,一组拍文戏,一组拍动作。开机不久,大家就发现素材量已经"大得惊人"。马文能判断,仅是动作戏素材,就足以剪出三个小时的电影。而阿Paul判断,开机一个月,拍摄的素材"就可以剪出几部电影"。

阿Paul提出过建议,但未获回应。在我采访时,他表示理解:"导演跟杨老师在剧本里有几年时间了,已经根深蒂固,他们怎么可能改动'亲生孩子'呢?"

采访中,当我试图向张鹏询问剧本导致的麻烦,他苦笑一声后反问我:"你觉得《阿修罗》讲的是一个故事吗?"在我犹豫该怎么回答他时,张鹏继续说下去:"如果你仔细看了电影,就知道它讲的不是一个故事,而是一个道理。"当我进一步追问他为什么没有在剧本早期提出质疑,张鹏用一种神秘又无奈的口吻回答:"事情没有你想的那么简单。"

当我向马文能询问这种困惑时,马文能猜测:"这可能就像是,我是公司的老板,所以我决定拿一百八十万垫付工资时没人敢说话,同一个道理吧?"

拍摄后期时间紧迫,不得不删戏、减景,那些没有戏剧关系的展示性内容被全部拿掉。有一个由超过一千朵玫瑰构成的场景,已经搭了一小半,因为戏份被删减,最终被全部拆掉。更多耗资甚巨的场景没有得到充分利用。"那么漂亮的景,拍两天就要拆掉,我都觉得可惜。"石峰回忆道。

麻朝俊把浪费归结于导演经验不足,判断不了场景的使用效率:一个场景搭景十五天,拍摄十天,加起来就是二十五天,意味着两千五百万的浪费。

一切都在走向失控的深渊。拍摄快要结束的时候,董琦能感觉到,导演张鹏已经非常无力,一些原本应该仔细打磨的戏份不得不草草收尾。他做好了补拍的准备,并试探地问董琦:"到时候片酬就不要了吧?"董琦连连回答"没问题"。但她最终也没有等到补拍的机会。

潦草收尾

所有高标准似乎都在最后化为泡影。

拍到皇宫内部的戏份,因为赊账不还,制片部门已经无法从器材公司租借设备。最后一次停工,阿Paul不在现场,下属打电话给他,他也觉得无力招架:"最后是杨老师自己去面对。"而张鹏则抱怨几次停工发生时,"制片人他妈的全跑了,怎么办?交给我办啊,人家罢工都堵着我呢"。

剪辑过程是一年。拍完不到三个月,时长为两小时五十分钟的第一版剪辑就已经完成。那是应该做出更清晰判断的时候,可以不断请人来看、来提意见,来不断完善,但没有人提出问题。

"大家都没看出来问题,都觉得很好嘛。没啥问题不就是问题么?"按照张鹏的认知,很多美国大片都有大量重拍,比如《星球大战》重拍了百分之八十,《复仇者联盟》重拍了百分之四十,自己正在参与的电影,未来也会有一半内容重拍。但对于《阿修罗》,他连重拍一天、重剪一次的机会都没有。当我追问其中的缘由,张鹏只告诉我,不只是钱的问题,或许要追溯到片方的认知,又或许要追溯到整个系统无法提供科学的制作保障。张鹏不愿继续深究,"现在深究已经没有价值"。

电影后期,资金链也没能接起来。董明安的团队负责3D转制和调色,是后期工作的最后一步,但大量时间浪费在等待上,等待片方给国外的视效公司付钱,再把做好的素材拿回来。转制时间被大幅压缩。董明安记得,时间最紧的是"天界"一段,马上要下发物料了,需要替换的镜头素材还没有从国外返回。

这段"天界"视效,索尼公司曾报价一千二百万美元,最后是俄罗斯视效公司花了不到两百万美金完成的。

高翔记得，是导演张鹏自己去俄罗斯找人，还垫付了尾款和差旅开支。

但不同于其他场景的特效，"天界"效果差强人意，董明安感到3D转制并不容易，催素材的时间开始以半小时计。制片、导演，所有人都等在董明安的公司。大家都急。员工过一会儿就给他发个信息：怎么样了，素材到了吗，上传了吗，什么时候能下载呢？他得忍住，大家都在极力控制。"谁都别去点那个火"，只能找点事做，倒杯酒或者倒杯水，把脾气压住，都不要出错。

校验的时间被压缩到了极限，几乎没有时间重复，上映以后，如果有标点符号、文字出错，谁能承担这个责任呢？但没有办法了。没有时间，保证能够按时上映才是头等大事。董明安只能用"电影是遗憾的艺术"自我安慰。

天时地利人和

2018年7月9日，《阿修罗》首映式。放映结束，灯光亮起的时候，邢延荣与身边的人对望一眼，从彼此的眼神里看到了失望。董琦理解那种失望。动作戏的确好看，但故事没有讲清楚，关键处总缺失细节，没有抓人眼球的动人之处。她和经纪人一致认为，中西结合的效果并不理想，有些"中不中、西不西"的感觉。

片子"特别长",放映结束,在洗手间门口,董琦碰到站在那里等候反馈的张鹏和高翔。张鹏很紧张,连问"怎么样怎么样",她只能连连点头说"特别好"。

路演也让人失望。有些路演的地点安排很奇怪,不是在电影院,而是在商场和海洋馆,来捧场的都是主演吴磊的粉丝,而不像是看过电影的观众,他们对电影的热情度不高,没有人聊电影,他们把路演当成一场见面会。导演很难过。每个人都不太舒服。

更要命的是档期碰上了"估计要爆"的《我不是药神》和姜文的《邪不压正》。董琦的经纪人翟婧言挣扎了很久,是否应该向片方提出改档建议?但最终,因为感到自己只是个小角色,她保持了沉默。

麻朝俊记得当时大家抱持的一种侥幸:《我不是药神》谈高价药,已经触到了国家政策的敏感点,没准儿会因为负面舆论而下映,这不是没有先例。

即便已经吃尽了苦头,但在确定档期的时间节点上,杨真鉴依然坚信自己对市场的乐观判断:即便《我不是药神》"爆了",也不意味着《阿修罗》就危险,一个近六百亿的市场,在暑期档,应该能容得下一个二十亿票房的《阿修罗》。更何况,片方泄气主动改档,对票房有害无利。

最终的决定是"一起干"。事后麻朝俊承认,大家严重低估了竞争对手的实力。上映第二周,《我不是药神》

依然能保持百分之四十的超高排片，与《邪不压正》并峙，使弹尽粮绝的《阿修罗》只能在夹缝中艰难求生。

"做市场评估的时候，真的要客观。"投资人毛成胜觉得可惜，对票房的估计，本可以通过层层演算排片和上座率的方式判断是否成立，而在实践中，尽管各大院线会下发排片指导，院线经理仍拥有一定程度的话语权。所以，所有出品方都需要讨好排片经理，他遇到过排片经理直接伸手要红包的情况。而在《战狼2》的宣发阶段，在一次有全国八百多个院线经理参与的活动上，毛成胜看到吴京挨桌敬酒。"排片靠大家了。"他说。吴京的"客气"让毛成胜印象深刻。那天他还听说，在参加活动前，吴京已经在一个月内，一口气跑了七十个城市的路演。

"需要天时地利人和。"毛成胜感慨，"同档期有没有竞争对手，结果完全不一样。如果竞争对手很强，打得你都抬不起头。你有错吗？你没错，但谁叫你命不好？"

最后的意外出现在7月13日凌晨。麻朝俊负责的宣传团队已经结束加班，按照计划，大家一起吃个夜宵，回家睡一觉，第二天上午十点到公司"打仗"。在望京的一家烧烤店，烤串和龙虾陆续上桌，麻朝俊习惯性地打开猫眼和淘票票，想看看对手是否已经开票，却突然发现自家的电影已经"开分"。

"六点几还是七点几，"他停顿一下，"唰地一下，差评一下就出来了。"所有人都紧张了，因为起点分数必须要控制在八分,这是工作任务。麻朝俊认为,如果是遭遇正常的观众差评,他能够保证打分在八分的基础上往下掉零点二到零点三分。但现在,起跑已经输了,分数根本不可能维持住。

望湖公园已经锁门,回不了公司,他只好带人开一间两室一厅的酒店公寓。正是睡觉时间,没人接电话、回微信。即便能找到一两个人也没什么用,这样的时候需要团队作战,需要找人删除差评,还要找团队把分数拉起来。六七个小时的时间,没有什么办法,只能发发牢骚干着急。

后来,片方发布声明称遭遇"水军"抹黑,矛头指向观众评分四点九分的猫眼,并指出相较于淘票票的八点四分,猫眼的四点九分是"行业的耻辱"。陆续有自媒体文章指出:猫眼的CEO郑志昊正是《阿修罗》同档期竞争对手《邪不压正》的制片人。当时,猫眼对此未做回应。

"猫眼影业和猫眼评分是独立的业务单元,具有明确的防火墙,公司和不同影片有不同深度的合作,但在猫眼评分上,无论是什么影片,都不允许有人为干预,这是一个平台公正性的基本保障,也是公司高度重视的红线。"后来,针对早先的质疑,猫眼对媒体做出回应。针对麻朝俊所说的"上映半小时就遭遇黑评"的细节,猫眼表示:平台拥有完善的反作弊机制,异常账户打分并不会纳入有效的评分统计。

一切都垮塌得过于迅猛。上映三天后,《阿修罗》紧急撤档,票房数据停留在不到五千万。麻朝俊说,也想过拿钱砸,"花几千万,把分刷回来"。但分数提上去不等于票房就一定能上去。更何况,那时早已拿不出大把的钱做这件没谱的事。

《我不是药神》的最终票房为三十点七亿。

尾声

舆论猜测《阿修罗》"洗钱"的时候,张鹏接到师父打来的电话。从幼年习武开始,张鹏就跟着师父,他是比父母更让自己敬畏的人。"你缺钱吗?不缺钱为什么要做这样的事?"师父告诉张鹏,如果需要用钱,他还有几套房子可卖。

对于身处转型关键节点上的张鹏,《阿修罗》是一部太难驾驭的电影。反思的时候,他承认:"步子确实迈得太大。"

"那是一个耻辱,"在飞往澳洲的航班起飞前,张鹏在电话里说,"我必须让我的家庭知道,我的亲人和尊重我的人知道,我,还是会让你们骄傲。"撤档后,他花了一年的时间,终于从《阿修罗》的负面影响中走出来,重新做起动作导演的老本行。他的一位朋友告诉我,事实上,因为《阿修罗》赔掉了七点五亿,张鹏转型导演的机会变得颇为渺茫。"这一行就是这样,人人都知道你是个赔钱导演了,就没有人敢再用你。"

石峰一直期待等电影公映时,能坐在电影院里好好看看自己的作品。做威亚这么多年,《阿修罗》是最极致的一个,对他来说,这不是一部拿钱就走的戏。当电影上映时,他正在青岛做演出项目,但还没忙完电影就撤档了。反倒是因为《阿修罗》,石峰陷入了一点儿麻烦——得知他在《阿修罗》的尝试之后,一些体量较小的项目已经不敢向他发出邀请,转而寻找他带过的徒弟。

加入《阿修罗》以前,董琦的规划是成为能够担纲动作戏的女演员,期待最终落空。在参加一次角色面试时,看到履历上的《阿修罗》,面试官直接要求将她"拿掉拿掉"。

杨真鉴从不掩饰自己的不甘。三千万,在许多场合,他都提到这个数字,再有三千万,《阿修罗》能成,而他就能"颠覆好莱坞"。同意接受采访前,杨真鉴曾要求我请他吃一次饭。酒喝到眼神涣散的时候,他笑了笑:"实在没有条件了,不然怎么会让你们请吃饭?"那是他少有流露颓唐的时刻。

成功过,自负过,挨了天大的失败,但很快又展露出一种超然的态度,那很容易被解读为"自负"。能力不够,条件不足,运气不好,也犯了错误,都对,但那种感觉只有杨真鉴知道,"遗憾是骨头里的"。

2019年冬天，作为《阿修罗》资方的一家P2P公司爆雷，老板跑路，投资者几次到杨真鉴的公司堵门。因为发行垫资未得清偿，宁夏电影集团也被裁定冻结全部资产。为给公司纾困，麻朝俊抵押了父母买给自己的房子。他希望能使杨真鉴松一口气，东山再起。

在采访中，阿Paul曾向记者回忆起第一次到内地拍电影的情景，那是1995年张国荣主演的《夜半歌声》。在那个合资电影要向电影制片厂购买"龙标"的年代，除了搬运东西的小工，所有工作人员都要从香港带来，耗资甚巨。为节约经费，才慢慢允许全无经验的内地人进组，由香港制作人传习帮教，成为合格工人。二十多年过去，内地影人提升迅速，如今几乎取代了全部的香港工人。

也是这二十年，泡沫起来了，又消散了。未来是什么样？没人知道。

编辑：杜 强

在花木掩映
也唱不出歌声的枯井里

晨 星

一个十九世纪的医生,运用数据分析解决了疫情。

疫情再次暴发

8月28日之前的几天,伦敦宽街(Broad Street)的街上拥挤着熙熙攘攘的行人,街道两旁是生意兴隆的商铺,弥漫着亢奋又不安的气息。

这是1854年,不列颠岛的维多利亚年代刚刚拉开序幕,在一个因科学、文化和工业迅猛发展而繁荣昌盛的伦敦街区,大量分散于农村的人向大城市聚集。这是文明与愚昧并存的启蒙时光,也是前病原细菌学的时代。

如果你此时站在宽街街头,可以看到街道狭窄、满地泥泞,到处是肮脏的小孩在玩耍,他们在两旁的门洞里爬来爬去;有些人随意将自己饲养的各类宠物的粪便抛弃在室外，空气中充满了各种污浊气味；成年人毫无忌惮地将浓痰吐向污水横流的道路；女性走过街道，她们用蕾丝、细纱、荷叶边点缀的长裙会沾满烟蒂、黑泥、纸屑等各类垃圾，以及大小不等的暗灰色斑点。

猩红热、白喉、风疹、斑疹伤寒和霍乱，轮番攻击着这里的人们，近一半的小孩会在五岁前死亡，所以你会经常遇见抬着棺材行走的路人。摄影术普及后，天天存在的死亡威胁导致这里产生了"死人摆拍"的诡异风俗，为寄托对亲人的哀痛，那些刚刚失去亲人的人们，扶着死去的父母，或抱着已经停止呼吸的孩子一起照相。

但是，不想这样提心吊胆生活的人们，不会甘心听天由命。经过工业革命的洗礼之后，时代会推搡着人们前进。

旧体制已经被废弃，闪电般的全新感觉充斥社会的每个角落。"如果上帝不存在，那么一切都是被允许的"，昔日君主的权威被大大降低，以致当时《经济学人》杂志有位名叫沃尔特·白芝浩（Walter Bagehot）的编辑兼主笔满怀激情地写道："议会上下两院如果做出决定，就是把女王本人的死刑判决书送到她面前，她也不得不签字。"

而随着经济与社会的快速发展，伦敦已成为英国最大的港口，无数的水手、旅游者、贸易商业在这里进进出出，巨量的物流、人流给这座城市带来了无数次瘟疫。人的解放，自信的精神，对人类创造力的认知，早已洗涤庶民的头脑，那些医疗从业者当仁不让地扛起瘟疫的黑暗闸门,让大家渐渐看到曙光。

杂乱而热闹的街头景象,在8月28日那天改变。

这一天,伦敦西部的苏活区(Soho)确诊了一例霍乱病例,是一个只有五个月大的女婴,接着,陆陆续续有零星霍乱感染者被发现。已如惊弓之鸟的卫生委员会委员们绷紧了神经。这些公认见多识广的专家知道,患者都会以腹泻和呕吐症状为始,剧烈泻吐出如水一样的液体,不久就会因严重脱水而皮肤皱缩,同时因为血液黏稠度增加而全面呈深蓝褐色,最后因循环衰竭而停止呼吸,而医护人员在旁边看着病人,基本上无能为力。

发现首个患者的两天后,更多霍乱病例被报告:8月31日,五十六人感染霍乱,三人死亡;9月1日,一百四十三人感染霍乱,七十人死亡;9月2日,一百一十六人感染霍乱,一百二十七人死亡……患者发病之突然,死亡之迅速,让观者不寒而栗。

伦敦史上又一场严重的霍乱疫情暴发了。

药剂师翻身

凌晨过后,街道、房屋沉浸在安静的隐晦浑浊之中,一栋强调垂直性、装饰性的具有学院气质的红砖建筑里,有一间办公室灯火通明。一位外科医生将头顶锃亮的脑袋对着满满一桌的书本、疫情报告和资料堆，陷入沉思。

窗外时不时传来远处教堂敲响的丧钟，从宽敞阔气的办公桌底探出老远的，是他瘦骨嶙峋的长腿以及那双沾满了灰尘的皮鞋。这个名叫约翰·斯诺（John Snow）的人，哪里像一名受人尊敬的医务工作者，伦敦大学医学博士毕业的流行病学专家？

他本就出身约克郡偏僻乡下一个贫困的农民家庭，在二十三岁徒步两百多公里来到伦敦这个大城市之前，是一个学历和执业资格都双低的人员：十四岁辍学，直接出去混社会，先到药店当药剂师学徒，再长期跟着小诊所里的大夫进行很业余的规培，最后的职位是乡村外科医生的助理。如果认真追究起来，他应该属于医科业余中专学历，而且算是没有拿到中专文凭的同等学力者；根据他的工作经历，给个助理医师的职称已经足够了。

还好斯诺是在1813年出生的，如果这个农二代出生在更早以前，他在英国医疗体系中将最终可能只是个低贱的药剂师，连看病开药方的权利都没有。

十九世纪以前的英国医疗界，医师执业还遗留着森严的等级制度：一等内科医生，二等外科医生，三等药剂师。在英文中，医生＝内科医生＝Physician，提供手术医疗的外科医生被单独拎出来，称为Surgeon。无论是内科医生、外科医生还是药剂师，都需要通过注册，执有相关职业资格证书才能从事相关工作。具体说来，内科医生就是贵族，可以接受正规的高等教育，在大学学习各类文化课、医学基础课和专业课，学习代表其特权身份的拉丁语与希腊语，可以进行病理性观察以及病情推理诊断，拥有独一无二的开处方的权利。用拉丁文写处方，是内科医生一种特权象征（欧洲的医学发源于古希腊的拉丁语地区，主要医典用拉丁语书写，所以他们必须懂拉丁语，以便能够学习查阅相关典籍）。

内科医生安身立命靠的是高深的学问及崇高的身份，那些手艺活可不是这个群体该干的。动手的活就交给了第二等级的外科医生，由他们负责脓肿引流、肿物切除、外伤缝合等切、割、缝的手工活（那个时候手术消毒还没有普及，外科医生身上通常极其肮脏，满身污秽）。三大等级的金字塔最底端，就是数量庞大的药剂师，没有医疗诊治资格的Apothecaries群体。其实在前两个等级的医生群体看来，他们连医生都不是。

这种僵化的医师等级制度极大约束了英国医疗行业的发展，据乔治·克拉克在《伦敦皇家内科医生协会史》（1965）的记载，十六世纪末英国内科协会的内科医生不超过三十一人，到十七世纪终于上升为八十人，一直到十九世纪，其数量也没有超过一百人。这么少的医生，只能勉强满足王室和贵族们的需求，大部分底层人民得了病便只能自生自灭。

随着历史推进，瘟疫的频繁发生，医疗服务需求剧增,药剂师阶层并没有甘心处于弱势地位,"我们也有一双手,一样可以当个医生开药方"的诉求一浪高过一浪。这一诉求早在1616年就开始了,一个叫吉迪恩(Gideon De Laune)的皇家药剂师利用自己的特殊身份,向当时的詹姆斯国王申请成立了药剂师协会(Society of Apothecaries)。药剂师们联合起来,通过不断努力,把制药行业生产的药品从普通商品中独立出来,确立了自己特定的行业定位之后,又进一步要求病情诊断的权利。但已经固化多个世纪的等级制度,并没有被很快打破,直到十七至十九世纪,层出不穷的大瘟疫时代到来。

1665年,史称"伦敦大瘟疫"的鼠疫暴发。鼠疫是至今在中国法定文件中规定的甲类传染病,曾在人类历史上前后发生过三次全球性大流行,在当今医学界,它又被起了一个令人闻之色变的名字"黑死病"。据不完全统计,那三次鼠疫暴发,全球死亡人数累计过亿。

当时伦敦是全球最大的港口之一,世界各地的船舶在泰晤士河岸的港口停泊或进出。而这一年,来自阿姆斯特丹运输棉花的货船驶进了伦敦的港口,不幸的是,这艘货船来自鼠疫疫区。阿姆斯特丹在遭遇鼠疫后,据粗略统计,死亡民众的人数不少于五万。而这年4月12日,一个叫丽蓓嘉·安德鲁斯(Rebecca Andrews)的女性在高烧咳血中死去,宣告伦敦的鼠疫正式到来。其实据某些资料记载,当时在码头地区以及伦敦圣贾尔斯(St. Giles)教区,已经有穷苦的码头工人因瘟疫在痛苦中默默死去，但这些底层人民的病亡并没有引起应有的重视。

三个月后，在伦敦的夏季里，鼠疫终于挺进到城区，英王查理二世闻讯，带着家人以及大臣逃避到了牛津郡。同时，那些上层阶层，比如贵族、富商，还有医生群体中的内科医生也纷纷撤离，伦敦全面进入瘫痪状态。滞留在市区无处可去的底层民众在黑死病的蔓延下备受摧残，而作为底层一分子的药剂师群体终于有了出头之日，因为本来数量有限的内科医生几乎都逃光了，非常时期的日常规则也不再起约束作用，长期混迹于贫民窟的药剂师们粉墨登场，迅速填补医疗资源的空白，天然获得了医疗权——可以按照自己的诊断不受干扰地开处方，也没人来管他们到底有没有执照。那些坚守在伦敦疫区的药剂师，成为特定时期为穷人提供主体医疗服务的业余医生，天天自发地穿街走巷，行医治病。

这也是没有办法的事情，因为伦敦当局穷尽所能，也没能控制鼠疫的继续暴发，自1665年9月以后，伦敦开始每周大概有七千人因鼠疫死亡，到冬季才稍微消停一点。留守当局和市民们采取了各种能想得到的措施，例如聘用公卫医生（这一条无可非议）；掩盖死亡遗体（收效甚微，因为恐慌，人们往往将尸体扔到路边的大坑里匆匆了事）；扑杀所有的猫狗（由于猫的大量消灭，失去强劲天敌的老鼠更加畅通无阻地传播疾病）；在街头燃烧辣椒、啤酒花和乳香等强烈刺激性物质,并鼓励人们吸烟,认为这样可以杀死空气中的有毒细菌(这是在历史上与放血疗法并存很久的徒劳无功的防疫治病手段,和室内烧醋预防感冒异曲同工)。

到1666年2月,死亡案例终于少了,少得让查理二世感觉已经有了安全感,就和自己的随从放心返回伦敦。但英国并没有因为大瘟疫而停止全球的贸易活动,所以当冬季结束,开春后的法国及欧洲大陆接过了伦敦的接力棒,继续着新一轮的鼠疫疫情。

到1666年下半年,以9月2日的伦敦大火为标志,这场持续一年多的大瘟疫才结束,伦敦大概共损失八万人,相当于整个城市人口的五分之一。

随瘟疫结束的,还有英国的医师等级制度。回到伦敦的内科医生们惊讶地发现,以前那些他们曾经不屑一顾的药剂师们,已经把药店开遍了伦敦的大街小巷。这些江湖游医,卖黑药的,进城农民工、菜农、皮匠鞋匠木匠的子女们,居然堂而皇之地给各类病人诊治并开药方。这些"医生"出身卑微,对求医问诊者来者不拒,而且基于大部分都是穷苦病人的事实以及透明化的信息传递,他们的处方往往比较低廉,效果也不错。在权威崩塌的日子里,一切规则都无效了,确定这些医生等级和收入的唯一标准就是口碑,谁能以最少的费用、最有效的治疗手段治愈病人,谁就能在众多的鱼龙混杂的医生中脱颖而出。

旧有的秩序和等级被打破,形形色色的所谓医生肆意横流,以获取经济利益为强大动力,从此医疗体制走上了初始混乱但最终更加广阔的发展方向。

内科医生对这种冲击是不会坐以待毙的,正如当时的乡村作家坎贝尔在1747年所写:"没有第二种行业了,只有医生可以用如此低的成本经营着利益无比诱人的事业……医疗的利润无上限,可以高得不可想象。"1703年,内科医生协会向上议院提交了一份关于药剂师威廉·罗斯(William Rose)非法行医的证据,希望上议院对这个不安分守己的药剂师进行处罚。他们的目的是向上议院表明药剂师没有能力行医,让立法部门确认药剂师不具有行医诊断的一切资格。英国以判例作为法律基础,一旦通过处罚决定,即可对所有药剂师的行为进行约束。

作为英国最高的司法机关,十八世纪的上议院议长由大法官(Lord Chancellor)兼任。上议院又称贵族院,发源于1265年等级会议制,又在十四世纪中叶产生了实际意义上的两院制组成部门,另一个是靠选举产生议员的下议院。1640年以后,和下议院相比,上议院的权力已经相对有限,只保留着历史上遗留下来的司法权,可以有权审查下议院通过的法案,并通过必要的修正案。

一向崇尚传统的上议院收到这个强调行医垄断等级制度的提案时,内科医生协会的会员们都翘首以盼讨论结果。

但是,这一议案却被以王室后裔、世袭贵族(直到

1999年11月，上议院改革法案获得通过，大部分世袭贵族才失去议员资格）、终身贵族、上诉法院法官和教会大主教及主教为组成成员的上议院驳回了，给出的理由是："不管现存法律如何，阻止药剂师提供医疗建议、禁止其从医实践都是违背习俗常理，而不利于公共利益的。"

内科医生集团偷鸡不成，反而因为英吉利民族笃信经验的法律原则，让药剂师集团坐正，从此一发不可收，乃至影响到当代英国的基础医疗体系（目前英国全民医疗服务制度是以二级体系为基础，其第一线社区体系就是此时药剂师集团发展形成的全科医生）。

回到本文开头，正是由于医师等级权威持续减弱进而被打破，斯诺才有了出头之日。

斯诺其人

1813年3月15日，斯诺在英国约克郡出生，是威廉·斯诺（William Snow）和弗朗西斯·斯诺（Francis Snow）在他们北大街的家中所生九个孩子中的老大。威廉·斯诺起初是工人，在当地一个煤场当搬运工，将约克煤田里的煤装上驳船，后来在约克北部的一个小村庄里当农民。斯诺的故乡当时是约克郡最贫穷的地区之一，靠近乌斯河，经常面临洪水的危险。斯诺成长之处和英国很多其他地方一样，有着被严重污染的恶劣环境，大部分街道既不整洁也不卫生，河中流淌着来自农贸市场、集市广场、墓地的污水。

虽然没有他早年上学的记录，但斯诺很可能就读于位于约克郡中央腹地主教山的多兹沃思学校，这所学校为北街教堂学校（斯诺家族是其成员），为教区的适龄儿童分配了若干入学名额。虽叫私立学校，却是一所公认的"普通学校"（common day schools），旨在教育经济拮据的教民家庭的儿女们。当时英国的大多数基础教育学校都是私立的，只有少数由政府或工厂资助的法定公立学校。斯诺在六岁左右入校接受教育，就读八年（1819–1827）的课程包括阅读、写作、算术和宗教经文。他是个聪明又勤奋的学生，数学和自然是他最喜欢的科目。

贫穷的老斯诺是如何让儿子读上这所私立学校的，仍然是个谜。大多数历史学家认为，帮助斯诺上学的钱来自母亲弗朗西斯的家族。弗朗西斯是查尔斯·恩普森（Charles Empson, 1794–1861）的姐姐，也就是说查尔斯·恩普森是斯诺的小舅。斯诺的外公只是一个织布工，家境也不富裕，但查尔斯舅舅是个富有冒险精神的人，后来通过个人奋斗，成为巴斯市的风云人物（巴斯是位于约克以南二百英里、伦敦以西一百英里的小城市）。1824年6月，二十九岁的查尔斯·恩普森离开英格兰前往南美，并在现在的哥伦比亚大陆北部度过三年时光，干出了一番事业。

甥舅如父子，作为斯诺的母系亲戚，查尔斯·恩普森对斯诺影响深远，后来正是他资助了斯诺去伦敦接受更高等的教育，从事顶级的医疗实践。

斯诺从小就表现出数学天赋，但贫困的家境还是中断了他的学业。十四岁时，为缓解家庭的经济压力，斯诺结束了正式的课堂教育，于1827年6月22日被送到位于泰恩河畔纽卡斯尔郊区的朗本顿给外科医生-药剂师（又称全科医生，这是从药剂师发展起来的医疗体系最低阶层，算是当时的新生事物）威廉·哈德卡斯尔（William Hardcastle）当学徒。舅舅查尔斯·恩普森是哈德卡斯尔先生的密友，被列为其婚礼见证人和遗嘱执行人。

哈德卡斯尔是纽卡斯尔一位知名的行医实践者，斯诺来这里当学徒时，哈德卡斯尔已经三十一岁了，对好友的这位外甥很是关照。斯诺在纽卡斯尔的学徒生涯持续了六年，这对他来说是一个重要的时期，奠定了他医学训练的基础，也是他发展兴趣和态度的时期，这些兴趣和态度将伴随他一生。

外科医生-药剂师群体当时已经在英国医疗行业中全面崛起，与内科医生相比，这个群体除了能够诊治开处方，还提供以手工劳动、临床技术为核心的医疗；同外科医生也有截然不同的区别，他们不仅仅只做处理伤口这种粗活，而是进行全面的医疗工作；他们出身于药剂师群体，熟悉配药售药，又可以开药方、医疗诊治。称呼他们为"外科医生-药剂师"，是因为在旧有体制没有完全褪去的过渡阶段，他们执业行医还必须获得外科医生协会颁发的资格证。

1831年到1832年，霍乱首次出现在纽卡斯尔地区。1831年，威廉·哈德卡斯尔派斯诺前往基林沃思提供医疗援助，当地煤矿的矿工及其家属都是霍乱受害者。这段经历可能给了他使命感。后来，斯诺在他的著作中描述第一次近距离接触霍乱的所见所闻："不时有煤矿工人患上霍乱，被人从矿井里抬上来，我看到他们大量腹泻，伴随呕吐，病情发展非常快，病人迅速进入虚脱状态。"

当时英国只有少数高校被授权可以给医生（主要是内科医生）颁发许可证及医学毕业文凭，其中两所是牛津大学和剑桥大学，斯诺显然没有机会进入这两所高等学府就学。他选择了另一种方式，先成为注册外科医生－药剂师，期望有一天能通过医学组（皇家内科医师学院）和药学组（药剂师协会）的执业考试。

1833年4月，斯诺二十岁，完成学徒生涯，去纽卡斯尔附近的一个村庄伯恩农场，并成为乡村药剂师约翰·沃森的助手。可能他的目的是在去伦敦接受更好的医学教育、成为执业医师之前，先在这里做几年助理，赚点盘缠。但在伯恩农场只待了大约一年，又在帕特利桥参加了为期十八个月的医疗实习。他显然不太认同约翰·沃森的工作，像其他乡村药剂师（医师）一样，这人更依赖临床经验而不是书本学习，况且他也认为自己的工资很低。

1834年秋天,斯诺前往帕特利桥学习时,投奔的医学老师是约瑟夫·沃伯顿,一位持有执照的药剂师。帕特利桥地处偏远,全镇约一千五百人,主要从事农业、亚麻纺织、采石和铅矿开采。斯诺住在一所大房子里,和约瑟夫·沃伯顿、师母哈里特以及他们的三个孩子一起在这里从事医业,时不时地做些外科手术。

1836年夏天,第三段学徒生涯结束后,斯诺回到老家约克郡。在这段空档期,他没有闲着,从夏末开始,用四五周步行了四百英里,从约克到利物浦,然后前往北威尔士和南威尔士,最后到达巴斯,找到了舅舅查尔斯·恩普森。1836年10月,他来到伦敦,以令人惊讶的热情进入亨特利安医学院(Hunterian School of Medicine)正式学习医学。这所医学院是个不入流的民办医学院,虽然是正式注册过的。学校位于苏活区南部大风车街(Great Windmill Street),若干年后,斯诺将在这条大街调查霍乱暴发情况。

亨特利安医学院提供基本医学课程、讲座及解剖课,最大的好处是一旦支付了最初的费用,就可以免费进入后续的讲座或课程学习。这所学校距离伦敦几家有名的教学医院不远,但主要隶属于米德尔塞克斯医院。

这段时间里,斯诺在贝特曼租了一间便宜的房间,位于一条狭窄的小巷。1837年10月开始,斯诺在威斯敏斯特医院参加医疗实践,从而在正规的医院里获得经验。该医院在外科方面享有盛誉,位于他租住的居所南部将近一英里的地方,可以步行到达。可以看出,他对住处是精心挑选的,这从侧面说明斯诺很有点空间分析的思维了。

博观而约取,厚积而薄发,斯诺从三段学徒生涯、亨特利安医学院以及威斯敏斯特医院的求学和实践中获得了足够的经验,终于可以参加执业资格考试。1838年5月,二十五岁的斯诺通过考试(他的成绩在一百一十四名考生中排名第七),成为英国皇家外科医师学院(MRCS)的一员,获得相关执业资格,可以从事普通医学的工作。这年10月,他又拿到了药剂师协会(LSA)的执照,有资格配置和销售药物。

至此,经过多年的学习和实践,斯诺终于被认证为全科医生。

他从学生公寓搬到弗里斯街54号,在苏活广场的南边建立了自己的外科手术和普通诊所,在这里一直待到1852年。他还成为威斯敏斯特医学会的一员,在接下来的五年里,斯诺就酗酒、呼吸学、儿童胸部和脊柱畸形、汞和铅引起的唾液分泌以及贫血的影响等各种问题向该组织定期发表演讲,全方位展示了自己的才华,天赋和勤奋让他游刃有余。有一次,斯诺把一只豚鼠放入水中,两分钟后豚鼠就死了。在豚鼠死后一小时,斯诺开始解剖,他观察到豚鼠的心脏完全静止,右侧充血,而左侧几乎是空的。令他吃惊的是,豚鼠的心还在抽搐,于是,他打开气管,开始了人工呼吸……

对于斯诺来说，拥有全科医生的执照并没有让他满足，他希望能够接受更为学术化的医学教育，这将使他获得学术职位，并获得医师资格，能够照顾更多的病人，包括上层阶级的病人（必要获得内科医生执照）。他将自己的目标盯向了世界顶尖名校伦敦大学。伦敦大学创建于1826年，1836年至1837年开办了一所医学院和医院。在学生申请学位之前，需要基本的医学教育证明，好在当时亨特利安医学院许多课程的学分都被伦敦大学接受。

在伦敦大学学习了几年，1843年11月，三十岁的斯诺获得医学学士学位，一年后，他又获得医学博士学位。

1846年，伦敦市中心奥尔德斯盖特街的私立奥尔德斯盖特医学院开设了一个法医学讲师职位，斯诺便在该校担任讲师。由于缺乏资金，这所学院在1849年关闭，斯诺失业。

1850年6月，中年失业的斯诺通过了伦敦皇家医师学院（LRCP）的执照考试。LRCP包含伦敦医学界最精英的成员，也就是说，他已经是个内科医生了。由药剂师到外科医师，斯诺最终成功攀登到最高级的内科医师阶层。

斯诺在麻醉学和流行病学方面的研究，让他获得了尊重。早在到伦敦之前，他就对呼吸生理学感兴趣，而他的系统研究是在威斯敏斯特医学会资助下开始的。他在1841发表的《窒息与新生儿复苏》论文，讨论了呼吸生理学问题，为麻醉学的发展做出卓越贡献。他将化学和物理学应用到吸入性辅助治疗中，1847年用乙醚的实验证明了一种

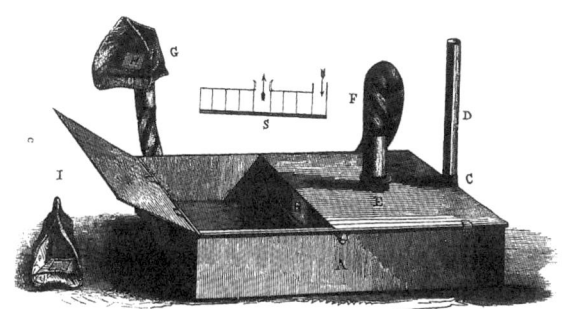

斯诺在1847年设计的麻醉吸入器。图片来源：wikipedia

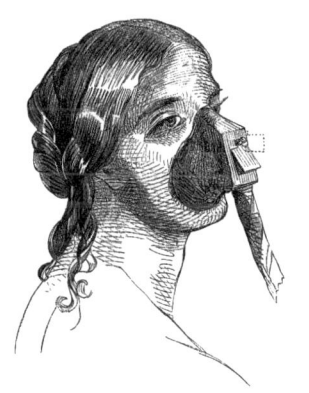

斯诺设计的麻醉吸入器可在外科手术中通过吸入乙醚蒸汽进行麻醉。图片来源：Wellcome library

可靠实用的麻醉方法,一举成为人类麻醉学开创者之一。而后作为维多利亚女王的私人医生,斯诺分别于1853年和1857年,在女王分娩时用氯仿减轻了她的痛苦。

由于当时流行病疫情紧迫的形势,伦敦流行病学学会于1850年5月成立,以应对1849年后一波又一波霍乱的暴发。斯诺参与了该学会的创立,而让他声名更隆的另一重要事件也就要发生了。

祸水

进入十九世纪,"一系列令人虚弱的霍乱"轮番肆虐,伦敦分别于1832年和1849年暴发疫情。患者照例从剧烈泻吐开始,乃至严重脱水,先后一共造成一万四千一百三十七人死亡。对这种烈性传染病的认知,即使冲在公共卫生安全最前线的医生也充满了误解。

由于医学水平的限制,当时地球上最强大国家的医生和科学家也没有搞清楚人体产生霍乱的病因是什么,而在伦敦流行病学学会,至少存在着两种不同的病因归结:MIASMA理论和细菌理论。

MIASMA理论(也叫MIASMATIC理论)认为,霍乱、鼠疫等流行疾病是由一种空气中有毒的miasmata(古希腊语:污染)微粒引起的,一种有害的"瘴气"(bad air)

形式，也被称为"夜间空气"。该理论认为，流行病的起源是由腐烂的有机物引起的"臭气"。这种观点被以威廉·法尔博士为代表的大多数学者接受，他当时是伦敦人口普查局局长和总登记处官员。

斯诺博士长期生活在社会底层，知道这种疾病会给人们带来怎样的伤痛。他曾在纽卡斯尔附近的煤矿担任外科医生助理，在几十米到几百米深处、肮脏黑暗的巷道中逡巡，在狭窄的空间里和染上霍乱的矿工共同呼吸，和他们一样黑不溜秋只露两排白牙，却并没有染上霍乱。斯诺认为，可能他与那些不幸染病的人的主要区别在于，自己没喝同源的水，所以霍乱应该不是以空气而是以水为传播媒介。

根据多年的临床经验及科班的专业训练，1849年，斯诺公开了自己有关霍乱传播的理论。靠深入大胆的调研与冷静分析，以及令人吃惊的敏锐洞察力，他融合病理学、临床观察和流行病学，建立了某种烈性传染病的传播模型。这个模型表明，特定的传染疾病只能由一个特定的有机体产生，而霍乱病原体需要摄入而不是吸入，即不是通过肺传播，而是通过胃来传播。所有这些论断，都比罗伯特·科赫（Robert Koch，1843-1910，德国人，世界病原细菌学的奠基人和开拓者）的细菌理论早了三十年，但这一学术观点没有被大众接受。

基于经验、证据及严密推理，斯诺认为霍乱的主要原因是一种尚未被确认的细菌细胞。他推测，这种未知的细菌是人与人之间通过饮水传播的。但伦敦的病理学家和首席医疗官约翰·西蒙将他的细菌理论称为"奇特的",很有点不屑一顾的意思。于是各种在今人看来匪夷所思的防疫治疫措施出现了：人们在街上燃烧硫黄和柏油来消毒,而牛津卫生委员会的大师们百尺竿头更进一步,生怕剂量浓度不够,在布尔大街燃烧柏油桶进行烟熏消毒,结果酿成爆炸事故；某区域卫生主管部门要求相关房屋所有人用石灰粉刷屋内从地面到天花板的所有墙面,有人就自作聪明地将石灰水加热刷墙,认为会加强预防效果,而有的人将石灰水升级成了漂白剂,顺便将自己家里重新装修了一遍……霍乱疫情当然没有因为这些措施而停止蔓延,苏格兰人主办的《格拉斯哥报》不失时机地嘲讽一下英格兰人,在通讯报道里评论说"这总比站着什么都不干强"。

伦敦市行政区域内有过几次零星报告后,1854年8月31日,苏活区终于暴发了一次重大霍乱疫情。短短三天,该区宽街及附近的地区共有两百人迅速死亡。第二周,四分之三的居民逃离了该地区,大街上白天也空无一人。到9月10日,伦敦市已有五百人死亡,部分街区的死亡率为百分之十二点八,到疫情结束时,共有六百一十六人死亡。许多受害者被送往米德尔塞克斯医院治疗,著名的南丁格尔也在9月初受邀短暂地加入该医院,以帮助控制疫情暴发。霍乱的肆虐打破了阶级界限,无论是穷人还是富人,都被无差别地摧残。

十九世纪中叶的伦敦市井生活图景。图片来源：*Punch*（1852）

霍乱时期的一幅漫画讽刺了伦敦健康委员会如无头苍蝇般寻找霍乱病因的情景。
图片来源：*Doctors investigating cholera*（1832）

斯诺对自己的霍乱传播理念了然于心,现在只缺一个验证。经过深思熟虑,他精心设计了一套方案:绕开一个个具体的霍乱病例,研究病例的空间分布规律。

他开始穿街走巷,收集这场流行疾病的病患资料,获得那些染病死者的名字,并根据名字在档案登记处找到他们的家庭地址。根据家庭住宅,他实地调研病死者的房子,并询问死者饮用水的情况。

走过那些疫区,他对这座城市拥挤的居住环境、污染的生态环境、恶劣的公共卫生有了进一步的认识。

伦敦当时的道路基本由窄街小巷构成,曲折参差毫无规划,路边的居民区里别墅、排屋、公寓、筒子楼、大杂院与窝棚相互交织在一起。有的房屋一年四季也照不进阳光,白天都需要点灯。恩格斯曾根据自己1842年11月至1844年8月在英国居住期间的直接观察和各种材料写成《英国工人阶级状况》,其中有这样一段描写社会最底层产业工人的蜗居生活:"只要哪里还空得下一个角落,他们就在哪里盖起房子,哪里还有一个多余的出口,他们就在哪里盖起房子来把它堵住……东一排西一排的房屋连成一片迷阵式街道,像一些小村庄一样,乱七八糟地散布在寸草不生的光秃秃的黏土地上……街道既没有铺砌,也没有污水沟,可是这里却有无数的猪群,有的在小院子里或猪圈里关着,有的自由自在地在山坡上溜达。"

跟随斯诺扫视那些居住区,就会看到这样的情景:

一个大腹便便的富商在宽敞明亮的房间里算账，隔壁住的是正发酒疯的打工醉汉；贵妇人在自己家里优雅地弹着钢琴，尖拱窗户的下面，膀大腰圆的屠夫正宰杀一只惨叫的羊，空气中也充斥着它们排泄物的味道；几个浑身流汗赤裸上身的搬运工在工余打牌赌钱，而对面闺房里一位妙龄少女正端坐在书桌前看书……地理空间距离之近，与阶层地位差距之远，让现在的我们叹为观止。

在伦敦城的任何一个地方，都能闻到一股或浓或淡的臭味，因为到处都是垃圾和污水。坑坑洼洼的街道没有排水沟，有的只是一个又一个臭气熏天的死水洼，剩面包、食物残渣、木屑、水果皮、烟头、各类动物的尸体散布在街道里每个角落。拥有大概二百万人口的伦敦，没有清理粪便的系统措施，厕所里堆积的粪便无法自动转运，有钱人家雇用工人定期清理，而更多的平民对粪便的态度只能是置之不理。当一层层如小山似的粪便再也存不住时，或者一阵大雨过后，便会从住户家里流向街道。而街头又没有排水排污系统，那些天然存在的河道和沟渠，水体里或漂浮或淤塞，充满着五颜六色的污秽。

1815年，伦敦人实在忍受不了弥漫于城市的臭气，把排水管和下水道接通到泰晤士河，于是，未经任何处理的地表水源源不断流入河里。曾经是举世闻名的鲑鱼产地，曾经水中沙鸥翔集、锦鳞游泳，河边岸芷汀兰、郁郁青青的泰晤士河，变成一条又黑又臭的垃圾河。1858年这

讽刺泰晤士河被严重污染的漫画。图片来源：*Punch*（1858）

这幅漫画讽刺伦敦供水系统为市民提供的是毒水。
图片来源：*Fun III*（August 18, 1866）

一年，当伦敦人靠近这条父亲河时，会感到恶心、绞痛、喉咙痛、头昏眼花，甚至暂时性失明，被后人誉为"奇臭年"。有关部门根据专家的意见，使用化学方法稀释河水的恶臭，每周向泰晤士河的下水道排水口附近倒入总值约一千五百英镑的石灰粉。

另一件奇葩又悲惨的事情发生在1878年9月3日下午，一艘名为"爱丽丝公主号"的游艇在泰晤士河贝肯顿下水道出口处与一艘货船相撞后沉没，船上九百多名乘员纷纷跳河逃生，但仍有二百五十人死亡。有关部门调查后发现，死亡的人中有很多人并不是淹死的，而是因为喝了河中的水被毒死的。

虽然河岸近在咫尺，但挣扎于饱含硫化氢的河水中的逃生者，怎么也游不过这加大加长版的化粪池，从吸入够量的硫化氢开始窒息到死亡只需五分钟。人们捞起这些不幸的遇难者，看到他们的衣服变了颜色，化学家们推测这些布料可能在水里发生过化学变化。

别看整条泰晤士河都是晦暗不明的淡褐色液体，这条公共污水沟却是伦敦人的主要饮用水源之一。与地球上其他地方一样，伦敦人的饮水来源多种多样，简单分类就两种：免费的和付费的。免费水大多就近取材，主要包括井水、河水和雨水。水井主要修建在街道这种公共区域或者私人住宅的庭院里；沿泰晤士河而居的居民则直接从河道里汲水，经济条件较好的街区还可使用手摇泵取水。付费的饮用水由民营供水公司提供，水源稍微好点，事实上也是直接抽取泰晤士的河水（后来，有的公司会用沙将河水稍微过滤一下），通过输水管把水送往客户家中。十九世纪初，伦敦市区已经成立了八家供水公司。从泰晤士河取来、流到每家每户的水都是褐色的，闻起来气味糟，喝起来口感差，但还别挑剔，因为供水时间固定，每周只供应两到三次，周日厂家不供水，所以大家在有水的日子也不敢对水质发什么牢骚，一心只想把家里的储水家什装满就行了。

1848年秋，伦敦再次出现一场五千多人死亡的霍乱疫情，在医疗卫生部门的指导下，大大小小的各类化粪池和液体垃圾被清理到下水道，以减少瘴气的滋生，缓解霍乱疫情。那些厕所和垃圾坑倒是清爽了，但下水道里的水最终还是流入泰晤士河，作为水源，依然被污染得无以复加。从窗口扔出去的东西，又从门口进来了。

关掉那个水泵

大环境如此，斯诺知道多想无益，他只能做自己能够做到的。以前的研究使他相信，霍乱的传播如他所说，"总是以扰乱消化道功能开始"，通过污染的水将毒素从一个受害者传染给另一个受害者。斯诺曾分析追踪过伦敦南部最近的一次霍乱暴发，认为是由一家名为沃克斯豪尔的供水公司提供了受污染的水而引起的，但业界权威和供水公司当时并不愿相信这种理论。现在，他再次看到了证明自己理论的机会，可以把苏活区疫情暴发与污染水是单一且唯一病原来源联系起来。

他紧张地工作着，把搜集到的霍乱病人的家庭住址，一个点一个点地标记在大比例尺地图上，结果发现了一个惊人的事实。

衡量不同患者家庭住址空间位置的相似性，可以把所有的点分类到一个空间距离相近的簇中。也就是说，这些人被传染而患病，是有其特定规律的。

通过翔实的数据分析，他发现那些死者都从宽街的一处公共水泵取水作为日常饮用。斯诺看出，在那个水泵附近的死亡人数最多，加上本就对霍乱的传播模型已经有了自己的设定，于是他天才地将霍乱发病率与地理信息的潜在关系进行了联系，敏锐地发现：问题就出在那个街区的公共水泵上。

同时，数据分析出来的证据链有一个显著的异常现象：水泵附近的宽街酿酒厂的工人没有感染霍乱。这个事实似乎不支持斯诺的理论，甚至有可能推翻它。但这个异常并没有迷惑并弱化斯诺的判断，他通过抽丝剥茧的调研和思考，反而强化了自己的推论，因为那些啤酒厂的工人每天都有啤酒补贴，所以他们很少饮用附近水泵里的水。

在酿造过程中，麦芽汁（或未发酵的啤酒）需要煮沸，以便添加啤酒花，正是这种操作杀死了他们日常饮用的啤酒原料水中的霍乱细菌，使之可以安全饮用而未出现病症。

斯诺进一步判断，上次沃克斯豪尔供水公司正是从泰晤士河污染区取水并将其送至相应区域的家庭，进一步扩大了污染水的饮用范围，才导致霍乱发病率上升。

他从宽街的那处水泵里取了一份样本，在显微镜下观察，发现含有"白色的絮状颗粒"。到9月7日，斯诺确信这就是感染源，并把自己的发现提交给圣詹姆斯教区的监护人委员会。

监护人委员会是具有英国特色的穷人救济组织，根据完全取代了1601年《济贫法》的《济贫法修正案》而成立，试图从根本上改变英格兰和威尔士的贫困救济制度。监护人委员会由当地纳税人组成，他们管理着济贫院，与生活在所在地区的穷人打交道，并为那些无法养活自己的人建立工作场所。该委员会渐渐演化为一个权力部门，例如根据1875年《公共卫生法》，监护人委员会成为市政区或镇以外所有农村地区的卫生管理机构，并设有地方委员会。后因为社会发展，到1930年，根据《1929年地方政府法》废除了该委员会，他们的权力和责任才移交给地方和国家政府机构。

不知道斯诺在这次监护人委员会会议上是如何慷慨陈词、据理力争的——即使后来很多事实证明他的意见是对的，他的观点还是在很多年内饱受争议——最终的结果是，他成功说服了那些委员们。

或许是按照英格兰地方自治者的习惯，这种会议能容忍并尊重批评和不同意见，参会人员经过反复证实证伪后的讨论结果，并不会与实际情况相差太远。一般说来，按这种地方自治会议的惯例，提出异见的斯诺即便言辞激烈得理不让人，在别人眼里他也是"小骂大帮忙"而已。十九世纪的独立思考精神和逻辑思维意识，在伦敦已普及到大街小巷，在这样的大环境下，与会者并没有对乡下人斯诺产生排挤或质疑，这种包容性没有埋没斯诺的天才与勤奋，而这也足以让霍乱疫情迅速消弭。

传言斯诺博士从小数学就很好，看来应该不假。他真是一个被医学耽误的数学家和地理信息科学家。他在9月7日参加圣詹姆斯教区当局的会议时，强烈建议把那个街道的水泵拆掉。虽然这个管理委员会成员大多仍然喜欢MIASMA理论而热衷于在街头点火放烟，但大概是病急乱投医，经过大家的讨论，委员会本着死马当活马医的心态，勉强接受了斯诺的建议。

9月8日这天，管理委员会通过拆除手柄关闭了那个井泵，再利用水箱从非疫区拖水，给宽街及附近的居民提供日常饮用水。

然后，这场流行病渐渐平息了。

这是人类有史以来第一次利用地理信息空间统计学方

法作为证据进行循证医学实践。

虽然政府官员当时采纳了斯诺的意见，也向公众发布了污染水井的危害，但并没有真的接受斯诺的霍乱传播理论。若干年后，有人评价说，这是第一次以"上帝视角"来观察霍乱的暴发。

疫情结束后不久，斯诺就开始手术刀般地剖析霍乱的传播机制。

他用一张画满点的街区图来说明这个水泵周围是如何发生霍乱病例的，他是怎么思考与发现这个水泵的。他将霍乱发病率与潜在的地理空间联系起来，绘制了一张霍乱死亡患者空间分布图。他根据坐标位置，绘制了街区各个水泵和霍乱患者住所的空间位置。

斯诺的地图，表达了水泵、霍乱患者在城市街道中的空间分布及相互空间关系，地图中心是霍乱发病率最高的区域。

他在1854年9月23日给《医学时报》和《公报》编辑的信中说："在前往现场的途中，我发现几乎所有的死亡都发生在离宽街公共水泵不远的地方。距离街道水泵很近的房子里，就有十人死亡。其中五起死亡病例中，死者家属告诉我，他们经常到宽街的水泵取水家用。另外三个案例中，死者是在宽街附近上学的孩子。关于水泵所在地发生的死亡事件，有六十一起案例告诉我，死者（生前）经常或偶尔从宽街处饮用那个公共水泵里的水（有的病患虽然住得离宽街较远,仍会跑去打水喝)。"

他还进一步利用统计数据,比较伦敦不同供水厂商客户中的死亡人数,阐明了自来水源质量与霍乱病例数量之间的关系。

通过分析宽街水泵的关闭对霍乱暴发以及传播的影响,斯诺确定了霍乱的传播模式:通过水源而不是空气传播。他进一步得出这样的结论:霍乱是通过人体消化道传播并影响人体,霍乱既不影响血液循环,也不影响神经系统,而且没有"血液中毒……连续发烧……因尿素进入循环而中毒"。按照他的说法,这种"毒素"因为是在肾衰竭后才进入血液(急性腹泻导致肾衰竭,是霍乱的并发症之一),因此,发烧是由肾衰竭而不是霍乱引起的。在这种情况下,诸如放血等流行的医疗方法是无效的。

直到1970年,斯诺的分析方法才被美国加州大学圣塔芭芭拉分校的沃尔多·鲁道夫·托伯勒(Waldo R. Tobler,1930–2018)归结为地理学第一定律:任何事物都相关,相近的事物关联更紧密;万事总相关,越相近,越相关。

有细心的读者观察到斯诺的图中,死亡案例并不是均匀分布的。这个问题也被当代另一位地理学者迈克尔·弗兰克·古德柴尔德(M. F. Goodchild,1944–)在2003年提出的空间异质性定律解决:空间的隔离,造成了地物之间的差异,即地理空间的异质性,死亡人数并不纯粹以距离水泵远近来分布。

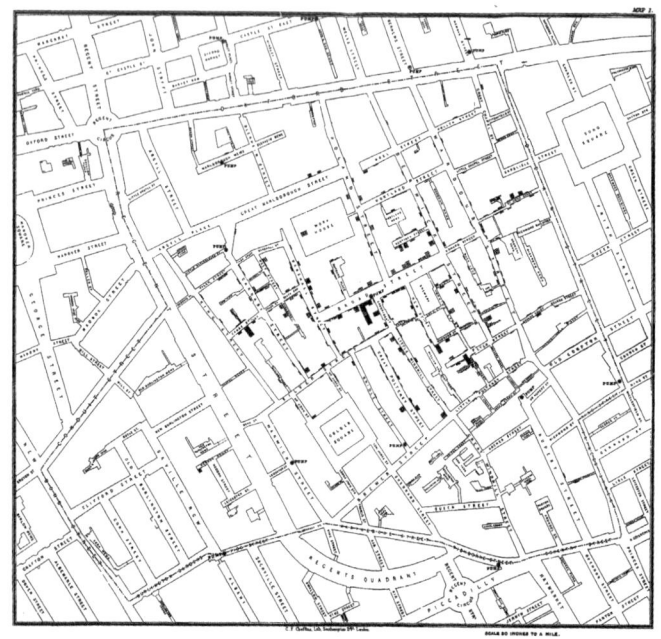

斯诺绘制的1854年伦敦霍乱病例专题地图。

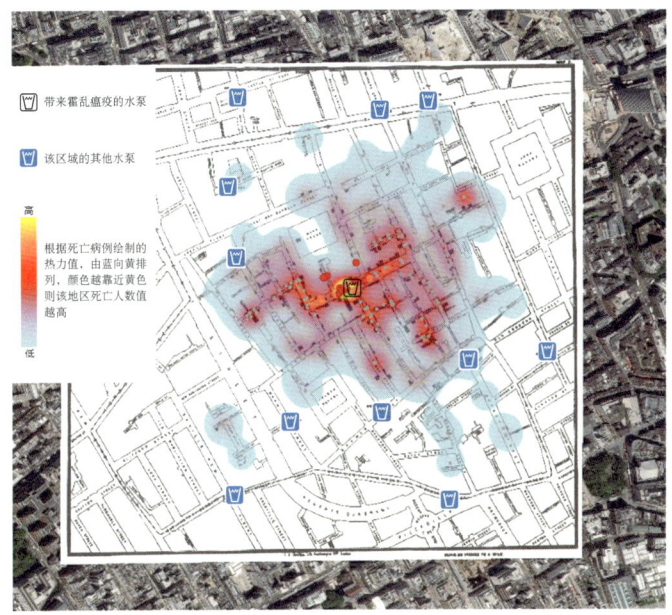

本文作者利用 ArcGIS 在线数据编辑的斯诺霍乱空间分析热力图。

古德柴尔德与托伯勒是同一所大学的同事，当代地理信息科学的两大宗师。

两人的理论让我们明白，空间上的事物根据空间距离既存在相似性，又存在相异性，因此当年斯诺收集数据后抽丝剥茧的推理是极其睿智的。

不幸的是，虽然此时生物和医学统计学已经发轫，现代统计学也在二十世纪初建立，但在这场霍乱防疫中发挥了重要作用的地理学却长期停滞不前。直到1948年，哈佛大学宣布取消地理系——要知道哈佛大学在建校的三百多年里，也仅取消过这么一个学科，此事极大地震撼了当时的世界地理学界，二十世纪五十年代，爆发了"地理学计量革命"。地理学家们追寻一百多年前斯诺的脚步，尝试把数学统计方法应用在人文地理学研究中，催生了利用遥感技术和电子计算机技术、以实证主义为指导方法论的地理信息科学，并在二十一世纪极大地改变了人类的生活状态。

斯诺这种空间统计的方法，在如今的数据挖掘与知识发现中被归为非监督的方法。这种方法在数据分析时不施加先验指导，而仅凭数据（例如霍乱疫区的死亡病例分布点），按照某种方法分析后得出结论。斯诺论证霍乱病毒传播的思路，在当今人工智能领域的应用极多，包括语音和图像识别、市场分析、文章相似度与聚类、网络安全异常监控、金融投资决策、娱乐推荐、反恐侦查等方面，并且应用越来越广泛。

要验证饮用水与霍乱传播之间的关系,斯诺需要具体度量每一起霍乱死亡的病例地点与所有水井的中心点之间的距离,然后通过地理空间距离分析,在一定程度上验证霍乱在空间上的分布情况(集中或者离散)。同样,也可以测量每个霍乱患者的位置以及与其最邻近的患者之间的距离,用这个距离来创建频率的分布情况。通过最邻近距离和所有最近邻距离的平均值之间的计算对比,来判定霍乱暴发在苏活区是随机分布,还是其背后被某种特定的规律所决定。

也就是说,如果是死亡病患如图a这种离散分布的情况,斯诺博士就无从下手,必须为自己的理论重新寻找新的证据链。但把那些病患信息标注在地图上,明显是类似图b这种情况,接下来的事情就好办了,以现代空间分析的

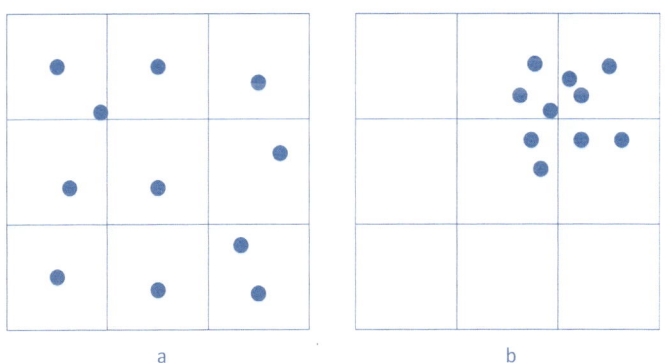

空间事物离散分布(图a)与聚集分布(图b)实例。

角度,这种推理方法是空间分析的一种——空间自相关分析即利用已知数量的某些现象,并根据每个位置测量的数量和测量数量位置的空间关系,在地理空间中建立这些现象的传播模型。

例如某零售连锁店在特定地区有多家商店,对于每家商店,都存在其客户销售数据。假设顾客根据行走距离来选择惠顾哪家店,他们很自然地会选择距离最近的那家。显而易见,离最近商店越近的顾客,就越需要去那家商店,而更远的购物者则会综合平衡自己周边商店的距离,也可能到其他品牌的商店购物。研究客户居住地点的分布,从销售数据和商店的空间分布来看,可以通过智能计算客户在每家商店的分布,来理解这个特定地区所有商店的销售情况。

斯诺博士是将百年后这种地理信息空间分析方法中的特定地区替换为苏活区,商店替换为水泵,购物的顾客替换为霍乱死亡患者,进行自相关分析。这是靠着他非凡的逻辑推理得出的自相关关系。当然他在进行统计检验时,预先建立了霍乱传播假设模型,他的工作只是想验证这种假设。

接下来,斯诺只需计算简单的算术平均中心(重心)即可,他用收集确定的 n 个死亡患者的家庭住址,在地图上标出并获取包含 n 个死亡患者的家庭住址的坐标集 $\{(X_1,Y_1),(X_2,Y_2),\cdots,(X_i,Y_i),\cdots,(X_n,Y_n)\}$,根据下列公式计算水泵的搜索中心位置:

$$\overline{X}=\sum_{i=1}^{n}\frac{X_i}{n}=\frac{X_1+X_2+\cdots+X_i+\cdots+X_n}{n}$$

$$\overline{Y}=\sum_{i=1}^{n}\frac{Y_i}{n}=\frac{Y_1+Y_2+\cdots+Y_i+\cdots+Y_n}{n}$$

斯诺并不是像无头苍蝇般进行漫无目标的搜寻,而只需以坐标 $(\overline{X},\overline{Y})$ 为中心点,在周边范围内探索饮用水源,就可以找到那个被污染的水井。

霍乱平息不久后,一个支持斯诺理论的强有力证据出现了。

霍乱暴发期间,住在宽街40号的妇女莎拉·刘易斯(警察托马斯·刘易斯的妻子),她的五个月大的孩子弗朗西斯于8月28日感染霍乱开始腹泻,9月2日,莎拉便失去了这个孩子。弗朗西斯自发病到死亡这些天内,莎拉都是将孩子腹泻弄脏的污布浸在水桶中,随后将水桶里的水全部倒进了家门口的污水池。待霍乱平息若干天后,地区管理委员会的公共卫生委员会接到该区一个名叫怀海德的牧师报告。委员会派一名测绘员来评估情况,测绘员绘制了房子和污水池的示意图,并报告说,那个污水池因其内壁砖墙已腐烂,导致混有粪便的垃圾物渗进了大约三英尺远的宽街水泵里……

莎拉的丈夫、弗朗西斯的父亲托马斯是9月8日染上的霍乱,就在卫生委员会拆除宽街水泵手柄的同一天。如果没有采取这一措施,莎拉再把洗丈夫脏衣服的水倒进污水池,宽

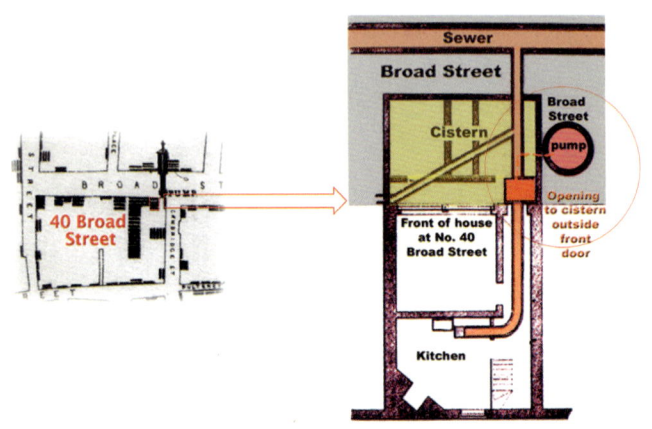

宽街40号污水池与泵站关系位置图。

街上水泵的水源很可能成为更严重感染的源头。

为什么宽街40号的这个污水池没有得到及时维修？为什么不是排水系统中的其他问题？偶然性中也有其必然性。

宽街暴发霍乱时，整个伦敦有大约二十万个污水池。在农民占全国人口大多数的时候，这些粪池里的内容物常常被当作农业肥料，出售给伦敦周围的许多农场。从肥料销售中赚来的钱，再用来维护粪池。然而到十九世纪，随着城市人口增长越来越快，农场被迫从中心城市向更远的地方迁移，运输成本增加，获取粪池肥料的费用也相应增加。从1847年开始，又发生了另一个削弱粪池肥料销售的事情：固化的南美鸟粪，以远低于粪池肥料的价格被运来当作肥料。

由于没有出售粪便的经济动机，穷人便把粪便随便倒在街道上，或者直接倒在伦敦的水路上。大多数人根本没有公共卫生的概念，那个时代处于专家地位的医师和卫生官员也好不到哪儿去。由于没有肥料的销售出路，粪池的清洁变得很昂贵，因此维护很差，很少清空。随着时间推移，便导致老化、裂缝，为肠道病原体的传播提供了机会。霍乱弧菌就这样传播到了宽街40号，继而蔓延到其他地区。

限于当时的科学认知水平，斯诺还不知道霍乱是因为

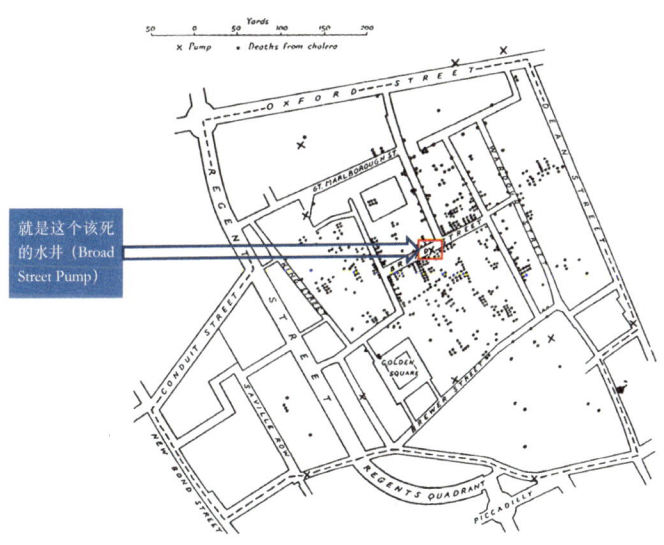

美国地理学教授马克·蒙莫尼尔（Mark Monmonier）在1991年根据斯诺的研究成果重绘的热点地图。

未被胃酸杀死的弧菌进入小肠导致的,但他的研究已经是世界公共卫生和地理信息科学史册上浓墨重彩的一笔。斯诺将人口统计学与科学观察相结合,以地理空间介入,为流行病学开创了一个重要先例,通过地图这一信息表达形式,发现了其他研究者没能发现或者不能准确发现的关键传播机制,被认为是流行病学的创世纪事件。

此时距专家们完全接受斯诺的理论,还有五十年的时间。

认知的差距从来不会被轻易抹除及填平。当时的伦敦卫生科学调查委员会负责调查霍乱暴发事件,他们煞有介事地研究了伦敦的大气环境,检查了来自不同霍乱疫区的空气样本,最终仍将1854年的这场流行病归因于"瘴气"。如果真的如斯诺博士所说霍乱跟水有关的话,那也是这个城市下水道里的空气太差了,都是瘴气惹的祸。大众也一致认可了这种说法,于是接下来,大家在卫生部门的权威指导下,开始了近十年的下水道整修。或许,他们偏执地认为让下水道里的空气更好一点,就可以预防霍乱的再次暴发。

而对霍乱的治疗仍然是一片混乱,截至1856年,伦敦因为频繁发生霍乱疫情,前前后后大概有七百多本有关霍乱的专业书籍出版。这些书籍的观点与结论相互之间大多矛盾相悖,而最接近事实的,就是斯诺原本在1849年出版的《霍乱传播方式的研究》(*On the Mode of Communication of Cholera*),他又根据1854年暴发的伦敦霍乱中的观察、分析与思考,于

1855年重新修订了这本将来闻名遐迩的著作。

以后的事情大家都知道了，人类与霍乱的医学战争持续了很久，一直到1883年，菱形的霍乱弧菌才被德国大佬路易·巴斯德发现。科技高度发达的一百多年后，诺贝尔文学奖得主加西亚·马尔克斯在1985年发表了著名小说《霍乱时期的爱情》。

而十九世纪中期的斯诺博士，凭借自己的"穷源竟委"开启了历史先河，而且是在疾病病菌理论尚未建立的年代。

城市新生

疫情四年后的1858年，6月10日，斯诺在伦敦的办公室工作时中风，没有康复希望，六天后，他以安乐死的方式终止了自己的生命。

斯诺被葬在布朗普顿公墓，终年四十五岁，一直未婚。

《柳叶刀》杂志1858年第六期登载了一篇讣告："斯诺博士，这位著名的医生因中风发作，于16日中午死于他在萨克维尔街的家中。他对氯仿和其他麻醉剂的研究受到业内人士的赞赏。"讣告中没有特别提到他与1854年那场霍乱疫情的关系。

斯诺博士去世九年后，伦敦再次经历霍乱。一个名叫法尔德的政府官员读过斯诺的论文，熟悉他关于霍乱传播机制的理论。法尔德按照斯诺在1854年探索过的方法,依样画葫芦追查霍乱病人饮用过的水源,找到了给霍乱病人供应饮用水的供水公司的几个取水源,看见那些水体已经被污染得一塌糊涂,便向地方政府提交议案,通过行政命令阻止这家公司在原地取水,这次疫情随后迅速结束。

基于再一次不争的事实,加上好友威廉·法尔的积极宣传,地方管理委员会终于意识到斯诺博士的价值:"斯诺博士通过严谨的科学调查,开天辟地地揭示了霍乱与受

约翰·斯诺(1813–1858)。2003 年,他被评为英国历史上最伟大的内科医生。图片来源:wikipedia

伦敦苏活区宽街的斯诺纪念馆和当年水泵的复制品,旁边的铭牌描述了斯诺在此处重大发现的历史意义。

污染饮用水之间的关系,用崭新的理论震惊了整个医学界,开启了对霍乱病源论研究的新时代。"

如今,至少在公共卫生界,斯诺博士已经名满天下。他对1854年那场霍乱疫情的思考和研究方法,也被现代传染病学奉为圣经。而那个意义非常的水泵,伦敦政府1992年在原址予以复制,以示纪念。

英国的斯诺协会,每年都举办关于公共卫生主题的"泵柄讲座"。

那些瘟疫,对伦敦城市发展的促进作用是巨大的,我们可以通过霍乱肆虐时期颁布的各项法律法规,看到这座城市曾经的努力以及在城市管理与建设、医疗服务、环境保护方面的认知改进:

1815年,《药剂师法案》正式颁布,反映了当时占据医疗服务人数最多的药剂师群体力求打破传统医学界固有等级秩序的美好愿望;

1823年,外科医生托马斯·维克利(Thomas Wakley,1795−1862)秉承药剂师升级为全科医生的医疗改革理念,创办了激进的自由主义医学杂志《柳叶刀》;

1835年,《城市自治机关法》通过,确定了英国市级议会的旁听制度,建立行政决策与财政公开制度,从法律层面保障城市治理的民主性;

1847年,《水务条例》颁布,该条例禁止污染任何作为公共水源的河流、水库、供水系统的管道及其他部分;

1848年,《公共卫生条例》颁布,为公共卫生改革运动开辟了道路,放弃了对公共卫生进行自由主义方向的管理;

1855年,议会通过《首都城区管理法》,授权首都市政工程局负责管理伦敦城的公共事务,如敷设街道、下水道等市政管理职能;

1858年,《医疗法》颁布,同时兼顾了倡导医疗改革的全科医生(药剂师集团与外科医生集团的整合)与维护医疗特权利益的内科医生集团;

1866年,《首都公地法》通过,任何人不再被允许圈

占法定范围内的任何公地,包括拥有特权的圈地委员会;

1871年,《大都市水法》颁布,强调了对供水公司的水质化验和监督,同时建议有条件的地区推行连续供水;

1875年,《大公共卫生法》颁布,以立法的形式对供水排水系统、街道房屋管理、垃圾清理等方面进行详细相关规定,为改善城市环境提供了法律依据;根据相关法令和规划,伦敦主要下水道构建在该年竣工,从此后,霍乱基本上从伦敦消失;

1876年,《河流污染防治法》颁布,以立法的形式对工矿企业的排污进行了详细的相关规定。

到那个世纪末,欧洲大陆又暴发了大规模的霍乱疫情,但英国人得以幸免。

随着烈性传染疾病的减少,润物细无声的是:伦敦的供水系统由石管而铁管,水源经过过滤消毒处理;历时近七年的建造,被誉为"世界第七大奇迹"的伦敦下水道竣工,这是一个可以在里面划船的地下砖结构隧道,并在建成第二年通过了百年一遇的暴雨考验;整个城区街道经过重新规划与升级改造,曾经杂乱无章的建筑和居民区按计划被拆除;街头出现了绿地,新鲜的空气、充足的阳光和开阔的空间,开始带给这个城市新的气象。

这是一个旧的时代在渐渐结束,也是一个新的时代在渐渐开始。

用真实的数据来骗你

克 韩

《如何用统计撒谎》的首次出版时间是1954年,但这不意味着它已经过时。

民意测验也好,社会统计也好,对这类新闻,大家的关注度都很高,因为它牵涉到人性的基本面。大家都很喜欢做心理测验题,这种测验题背后是一个亘古的问题:我是谁。那民意测验和统计新闻呢?这牵涉到另外一个同等量级的大哉问:我在哪里?——这里的"哪里"不仅是地理位置,也包括社会阶层位置。民意测验和社会统计,就有让人自动对号入座的魔力,因此往往是点击率最高的新闻品类之一。

正因为这些新闻受人瞩目,如何正确看待就非常重要了。

从哪里学一点看媒体新闻所必需的统计学常识呢?*How to Lie with Statistics*(《如何用统计撒谎》)就是一个不错的开始。这本书在1960年代和1970年代成为美国很多大学有关统计学的教科书,这本只有一百四十二页的小册子,仅英文版本就售出一百五十万册,被誉为有史以来最畅销的统计类书籍。有意思的是,1989年终于出版了首个中文版《怎能利用统计撒谎》。2009年,中国城市出版社又出了一个版本,书名翻成《统计数字会撒谎》。

有关这本书,美国数学统计研究所在2005年曾专门刊发一篇论文,题目就叫"达莱尔·哈夫和《如何用统计撒谎》出版五十周年"。从这篇论文中,我们可以复原出作者达莱尔·哈夫(Darrell Huff)的基本状况,最重要的一点是——他其实根本不是统计学家,甚至不是数学家。1913年出生于艾奥瓦州的哈夫其实是一个对万事万物都感兴趣的记者,在艾奥瓦大学学习了社会学和新闻学,并在1939年投身当时正在蓬勃兴起的杂志业,最高做到 *Better Homes and Gardens*(《美好家园》)杂志社的主编。

达莱尔·哈夫甚至不是专门进行民意测验、社会统计类报道的记者,他写作此书时的身份,是自由作者。当时他刚刚辞去纽约的杂志社工作,和妻子万里奔袭到了加州,用积蓄买下一块地,亲手建起自己的房子。写书写文章,就是他维持生计的方式。

在本书之前,哈夫已经写了好几本书,一本关于摄影记者,一本关于"未来的二十种职业",一本关于狗……从中可以看出他的主题十分发散,有点乱枪打鸟的性质。甚至在此书出版后,哈夫也没有意识到这本书会这么红,根本不会想到今天我们记得他,就是因为这本书。

《如何用统计撒谎》在1954年出版后，先后两次得到《纽约时报》的书评褒奖，这在今天简直是不可能的事情。先是1月4日的"企业书架"栏目介绍了此书。十二天后，"时代之书"栏目又推荐了它。到该年8月，《纽约时报》索性专门邀请他写了一篇文章，题目就叫"如何识别统计骗子"。

哈夫在统计界的名声就此奠定，此后他连写了五本相关书籍，为大家在数量统计方面进行科普，其中包括 *How to Take a Chance*（《如何把握机会》）、*Score: The Strategy of Taking Tests*（《得分：考试的战略》）、*Cycles in Your Life*（《生活的循环》，顾名思义是讲周期律的）、*How to Figure the Odds on Everything*（《如何在万物中找出赔率》）和 *The Complete How to Figure It*（《数字认识全书》）。

那篇五十周年论文里，对《如何用统计撒谎》为何在全球取得如此成功有一个归纳：好书名（后来有很多实用书用how to来开头）、好内容、好文风和好插图。好插图今天恐怕会觉得司空见惯，但那个年代，像本书一样充满有趣插图还是很难得的。本书插图画家欧文·盖斯（Irving Geis）是知名的杂志插画家，美国人最初看到的斯普特尼克卫星、大陆漂移学说、染色体的两个链条等，都拜他的插画作品所赐。他后来靠为《科学美国人》杂志描绘蛋白质结构闻名，被誉为"蛋白质结构界的达·芬奇"。

哈夫先告诉我们，被统计数字骗，简直是我们人类的日常。比如，他的老岳父从艾奥瓦州搬到加州时，因为加州报纸报道罪案新闻比较多，就认为"加州罪案比较多"——典型的抽样误差。

又比如，像普通感冒等很多可以自愈的疾病，往往也有很多药声称有多少多少的治愈率，这是相关性并不等于因果性——这句话虽然如今在中文世界已经如雷贯耳，但在当时还是振聋发聩——本书引用幽默作家亨利·费尔森（Henry G. Felsen）的名言："正确的疗法会在七天内治好感冒，但如果你不去治感冒，你可能要病一周。"

哈夫强调，尽管本书看上去像是在教唆统计学家、报刊记者用统计数据撒谎，实际上则是在提醒读者如何去识破统计学家、民意测验、报刊记者妙笔生花背后的谎言。这真是具足大慈悲，正如哈夫在文中所说："坏人都知道花招了，好人也应该学一些来自卫。"

那么，就让我们开始介绍本书吧。

面对一条统计新闻，第一步应该做什么呢？按照哈夫的意见，第一句就应该问"谁说的"。为什么？因为每个人都有偏见，认清述说者的动机，会让我们更容易从源头上识破统计花招。述说者中，有的人是有意的偏见，有的人是无意的偏见，先来说有意的偏见。

所谓有意的偏见，就是这个统计方从一开始就准备"骗"你。本书第三章就讲述了这样一个例子：牙膏商声称，用了他们的牙膏之后，用户报告龋齿数少了23%。为增加这则数据的可信度,牙膏商还声称这一数据来自"独立第三方实验室",并经有名会计师认证。但你仔细看一下,就会发现23%的数字有很大问题。

原来,这个数字来自一个样本群,这个样本群只有区区12人。让我们回到随机概率的常识:一枚硬币,只扔一次的话,会出现正面或反面;如果扔十次的话,有可能是五次正面五次反面,但也有可能是三次正面七次反面,或者九次正面一次反面;只有扔到一定数量以上,比如说一万次,正面和反面的次数才会趋近,也就是结果会被熨平。换句话说,小样本的问题是,特别容易出现畸高或畸低的数字。

所以,一个12人的样本群会带来畸高和畸低的数字。牙膏商从一开始就没安好心,他们让12个人记录牙膏的效果,无非只有三种结果:有显著改善,没啥变化,有显著恶化——还记得吗?畸高和畸低。那一旦出现了显著恶化或没啥变化的结果怎么办呢?牙膏商早就想好了,那就再重复一遍实验啊,反正迟早会出现让他们满意的结果。

正因为统计方有各种私心,有时会带着有意的偏见,比如统计平均工资。当统计方为厂家时,为显示该厂工资很高,就会放出一个平均工资。这个花招大家都已经很熟悉了:把一个亿万富翁和四个一文不名的乞丐平均一下,大家都是两千万以上的富翁。这就需要我们认识到平均数(mean average,算术平均数)、中位数(median,一组数据中一半的数值小于此数,一半的数值大于此数)和众数(一组数据中出现频率最高的数,比如2、3、3、3中的众数是3,当然众数也可以是多个数)的差别。在收入差距较大的地方,计算平均工资时,中位数显然比算术平均数更为科学。

同样,房地产中介在卖房时,也可能会用算术平均数来蒙你:当他告诉你当地社区平均收入在五十万美元以上,从而向你暗示这个地方是高尚社区时,非常有可能的情况是,这里恰巧住着一个亿万富翁,拉升了平均数。当然,用算术平均数"骗人",不会是这种显而易见的状况,下面让我们来看一个比较复杂的例子。

假设你和两个合伙人一起集资开了一家厂子,雇了97个工人,因为工作都没啥技术难度,所以所有工人的工资都是年薪2.4万元。你们仨给自己开的工资是每人年薪12万,假设到年底共有利润9万元,你们仨平分。那么,工人的平均年薪是2.4万元,你们仨的平均收入是15万元。

现在,这两个数据比起来,显然有点难看对吗?工人会觉得你们是剥削阶级。那怎么办呢?可以把数据处理得好看一点:首先,把你们仨的工资打入平均工资,原本只计算97名工人的平均工资2.4万元,现在把你们仨的12万加进去,$97 \times 2.4 + 12 \times 3 = 268.8$,这个工资总额除以总人数100,就是平均年薪2.688万。而"老板平均利润"为3万元。这下,是不是好看多了?看上去老板辛辛苦苦一年,不比你们小老百姓多赚多少啊。

如果想更狠一点,还可以把利润9万中的6万元算成给你们仨的奖金,这样平均工资=(97×2.4+12×3+6)/100=274.8/100=2.748万元,而"老板平均利润"就只有1万元。看到此处,甚至对老板多了一点同情对不对?老板甚至可以把老板利润总额与工资总额(3∶274.8)对比一下,以示他们的利润是多么微薄。

以上说的是"有意的偏见",也就是统计方存心耍花招。但对"无意的偏见",同样要擦亮眼睛。

对于这一点,可以引进"孕妇效应"的概念。通常来说,当你是一个孕妇时,就会看见大街上越来越多的孕妇——你的直观感受是这段时间怀孕的人增多了,而实际上当然是不一定的,更大的可能是因为你怀孕了,于是更加注意怀孕的人群。

这就是所谓的"确认偏差"(confirmation bias),我们都会选择性地回忆、搜集相关细节,忽略掉对自己或对自己观点不利和矛盾的资讯,来支持自己既有的想法和假设,这是一种非常常见的认知偏差。换句话说,虽然统计方未必想要有意识地骗我们,但因为其选择性注意,导致最后的结果出来是有欺骗性的,是与事实不符的。

这种"欺骗"有时候比有意识的欺骗更难识破,因为对方完全可能是十分真诚的,但危害性依然非常大。所以,在阅读任何统计数据时,要做的第一步就是问"谁说的",确定统计方和这个数据之间的利益冲突:这个数据对统计方的利益点在哪里?它的公平性如何?

当然,如果不掌握一些统计知识,就算明知对方的数据和利益之间存在污染的可能,我们也未必能找到问题在哪里,但至少应该有所警醒。至于问题在哪里,就在要问统计方的第二个问题上:你是如何得出这一结论的。

魔鬼在细节中,任何统计调查只要愿意公布其调查方法,我们就能更好地了解统计的准确度。

因为一个统计的执行,从样本选取、提问设计、回收答案、分析数据、得出结论,到呈现结论的每一步,都可能出现偏差。如果了解了一些统计常识,就能对统计"质量"了然于心。

比如样本选取。很多不了解统计的朋友问,为什么要选取样本?样本不是天然带着误差吗?确实,要想理解十三亿中国人的民意,最"正确"的方法应该是对十三亿人普查。可这样的成本无疑是巨大的,以目前的技术条件来说,十三亿次访问几乎不可能瞬间同时举行;不瞬时的话,人的意见会随时间推移发生变化,而且就算不需要瞬时,也要耗费巨额的费用(想一想为何无论是中国还是美国,人口普查都只能十年来一次)。所以需要考虑的是,如何在成本-效果之间得到一个可靠的平衡:花费须不算很大,而得到的结果又足够反映民意。这就是为什么要进行抽样调查。

换言之，这是从成本-效果考量、不得不然的方法。那么，抽取多大的样本合适呢？在回答这个问题之前，先问一个问题：在你看来，一个调查了十万人的统计，和一个调查了一千人的统计，哪个结果更可信？

根据对这个问题的回答，我可以判断出你对统计的了解程度。如果你答：那肯定是十万人的统计更可信吧？那就可以确定地知道：你对统计知之甚少。正确答案是：在不解释抽样方法前，这个问题没法回答。如果采取了错误的抽样方法，即使十万人的统计也可能无法反映实情；而如果采取了科学抽样方法，一千人的抽样，就足以对中国十三亿人口进行一个质量非常不错的统计调查。

不科学的抽样是什么呢？比如说网络调查。网络调查的抽样几乎肯定是不科学的，因为它只反映了浏览这个网站，且对这件事有强烈表达欲望的那部分人的意见，而这个抽样显然是不科学的，因为不浏览该网站的人、即便已经浏览但没有太强烈表达欲望的人的想法，都不会体现在这个调查中，你说它能科学吗？

那么，科学的抽样该如何抽取呢？这包括简单随机抽样、等距抽样、分层抽样、多级抽样等。由于具体讨论需要一定的数学知识，这里就不展开了。反正互联网已经提供了很多这样的工具，比如著名的"调查猴子"网站（https://www.surveymonkey.com），输入"调查人口总量"（population size）、"置信度"（confidence level）和

"误差范围"(margin of error),就可以得出所需的"样本大小"(sample size)。

所谓置信度,就是总体数值落在样本统计值某一区内的概率。一般95%就够了,即二十次这样的抽样调查有一次可能结果未落在区间内。误差范围的概念则是:如果误差范围是3%,那么得出的结果如果是48%,真实的数值就是±3%,即45%—51%之间。

以中国十三亿人口的总量来算,置信度95%的调查,如果需要的误差范围是±3%,那么只要抽样1068人就足够了。如果置信度99%,误差范围是±3%,则抽样也只需1849人。一般来说,±3%的误差范围已经可以接受,再要缩小误差范围,是不太经济的事情,十三亿人口,99%置信度,误差范围±2%,就需要抽样4161人,抽样成本极大增加。还是要在成本-收益之间找一个好的平衡。

换句话说,抽样成本增加很多,但其换取的精度却实在少得可怜。实际上在样本人数达到500人以上后,增加的精度都不成正比了。盖洛普等美国专业调查机构,多年来对美国的民意调查抽样一直在1000人到1500人之间,而美国总人口目前估计在3.29亿左右。

从这里可以掌握一个简单判断的经验法则:任何不交代清楚抽样方法和误差范围的统计,都有极大可能是在耍流氓;而一个科学抽样的统计调查,通常都会交代正负误差范围和抽样方法,比如路透社、法新社等国际通讯社报道民意测验时，发稿规范里都明确规定这是要披露的背景。

实际上，抽样调查的执行也暗藏机锋，本书就给大家介绍了一个案例。芝加哥的 *Journal of Commerce*（《商务杂志》）宣称，对169家接受他们访问的公司的调查显示，三分之二的商家宣布自己吸收了朝鲜战争带来的成本上涨，没有对C端顾客涨价（之所以是朝鲜战争的例子，别忘了本书出版于1954年）。

对于这个调查，我们可以诘问"谁说的"——《商务杂志》显然是偏向于商业界的，它的利益在于为商业界说话，塑造商业界的好形象——但更重要的是诘问"怎么得出的结论"。这一问，就问出问题了。原来，《商务杂志》对1200家大公司发出了自己的问卷，只有169家做出了回答。换句话说，实际的图景应该是：在1200家受访公司中，86%的公司拒绝回答，另有9%的公司说他们没有因为朝鲜战争带来的成本增加而涨价，而5%的公司说他们涨了。换句话说，这一抽样调查的执行过程，就足以说明有问题——那些没涨价的商家会比较倾向于回答（为自己做宣传），因此导致统计出来的比率畸高。

本书一开始还举了另外一个例子，《时代》杂志说："1924届的耶鲁大学毕业生，二十五年后平均年薪达到25111美元。"——这在当时算是一个不菲的薪水。可以想象，这个数字虽然看上去很精准，但一定是有问题的，因为收入数字属于个人隐私，很难统计，只能靠被调查者自己报,那些收入比较低的毕业生,要么拒绝回答问题,要么会虚报数字(耶鲁的学生同样会撒谎)。

另一个例子中,当户对户调查询问杂志订阅数量时,人们倾向于说自己订阅了比较时尚和高雅的杂志,因为这样撒谎会让自己在调查者面前显得更加体面一些。但当把这些调查数据与实际订阅量一对比就会发现,《花花公子》之类的世俗杂志订阅量占比,要远远高于人们自己说的订阅量。本书就提出,要调查人们订阅什么杂志,收购旧杂志的方式都要比直接问询稍微靠谱一些。

同样,街头调查可能夸大人群中健康人的数量,而忽略那些在家里不能出门的病人或因工作不在街头的人。工作日的家访电话调查,可能会夸大老年人的意见(他们不用上班,留守家中),而忽略了年轻人的意见。你晚上访问,可能会忽略了那些喜欢夜生活和上夜班的人的意见。杂志附送调查问卷也只能代表那些比较有闲、愿意回答的人的意见,而忽略了那些不愿回答的读者的看法。

需要街头调查者自行确定对方所属团体的调查,问题可能就更多。黑人和白人可能比较好辨别,但年龄就未必:比如说你的调查抽样要求四十岁的人占比20%,那么街头调查者会倾向于问那些明显是四十岁以上的人(一般来说,四十五岁的人更明确像四十岁以上的人),对那些四十出头的人就会问得比较少,因为调查真的不太确定对方是否是四十岁以上。

其实就算黑人和白人这样比较容易辨别的调查对象，也同样存在问题——问题在调查者这边。很多年前，美国"全国民意研究中心"（National Opinion Research Center）曾经派遣两个工作人员去美国南部某城市询问五百名黑人三个问题，这两个工作人员一个是黑人，一个是白人。由于本书出版时还没有1960年代的黑人民权运动，美国南方还存在比较严重的种族歧视，所以最终调查的结果出现了严重的偏差。

在回答"如果日本征服了美国，黑人是否会得到更好的对待"这个问题时，黑人工作人员询问的结果是：支持这种观点的黑人占9%；但白人工作人员询问的结果：支持这种观点的黑人只占2%。黑人工作人员发现反对这种观点的人占25%，但白人工作人员发现反对这种观点的人高达45%。换句话说，面对不同肤色的调查者，被调查者会自觉不自觉地隐瞒观点：面对白人调查者，黑人会更加掩饰自己的真实观点。

这个案例说明，调查员的采访技巧，有很大可能影响抽样的结果。碍于情面，人们通常不会当面驳斥一个调查员，也会尽量顺着调查员的偏见去回答问题，有经验的调查员会避免这些误差。

除样本的科学抽样、调查员的采访技巧等等，调查问卷的设计同样很重要。事实上，这是社会统计学里一门专门的学问：如何在措辞中尽量避免干扰和污染。在这里给大家推荐一本英文书*Asking Questions: The Definitive Guide to Questionnaire Design - For Market Research, Political Polls, and Social and Health Questionnaires*（《问问题：问卷设计终极指南——市场调查、政治民意测验和社会、健康调查》，中文版译作《问卷设计手册：市场研究、民意调查、社会调查、健康调查指南》）。

这本书初版于1982年，可以弥补《如何用统计撒谎》一书在这方面的缺失。《问问题》一书正文第四页就用一个段子生动地说明了问卷设计的重要性。两个神甫在讨论能否一边抽烟一边祈祷，然后决定去找自己的主教咨询。第二天神甫又会面了，一个说自己的主教不允许抽烟祈祷，另外一个说："奇怪了，怎么我的主教就说没问题？"于是头一个神甫问："你是怎么问的？"另外一个说："我问他：抽烟时能否祈祷？"头一个神甫就说："我明白为什么我们的答案不同了，因为我问的是：祈祷时能否抽烟？"

BBC著名的政治讽刺神剧《是，首相！》里，也有汉弗莱爵士教导伯纳德的经典段落。当伯纳德提到民意测验结果时，老江湖汉弗莱教会了他如何在有关兵役制度的民意测验中得到自己想要的结果。

汉弗莱说，如果你想得到支持恢复全国兵役制的结果，要这么问："您担心失业青年增多吗？您担心青少年犯罪率上升吗？您觉得学校里缺少纪律吗？您觉得年轻人应该接受更多的权威和领导吗？您觉得他们应该接受挑战吗？您是否支持恢复全国兵役制？"

而如果你想得到反对全国兵役制的民意测验结果，就应该这么问："您担心战争吗？您担心军备竞赛吗？您觉得让年轻人学会持枪杀人是否很危险？您是否同意不应该强迫人拿起武器？您反对恢复全国兵役制吗？"

同一个人，面对两种不同的问卷套路，也许会给出截然相反的答案——是问卷设计导致了这样的荒谬。同一个问题，不同的措辞，会影响统计的结果。比如，对"福利"的态度和对"帮助穷人"的态度会截然不同，因为"帮助穷人"一般被认为是好的，对"福利"的争议则很大，但在很大程度上，两者是实质等价的。

1998年的一次调查显示，在同一份问卷中，对"福利"的态度是17%的人认为政府给"福利"的钱太少了，38%的人认为正正好，45%的人认为给钱太多了；但对"帮助穷人"的态度，则是62%的人认为政府给钱太少了，26%的人认为正正好，12%的人认为政府给钱太多了。

在1999年至2000年间，盖洛普先后做了三次有关"最伟大的运动员"的调查。第一次措辞是"二十世纪美国最伟大的男性运动员"，结果乔丹获得了35%的票数。第二次措辞是"根据场上表现而评价的世纪最佳男性或女性运动员"，这次乔丹只获得了23%的票数，而在前一个统计中没有机会出头的棒球大佬马克·麦奎尔获得了9%的票数。第三次措辞是"现役运动员中最伟大的",这次泰格·伍兹以30%的选票当选,乔丹只获得4%的选票。

有时候,问卷调查的措辞会更加微妙,比如加入"所谓的",会立即让后面的事物带上贬义,从而影响受访者的态度。而市调老手会熟练地运用诱导性问题,让你在调查统计中说出符合他心中预期的观点。可以说,要真正看清楚一个统计新闻,往往要求统计方必须拿出"原始问卷"来,从问卷中就可以看到是否存在各种"诱供",从而对统计数据的可靠性进行正确评估。

遗憾的是,由于新闻版面所限,过去这种问卷很少会全部公布。但路透社、法新社等较有操守的媒体,通常在报道统计新闻时,会把"问题"原封不动地放上来,这就有助于我们判断这个问卷的措辞是否科学。在互联网时代,任何不愿意把原始问卷放上来供参考的统计新闻,恐怕多少都要打上一个问号。

以上种种,都是调查执行中的重大问题。这些调查当参考是可以的,但如果拿来当科学证据则未必站得住脚。只要亲自做过一次市场调查或者民意测验,就会发现种种偏差往往大到"这次统计根本毫无意义"的程度。

当成本已经投下去了,没有得到想要的结果,怎么办?别急,还有最后一招,那就是在呈现中"撒谎"——执行统计六个步骤中的最后一步"如何呈现结论"时要耍花招。

这一点,不妨让我们通过本书第六章的几张图来学习。

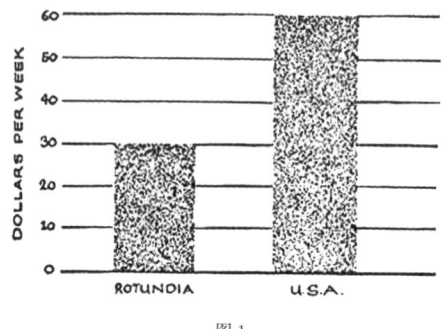

图 1

图 2

图 3

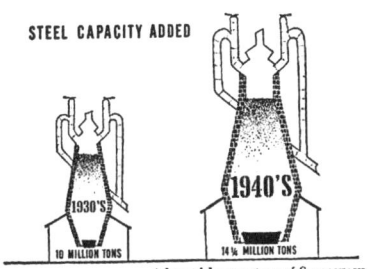

图 4

图 5

图 6

图1是用直方图显示美国和子虚国里木匠的平均周收入：美国是六十美元，而子虚国是三十美元。这张图比较忠实地反映了两国木匠之间的收入差距，但是，看上去比较沉闷。

用钱袋子的图示，能够增加直观性，于是有了图2。图2还是非常忠实的，美国人手中是两个钱袋，而子虚国木匠手中是一个钱袋、一把木工锯。

但，这不是我想要的。我想要的是显示美国木匠收入远高于子虚国木匠，那该怎么办呢？于是有了图3。Wow！好神奇，现在看起来美国木匠的收入远远高于子虚国木匠了。一旦有人指责你不诚实，你还是可以两手一摊为自己辩解：我只是让美国木匠的钱袋是子虚国木匠高度的两倍而已啊！而事实上，你把宽度也画成两倍了，所以现在美国木匠的钱袋是子虚国木匠钱袋的四倍（如果考虑到透视，甚至可能是八倍），所以看上去那么大呢！

这一章里还有一张图（图4），显示的是美国钢铁研究所（The American Iron and Steel Institute）对1930年代和1940年代产能的比较，图标下面的文字显示1930年代产能是1000万吨，而1940年代是1425万吨。讲道理，这两者的差距只是1∶1.425，但实际效果图却显示1940年代产能远超1930年代，恰好符合钢铁研究所想避免国家干预的目的（自己就能发展得不错），这就是用了上述花招。

对1860年和1936年的美国奶牛数量的对比图（图5），

以及1515年犀牛数量和1936年犀牛数量的对比图（图6），都是采取了这一花招。只不过一个想凸显1936年的数量之多，一个想凸显1936年的数量之少，运用之妙，存乎一心。

本书第五章里，一张正常的图（图7）显示了一年之中随着月份变化，国民收入的增长幅度大概在10%。但正如你所看到的，这张正常的图肯定不符合政客的期许，因为它的曲线看上去太平坦了，显示不出政绩。所以我们经常会看到图8这种图，这张图的原点不是0，而是18。这样看上去，曲线的斜率似乎增加了，是不是增长更可观了一点呢？别急，接下来看图9，这张图的纵轴原点甚至都不是18，而是20，那条曲线是不是更加陡峭了？你看，没有篡改任何数字，同样的10%增长率，给人的观感却差别很

图7

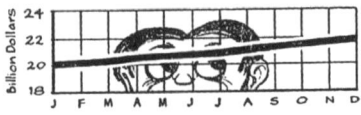

图 8

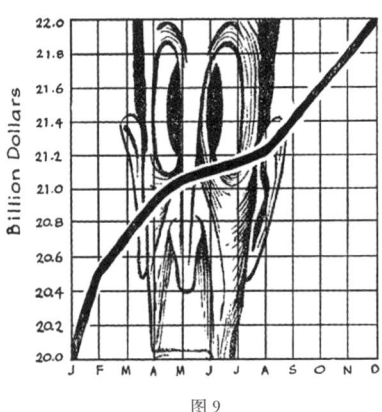

图 9

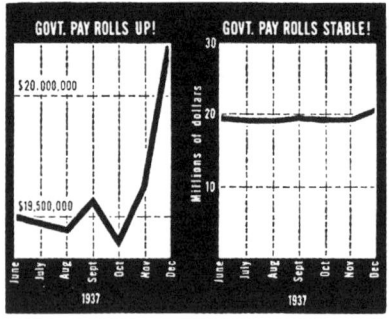

图 10

大，不是吗？非常遗憾的是，这正是众多新闻媒体的作图法。图10则生动地阐释了：当媒体需要"政府开支剧增"或"政府开支平稳"两种观点时，用同样的数字就可以做出符合各自主题理念的图。

"如何得出结论"之外，对于一个统计数字，我们还要问一个问题：没交代的数字是什么？

本书中举了一个例子。《纽约客》杂志1953年1月31日对"伦敦雾"曾经做过一次报道，援引英国卫生部的数字说，在过去一周的伦敦雾霾中，大伦敦地区的死亡人数上升了2800人……但是，报道并没有说明，这样的跃升在这个季节是罕见的呢，还是冬天本来就比较容易有比较多的人死亡？那一周的雾过去之后呢？死亡数字是在持续上升（那就说明雾可能不是主因），还是就不增加了呢？没有进一步的说明，这个统计数字就毫无意义。

有时候只给百分比，不给具体数值，也会造成误导。约翰·霍普金斯大学刚刚对女生开放的时候，有数据显示三分之一的霍普金斯大学女生与教职员结婚了！这是个惊人的统计数字，可是当你了解到霍普金斯大学当时只有三名女生入学，就会发现这个统计数字简直是一个弥天大谎。

同样，癌症的增加数字，会让人觉得今天的世界怎么了，可是在半个多世纪前，本书作者哈夫就意识到了："过去因癌症去世的人，通常会被列为'死因不明'，而今天的尸体解剖能够带来更准确的诊断，也就带来了更

'多'的癌症死亡；今天的医疗统计数据，也比过去远为完备；而人们现在也更容易活到罹患癌症的年龄。此外，如果你看的是总体死亡数字，而不是死亡率，也千万别忘了现在这个世界本来就比以前有更多人。"

本书第三章介绍了另外一个案例。有人做了一项看上去很大规模的医疗实验，450名儿童接种了某种脊髓灰质炎的疫苗，作为对照组，另外680人不接种；不久，一次脊髓灰质炎疫情袭来，结果450名接种了疫苗的人都没有感染；麻烦的是，680人对照组同样没有感染。

问题出在哪儿？原来，脊髓灰质炎的感染率决定了，在这样大小的样本中，顶多也就只有两人感染，所以，这次统计本身毫无意义，因为不能说明任何问题。要让这次实验有意义，或许要把观察的儿童数量从目前的一千多人增加到15000至25000人，这才能判定这个疫苗到底有没有作用。这个统计数字，只有知道脊髓灰质炎的感染率才有意义。

美国公共健康协会曾经发现，如果按照美国家庭平均人口3.6人（1950年代的数字）来建造房屋（三四口之家，最常见的户型应该是两居室），那么两居室会多出来，而一居室和三居室的房子则供应不够。仔细研究数字会发现，平均数不能说明问题，说明问题的应该是分布：三口或四口之家占全美家庭的45%，一口或两口之家占35%，而20%的家庭在五口以上。

图表同样会缺少数字。请看第三章的一张图（图11），

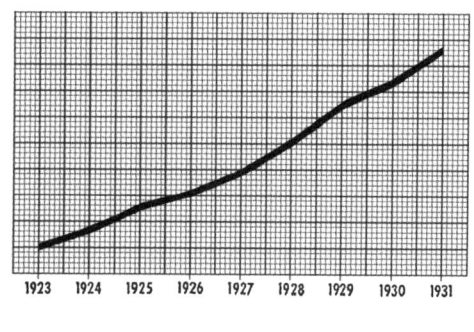

图 11

这张图的横轴很清楚,从1923年到1931年,但是纵轴上的数字是缺失的,这就让这个统计图表毫无意义:因为它既可能是该图所试图表现的飞速增长,也完全可能是龟速爬行。缺失关键数字的图表就是在"撒谎"。

再比如,本书第四章中提到的一个案例:兄妹两人做了智商测试,哥哥彼得测出来是98,妹妹琳达测出来是101。排除所用智商测试不科学等意外之后,能说明琳达的智商比哥哥高吗?如果你不知道智商测试同样有误差范围(margin of error),很容易就得出这样的错误结论。但如果知道正规智商测试的误差范围大概是±3的话,那就会知道哥哥的智商范围落在95−101的区间,妹妹的智商落在98−104的区间,所以彼得完全可能智商比妹妹高或者与她相等。

同样,在读者调查中,杂志主编发现某篇文章得到40%的读者赞许,而另外一篇文章得到35%的读者赞许,那主编应该决定多刊发前一类文章吗？老实说，在不知道读者调查的误差范围时，这一决断毫无意义。如果误差范围为±3，那前一篇文章的受欢迎程度也许在37%到43%之间，而后一篇在32%到38%之间，两篇文章完全可能同样受欢迎，或者后一篇更受欢迎。

面对统计数字，你还该问的问题是：有没有偷换概念？

统计方常见的骗局是：用精心设计的一串华丽丽的数字证明了另外一件事情，然后把这件事情说成是我们要讨论的事情。本书第十章举了这样一个例子：美国媒体援引英国劳工部的数据显示，英国男性泡澡次数比女性多。

从数据看，这似乎没什么问题。劳工部的数据是：五岁以上的英国男性冬天平均每周泡澡1.7次，夏天则为2.1次；而英国女性冬天是1.5次，夏天是2.0次。英国劳工部的数据说明表示，抽样也是科学的。那么，问题出在哪儿？问题出在议题被偷换了：劳工部的数据，实质只能说明英国男性在接受调查人员访问时，"说"他们更喜欢洗澡，而不是他们实际上更喜欢洗澡——后者可能是真的，也可能是假的，无论如何无法完全证明。

在英国这种重视卫生的文化中，受访者"夸大"自己的洗澡次数是完全有可能的，男性更好面子就更有可能。说与做是完全可能分离，你又不可能深入他的浴室去证实他确实一周洗了1.7次澡，可不是只能靠听他说嘛。

有时候，偷换概念更为隐晦。比如本书第十章提到的一个例子：1935年的一次普查显示，美国的农场数增加了将近50万！这是个惊人的数字，可是仔细研究数字会发现，这是因为农场的定义被修改了，按照这个新的定义，1930年的"新农场"数字应该增加了30万，所以五年内的实际增长数字是20万，是不是看上去没那么惊人了？

本书第七章举了一个医药界经常采取的广告花招：找一个有名誉的实验室背书，证明自己的感冒秘方药物在试管内能杀死三万多个细菌。但是广告不会告诉你的是，在试管内杀死细菌和在人体内杀死细菌，完全是两个概念。更何况，是哪种细菌导致的感冒？很有可能你的感冒根本不是那些被杀死的细菌引起的。

第七章还有一个例子：在大街上问黑人是否在工作机会上得到了和白人同样的待遇，事实上越是对黑人有种族主义仇恨的白人，越容易说黑人已经得到了足够公平的工作机会；所以这个调查并不能说明黑人真的得到了公平的工作机会，而只能说明"在人们的口中，黑人得到了公平的工作机会"，这两者之间有巨大的差别。

再比如，有一种榨汁机声称，他们能多榨出26%的橙子汁。你肯定以为它是与其他榨汁机相比，但仔细看厂商的宣传材料，原来是与传统的手工榨汁设备相比，所以这26%的概念毫无意义，但这并不妨碍它会成为广告的宣传语。同样，27%的知名医生抽某某牌香烟，这个统计有意义吗？医生就一定会挑选对健康更少损害的香烟？未必。但你在心中会做这样一个广告厂商希望你做的推理，这样他就得逞了。

有一项统计显示，晚上七点的交通事故死亡人数是早上七点的四倍。这是否意味着你应该晚上少开车？并不是，因为实际上晚上七点在路上的车辆总数要比早上七点多，所以这个数据啥都说明不了。按照同样的逻辑，也许还可以说有雾的日子更安全，因为没有雾的日子会有更多车上路，出事故致死的概率当然也增加了。

本书提到，在作者出书之前的某一年，一篇报道说蒸汽机车牵引的火车这一年造成了4712人死亡。听上去很恐怖对不对？实际上4712人中只有132人是火车上的乘客，这些人中半数是在道口的汽车上，其余大部分是在沿铁轨走路。所以，4712这个数字给你造成的印象是火车作为交通工具不太安全，但实际上完全不是这么回事。

美西战争期间，美国海军的死亡率是9‰。而同期，纽约市民的死亡率是16‰。听上去，是不是参战要比留在纽约更加安全？初看起来确实看不出问题，美国海军也正是在募兵时这么宣传的。实际上则问题很大：纽约的死亡率是针对全部人口的，也就意味着有很多老人以及比较容易夭折的儿童，这个死亡率与全是青壮年的海军死亡率，是完全不可比较的。

偷换概念的另一个例子，来自本书第九章：1949年，美国统计署公布了全国家庭平均中位收入是3100美元，但另一个基金会公布的家庭平均收入是5004美元。两者之间为何有如此大的差距?

仔细研究基金会的数据,会发现他们是把全美国民收入除以总人口,得出平均每人赚1251美元,然后再按照四口之家计算乘以4,就得出每家平均赚钱5004美元了。相比统计署的算法,这家基金会的算法显然是有问题的。首先是平均数不如中位数更能反映收入现实,更重要的是一家四口的收入并不会是一家两口的两倍,这完全不符合现实。

"移花接木"的另一种方式,是利用"相关性不等于因果性",本书第八章中举了大量的相关例子。比如,有研究表明,抽烟的学生成绩比较差。但哈夫认为,这个调查的抽样和执行都没有什么太大问题,问题在于归因——如果B发生在A之后,那A一定是B的原因,这就是所谓的"后此谬误"(*post hoc*,拉丁文)。

就拿抽烟和成绩的关系来说,或许那是真的,但也可能是因为成绩差,所以才抽烟抽得更凶。更大的可能是,两样东西谁都不是谁的因果,两者都是第三样东西的后果——那些更喜欢社交的人可能更少温书,同时也更有可能抽烟。总之,存在多种解释,要下结论之前还应该做更多研究。

再比如,一度有研究显示,在新英格兰、明尼苏达、威斯康辛和瑞士等牛奶产地,某些癌症的发病率比某些不出产牛奶的地方高。进一步的研究表明,喝牛奶比较多的英国女性罹患某种癌症的概率是基本不喝牛奶的日本女性的十八倍。这很恐怖吧？进一步的研究表明，牛奶产地这些州和瑞士都比较长寿，而癌症的发病率就是会随着寿命的增加而增加。而在本书写作期间，英国女性的预期寿命比日本女性多十二岁。

还有一种情况，当A发生的时候B也发生，这是否证明它们有因果关系呢？也不能。两者在因果关系上一共可能出现五种情况：A导致了B，B导致了A，一个我们不知道的C导致了A也导致了B，A和B互为因果，A和B同时发生纯属巧合。举个常见的例子：有统计数据显示，冰淇淋的销量和溺死事故数量正相关，这是否能说明冰淇淋导致了溺死事故？显然不能，实际上只是因为冰淇淋在夏天销量会增加，而夏天也是溺死事故增加的时刻。

综上所述，我们可以得出，要避免统计方利用真实的数字对我们撒谎，必须多方面考核统计方：谁做的调查，怎么做的调查，调查有没有偷换概念。应该说，本书在阐述这些原理时，还是相当基础的，它也启发和引导了后续的一大批书籍。至于这些书的内容，顾名即可思义：

乔尔·贝斯特（Joel Best）的 *Damned Lies and Statistics: Untangling Numbers from the Media, Politicians and Activists*（《该死的谎言和统计数据：解析媒体、政客和活动家的数据》），书名显然是化用了据说是英国首相迪士累利的话："存在三种谎言，一种是谎言，另外一种是该死的谎言，第三种是统计数据。"这句话在西方文化圈是耳熟能详的名言。

由于这部书很受欢迎，本职是特拉华大学社会学教授的乔尔·贝斯特后来又出版了一本续作，名字叫作 *More Damned Lies and Statistics: How Numbers Confuse Public Issues*（《更多的该死的谎言和统计数据：数字如何让公众事务更令人困惑》）。

迈克尔·布拉斯兰（Michael Blastland）和安德鲁·迪诺（Andrew Dilnot）合著的 *The Tiger That Isn't: Seeing Through a World of Numbers*（《那不是老虎：如何通过数字看世界》）已经有了中文版，名字翻得不错，巧妙地利用了双关，叫作《数字唬人：用常识看穿无所不在的数字陷阱》。作者之一是记者，另一人是经济学家。两人的背景确保了本书既有一定的趣味性，也有专业的准确度。它通过日常生活中妙趣横生的故事和数字常识，拆穿了统计学常用的唬人伎俩。

诗人的"精神指纹"

杨 浪

《献给第三次世界大战的勇士》一诗的作者究竟是谁？

上世纪七十年代初，昆明一个部队招待所，一群年轻军人聚会在名为"创作班"的临时组织里。这是有组织的集中住宿，其"创作"任务与当时的政治需求有关。在那拨军中小知识分子难得能交换信息和宣泄情怀的场所，于若干民间吟唱与手抄本之间，我读到一首诗并立即被它感动。

那年我十六岁，正是青涩的怀着许多壮烈与缠绵情怀的诗的年龄。

诗

几十年后，我在网上忽然看到一个叫作"苍狼"的家伙又把这首诗贴了。这首两百多行的长诗，五十年前，我是会背的。后来者大概没有人读过这样的诗了。他们不知道这篇"文革"的民间文本经典曾经流传久远,我大约算是它传播链条中比较早期的传抄者。

再"抄"一遍吧——

献给第三次世界大战的勇士

一

摘下发白的军帽,
献上洁白的花圈,
轻轻地,
轻轻地走到你的墓前;
用最诚挚的语言,
倾吐我深深的怀念。

北美的百合盛开了,
又凋残,
你在这里躺了一年又一年。
明天,
早霞开始的时候,
我就将返回那可爱的祖国,
而你却长眠在大西洋的彼岸,

异国的陵园。
再也听不到你那熟悉的声音,
再也看不到你那亲切的笑脸,
忘不了你那豪爽的姿态啊,
忘不了你那双明亮的眼。
泪水滚滚滴落,
哀声低低回旋。
波涛起伏的追思啊,
将我带回很远,很远……

二

公园里一块儿打游击,
井冈山一块儿大串联。
收音机旁,
我们一字字地倾听着,
国防部的宣战令。
——在那令人难忘的夜晚,
战斗的渴望,
传遍了每一根神经;
阶级的仇恨,
燃烧着每一支血管。
在这最后消灭剥削制度的

第三次世界大战中,
我们俩编在同一个班。
我们的友谊从哪里开始,
早已无从计算。
只知道她,
比山高,比路远。
在战壕里,
我们同吃一个面包,
合蘸一把盐。
低哼同一支旋律,
共盖同一条军毯。
一字字,一行行,
伟大的真理,
领袖的思想,
我们俩共同学了一遍又一遍。
红旗下,
怀着对党的忠诚,
献身的欲愿,
我们把紧握枪的手高举起,
立下钢铁誓言:
"我们愿,
愿献出自己的一切,
为了共产主义的实现!"

在冲天的火光中，
我们肩并肩，
冲锋在敌人的三百米防线，
冲锋枪向剥削者
喷吐着无产阶级复仇的子弹。
还记得吗？
我们曾经饮马顿河畔，
跨过乌克兰草原，
翻过乌拉尔的峰巅，
将克里姆林宫的红星
再次点燃。
我们沿着公社的足迹，
穿过巴黎的街巷，
踏着《国际歌》的鼓点，
驰骋在欧罗巴的
每一个城镇、乡村、港湾。
瑞士的湖光，
比萨的塔尖，
也门的晚霞，
金边的佛殿，
富士山的樱花，
哈瓦那的烤烟，
西班牙的红酒，

黑非洲的清泉,
这一切啊,
都不曾使我们留恋!
因为我们有
钢枪在手,
重任在肩。
多少个不眠的日日夜夜,
多少次浴血奋战,
就这样,
我们战无不胜的队伍,
紧跟红太阳,
一往无前。
听:
五大洲兄弟的回音,
汇聚成冲刷地球的洪流!
看:
四海奴隶们的义旗,
如星星之火正在燎原!
啊,世界一片红啊!
只剩白宫一点。

三

夜空里升起了
三颗红色信号弹,
你拍拍我的肩:
"嘿,伙计,还记得不?
在中美战场上见见我们的红心!"
——这是二十年前,
一位中央政治局委员的发言。
记得!
这是最后的斗争,
人类命运的决战
——就在今天!
军号响了,
我们的红心相通,
疾步向前……
一手是绿叶,
一手是毒箭,
这横行了整整两个世纪的黄铜鹰徽,
被投进了熊熊火焰。
金元帝国的统治者,
一座座大理石总统的雕像,
那僵硬的笑脸,

紧舔着拼花的地板。
冲啊!
攻上最后一层楼板,
占领最后一个制高点!
就在这个时候,
突然你扑在我身上,
用友谊和生命,
挡住了从角落射来的
罪恶的子弹!
你身体沉重地倒下去了,
白宫华丽的地板上,
留下你殷红的血迹斑斑。
你的眼睛微笑着,
是那样的坦然;
你的嘴角无声地蠕动着,
似乎在命令我向前!
看那摩天楼顶上,
一面夺目的红旗,
在呼拉拉地飘扬!
火一般的军旗,
照亮了你的目光灿烂!
旗一般红的鲜血,
润湿了你的笑脸。

我将你紧紧抱在怀里,
痛苦
折磨着我的心田。
空间,
消失了!
时间,
终止了!
胸中仇恨在燃烧,
耳边是雷鸣电闪。
山岗沉默了,
大海在呜咽。
秋叶缓缓落下,
九月的湿云
低沉泪眼。
亲爱的朋友啊,
为什么!
为什么在这胜利的时候,
你却永远离开我身边!

四

战火已经熄灭,
硝烟已经驱散。

太阳啊,

从来没有这样和暖;

天空啊,

从来没有这样的蓝;

孩子们脸上的笑容,

从来没有这样甜。

毛泽东的教导,

伊里奇的遗言,

马克思的预见,

就在我们这一代实现。

安息吧,

亲爱的朋友,

我明白你的未完成的心愿,

辉煌的战后建设的重任,

有我们承担;

共产主义大厦,

有我们修建。

安息吧,

亲爱的朋友,

白云蓝天为你谱新歌,

青峰顶顶为你传花环,

漫山的群花血草告诉我们,

这里有一位烈士长眠。

最后一次,
吻别你的笑脸,
最后一次,
拥抱你的身躯。
再见了,
亲爱的朋友,
共同的任务,
使我们不能停步不前。

五

山高水险,
归心似箭。
明天早霞开始的时候,
我们就要返回那久别的家园。
江洋上,
天水相连,
胸怀里,
激情未干。
我要向祖国庄严汇报:
母亲啊,你优秀的儿子,
为人类的幸福,
历史的必然,

而长眠在那大西洋的彼岸,

异国的陵园。

今天的读者无法理解这首诗。在"苍狼"的帖子后面,我看到有人回复:

是什么东西,什么想法能让这作者写出这么让人鸡皮疙瘩乱冒的东西?是什么疯狂的想法让他如此地渴望第三次世界大战?我真的想笑,但是笑不出,想哭……这东西还流行过,那是什么样的时代才流行这个?那是什么样疯狂的思想才能造就这样扭曲的灵魂?是什么想法能让他如此意淫?无知的人最可怕,因为无知者无畏。不顾惜自己的人是疯狂的,因为不顾惜自己生命的人,当然也会拿别人的命不当回事。说不好,太多了,可怕……这是真正的怪物,而盘旋在怪物上面的是永远笼罩在中国人头上的那十年的厚厚的阴霾!

这是今人的评价:"什么样疯狂的思想才能造就这样扭曲的灵魂?"

我把《献给第三次世界大战的勇士》认作"文革民间文本经典"的依据,首先是它的流传之广、影响之深。杨健先生上世纪九十年代发表《文化大革命中的地下文学》时,称其为不同于郭路生诗歌的另一类"政治幻想诗",并且是其中的"登峰造极之作"。

杨健认为这部作品"集中表现了整个红卫兵群体在

1967年至1978年期间的一种'梦境'。所有心态：迫不及待、浮躁、革命饥渴、兴奋、渴望牺牲与自我升华、期望从运动困境中解脱、纯而又纯的世界、永远年轻……都曲折地折射在这首并不复杂的长诗中。所有不同的种种愿望和解脱，都可以通过'世界革命'——国际间战争的方式达到。希望打仗，在众多青年心中往往是一种'下意识'，反映出他们对周围环境开始产生出一种焦虑、拒绝、愤怒。'献给'一诗适合了当时的'思潮'，它应运而生，并且红极一时。形式上，它吸收了贺敬之政治抒情诗的手法，韵脚绵密，琅琅上口。它的忽发奇想，它的叙事性，它的通俗风格，都注定了它会是一首走红的诗歌。它作为一个思想标本留存下来，已超过了它自身原有的文学上的意义"。

关于这首诗的影像，还可以征引"苍狼"的博客文章，这位大约与我经历相仿的汉子说：这是一首影响了自己和自己那一代人的诗歌。第一次见到这首充满着革命浪漫主义诗歌的时候，自己还是一个轻狂少年，我清楚地记得那是一个手抄本，在我们一群泥猴子般的家伙手中传阅一遍后，已经是面目全非了，但就一次，它就像海洛因一样注射进了自己的肌体，那种英雄主义情结已经不可救药地融化在自己的血液中。从那时我们就渴望着：在战壕里/我们同吃一个面包/合蘸一把盐/低哼同一支旋律/共盖同一条军毯……毛泽东的教导/伊里奇的遗言/马克思的预见/就在我们这一代实现……

尽管"苍狼"把这诗比作"海洛因",认为"长诗的字里行间,闪耀着沙文主义的理想光芒",但是他仍认为本诗"大气灿烂,透着一种中国人曾经的豪气和一种现在已消失殆尽的狂热。铁肩担道义,天下为己任的激情在自己饥肠辘辘的肚子里,瘦骨嶙峋的胸腔里奔涌。我们如饥似渴地盼望着战争最好就在明天清晨打响。理想啊,就像绑在自己背上的一块排骨,虽然吃不到,但那余香却总在鼻子四周萦绕。多少年来,那些灼热的字眼总不时在自己灵魂的深处咀嚼着自己僵化、麻木的神经"。

"第三次世界大战——这是一场我们期待的、到现在仍没有打响的战争。战争——人类文明世界的粉碎机,竟然给了我们想象的激情,渴望的动力,浪漫的遐想……"

青涩时候的我也是喜欢这首诗的。不好意思,1979年参加南疆作战以后,我在《国防战士》报上发表过一首诗,多少"抄袭"过这里的意境。如今再读我的"抄袭"和它的母本,其中的激情和浪漫依然让人怦然心动。我想,这正是"献给"的艺术感染力所在,也是它成为"文革"特定时代民间文学标本的价值所在。

然而以今日的历史认知看过去的文本,自然有些东西幼稚得可怕,也疯狂得可怕。在这首诗中传递着的那种歌颂战争、渴望战争,尤其是渴望以战争的方式实现"伟大"的政治理想的情绪,是本诗最被苛责之处。然而,这正是那个时代的主流意识形态和标准国际视野。所谓"世界上三分之二的人民在水深火热之中""解放全人类""埋葬帝修反"之类言说,不正是"献给第三次世界大战的勇士"之艺术想象的逻辑和理论起点?作者不过是把这个价值体系艺术化了,并因而走红。

另一方面,作为"文革"初期创作的诗歌,它超越大多数关注"内斗"和"私情"的同代"文学",以超拔的想象力描写了一场国际战争,并在其间细腻地描绘了异国景色以及战友之情,这是本诗在艺术上的最大特色和感染力所在。

写幻想中的世界大战是个异数,写政治抒情诗却是一时之尚。当今的诗坛上,政治抒情诗的一角是塌陷的,没有办法,价值系统是混乱的,诗人的激情与真诚兑在功利的酒水里,泛起的多是泡沫。

在关注当代中国政治抒情诗流变的时候,我的立场也时常游移。一面,我知道不少曾经令人动容的诗歌是那个时代意念的分行折射,它们张扬着中国政治风云的韵脚,曾经感人,但迅即掠过;另一面,一个民族的吟哦中怎么能没有那些深厚、高亢、激昂的黄钟大吕的一脉呢?怎么能没有《西去列车的窗口》(贺敬之)、《雷锋之歌》(贺敬之)、《理想之歌》(高红十等)、《一月的哀思——献给敬爱的周总理》(李瑛)?但是,当今天的伦理和价值板块愈益分裂、断纹深厚的时候,那种让人荡气回肠的大气和感动便绝迹了。

诗人

各种信息都表明,《献给第三次世界大战的勇士》是那位创作者遗世的最著名诗作,他为上世纪六十年代中国诗歌留下一道黑色闪电,而后成为空谷绝唱,再没有一句诗行。

这真是一种遗憾。不然,我们也许会多一个郭路生(食指),多一个杨炼或顾城的吧?

这首诗在五十年前是没有署名的,这多少显得有些神秘。而且在相当长的时间里,本诗的作者好像是个谜团。

杨健上世纪九十年代初期发表《文化大革命中的地下文学》时,曾注明"作者:佚名";不过后来他在《中国知青文学史》(中国工人出版社2002年)第二卷第四章后面有一个编号42的脚注,说明"臧平分(1947–1998),男,1966年北京一零一中学高中毕业,1978年考入北京经济学院,后为经济日报社记者"。这个脚注的内容同样见《中国知青诗抄》(中国文学出版社,1998年版)。

关于诗歌作者为臧平分一说,肯定是源于与一零一中有关的一个"老红卫兵"的圈子,还在杨健著作认为"佚名"的时候,我就分别从著名记者胡舒立和胡健女士处听说,而且几乎是不容置疑的。

不过此说是有异议的。

还是在网上的"苍狼"那里,有署名"逝者的红后代,部队战友,兼幼儿园、小学的玩伴"留言说:"作者为沈阳军区的子弟,沈阳红后代宣传部长,1968年入伍。因在部队看到的与理想差距甚远,于1968年深秋在营区后山自杀。1969年入伍的在沈阳军区的北京兵中对此诗相当推崇,故尔传抄,被误认为是北京兵的作品。而臧氏据为己有实是可耻。1970年我同很多北京的男女兵讲过作者为人及在入伍前写的这充满理想主义的诗作。这么多年一直不知道被盗版了。"尽管这位"逝者的红后代"的署名显然不通,却是关于此诗作者的另一个言之凿凿的说法。

后来这讨论还有些微的进展。因为我跟了条:"臧平分——北京一零一中高中,老红卫兵。八十年代以后在《经济日报》工作,编辑副刊。在编辑部为人低调,除了少数知根知底的人,很少有人能把此诗与他联系起来。前两年因心脏病突发病故。"大概还是那位"幼儿园小学的玩伴",继续说:"一零一中的能接触到这诗的人很多。1969年沈阳军区后勤汽车六团就是接的二十六中及一零一中的兵。"

可以肯定的是,被今人视作"怪物"的诗人已经作古。

我于当代文献的搜求有些执拗,还有些不死心。又搜到了臧平分的部队战友李志勤的一篇文章,文中说:"战友臧平分(1947.9.25–1998.1.2)离开我们已经十一年。新年将至,我将珍藏多年的平分在1971年1月3日写就的一首诗呈献给战友们,以示怀念。"这是可以作为研究二十四岁的臧平分诗歌水准的一个文本。

迎新

谁说高不过山岭,
深不过海洋?
你可知道战士的心,
高过千重大山,
深过万顷波浪。
每当霜花化作黎明的水珠,
朝霞烧红山岗,
哨兵啊,
总是第一个迎接太阳。
当你看到哨兵警觉的眼睛,
你可知道,
他胸中翻滚的热浪?
……

裁一段早霞,
揪一缕晨光,
编一条彩绸哟,
伸手甩到天上。
绸带化作金色的虹桥,
一头连着北京,
一头就在咱战士的心上。

虹桥啊,
闪着夺目的瑞气霞光,
红色像烈焰奔吐的火把,
日夜闪烁真理的光芒。
世界上千万支火炬,
组成了这燃烧的红光。

中南海,
那亿万人仰望的灯啊,
饱含着领袖的思想。
哨兵的油灯,
村舍的电花,
亮如白昼的工厂。
不灭的橙色,
都凝在,
这横跨天际的桥上。
绿色的,
像茁壮的麦苗,
黄色是,
丰收的稻浪,
青色的山村,
蓝色的海洋,
……

祖国千千万万个生活的缩影,
才组成了这云桥数行。
我真想啊,
真想沿着
这晶莹的桥面走到北京,
去看看我们的统帅
……党。

主席的窗口一定还在闪亮,
他还在工作,
在写啊在想。
在他们身边,
围绕着总理,
……许许多多的中央首长。
改天换地的战斗,
从这里开始,
世界的未来,
在这里
露出她的模样。
是这中南海的灯啊,
唤醒了鸡啼,
催来了曙光。
叫我看一眼吧,

哪怕只是一眼,

我也能把这亿万吨幸福

深深地饱尝。

这短暂的一刻,

就像刀雕石刻,

永远留在心上。

……

不要责怪我,

想得离奇,

不要笑我,

这太高的愿望。

我和千千万万个战士一样啊,

对那幸福的时刻,

日夜盼望!

显然,这是一首有作者手本依据的臧平分作品,写作时间也很清楚。按杨健所说,"《献给第三次世界大战的勇士》至少在1969年秋,就已经从北京传出,开始在全国各地流传",我则可以肯定是在1971年夏秋之际在云南读到的,那么,《迎新》的创作肯定在"献给"之后。按说同一作者的作品,必然有情怀及语言运用上的共通之处;在艺术水准上,也该有渐趋成熟的痕迹。这就为我们判断作者提供了依据。

仅就这两首诗比较,在形式上,它们都是当年流行的短句分行的"贺敬之体",而且同是那个时代人的情怀(不好意思,当年我也写过不少此类"诗"),但在胸襟意趣、想象力的发散、文字的纯熟之类,后者均与前者不类。

真真令人遗憾的是,无论是臧平分,还是那位"沈阳红后代宣传部长"都已作古,除非有更切近的人对具体的创作过程进行介绍,或以传抄文本的地点、年代举证,不然这个关于"文革民间文本经典"的著作权的事还真有些麻烦了。

态度

我对这件文本及其作者的追究是被朋友诟病的。

比如有署名"老刀"的朋友留言说:"浪太自恋,把这种邪恶的东西拿来给我们当作一种审美的体验,摇头……至少应该有更多对今天历史认知的把握,才不会只是简单地邀请我们回到并再次接受四十年前荒凉而又凶暴的语境。从未被剥削过的知识青年对剥削阶级的仇恨,和从未经历过战争的知识青年对战争的渴望,没有多么难以理解。浪是打过仗的,更应该能鄙视这种虚弱的狂热。"

我对老刀说:"这一刀剁得比较深!谢谢批评!不过我主要是从文献意义上关注这首诗的。"

确实需要补充一点。

我对地图乃至那些散落民间的旧文本的关注,属于对历史细节的追究。今天我们读中国当代史,"文革"是必须要认真对待的。

在对"文革"的反思和研究中,其间一些引起广泛回响的文本值得认真解读,不然你就无法理解为什么几亿人会一下子失去正常理智,集体疯狂。一种意识形态是怎样植根到普通人心里的,读那个时候诗人的作品,尤其是在当时引起某种真诚共鸣的作品,是解读彼时民间思潮和氛围的钥匙之一。

尽管自己曾经沉溺于这首诗的意境,但我并不想邀请读者"回到并再次接受四十年前荒凉而又凶暴的语境",我觉得今天的读者应当知道上一代人居然有过这样的幻想和期望,在许多有关历史的文本被有意无意遗忘的时候,我们有义务提请人们注意它。我也不愿简单地"鄙视这种虚弱的狂热",而是希望今天的人们警惕其中的社会成因。

解读作品,当然要研究作者。

无论臧平分还是"沈阳红后代宣传部长",他们或是因"心脏病突发",或是"因在部队看到的与理想差距甚远……在营区后山自杀",一个红卫兵诗人之死,都是耐人寻味的。所以我多年来一直执著于搞明白这首诗的作者究竟是谁。

疑问

我一直关注着"红后代"先生对"沈阳红后代宣传部长"的进一步介绍,甚至在文本比对的意义上倾向于认为"在胸襟意趣,想象力的发散,文字的纯熟之类,后者(指臧平分1971年的诗《迎新》)均与前者(指"献给"一诗)不类",可惜此后再没见到有关的信息。

倒是臧平分的部队战友李志勤不断提供了一些新的文本。他在自己的博客上有题为《关于臧平分》的文章。征引如下——

臧平分的《献给游击队的烈士》一诗,当年流传甚广,是我们没有想到的。"新兵信多,老兵病多",是军中流行语,每次接到信,总有厚厚一叠。留校同学的情况,社会传闻,苦闷的心情,不吐不快。但最多的,还是诗文往来。在寂寞单调的军营生活中,是我们小资情调的一大排遣。

现在看这首"献给",多么幼稚可笑,但我们二十年来,就是这样被教育出来的,正所谓:"我们学到的第一句话,是'毛主席万岁',我们学唱的第一首歌是《东方红》。"对于新中国成立以后懂事的我们,领袖崇拜是融化到血液里的。1966年以前的每年12月26日,军乐队的每个号手都要在天还蒙蒙亮时,爬起来到大操场顶着寒风对着东方吹奏《东方红》。

但事情还有另一个方面,随着"文革"的发展,一批一批的老干部被打倒,各行各业都越来越陷入混乱,我们的心中充满彷徨。前途是什么?未来会怎样?当兵是最好的出路了。臧平分是近视眼,体检时是靠背视力表蒙混过关的。分配到连队后,当操纵员看不清荧光屏,几个月后被转分配到团部修理所。事情的另一面就是,年轻人开始怀疑了。臧平分在新兵连时就曾把"早请示、晚汇报"称为祈祷和忏悔,口中喃喃有词:"毛主席啊,我今天干了什么错事了,您老人家原谅吧!"吓得我们直嘘他,这可是不忠啊!

厄运逃不掉,一年多后,臧平分把自己的日记寄给在外地的同学,邮件破损,被人看后告发,内中有对江青大不敬之言辞,回报给雷达八团。这下不得了,本来快要入党的臧,被集中办了几个月的学习班,提前处理复员。

"八·一八"时我们曾被毛主席接见、照相、拍电影,我们曾经是"天之骄子",我们曾背负着解放全人类的责任!从峰顶到谷底,一跤跌下来,内心之苦何人知!祸不单行,此时又撞上初恋情人离去。能够解脱出来,靠的是钢铁般坚强的神经,靠的是朋友温暖的心,靠的是时间老人的手。

"四人帮"倒台后,部队曾派专人找臧平分平反、安慰,他笑称:"你们还欠我一张党票!"平分回京后,先在地铁修理厂工作,七八年考大学,毕业后到《经济日报》当了记者。业余最大的兴趣是打桥牌，1998年1月与好友打牌时心脏病发作去世。

过了花甲之年，再来看这首"献给"，可以反思的东西实在是太多了。

关于诗人臧平分，这里透露的一些基本情况是：臧作为红卫兵，在1966年8月18日曾被毛主席在天安门上接见，他应该是1968年入伍在空军雷达八团，以后在部队因为政治性问题境遇不佳，被提前复员，回北京以后进了工厂，1978年上大学，毕业以后进入《经济日报》，这以后的事作为同行的我多少知道，他在《经济日报》负责文化版面多年，直至去世。

要感谢李志勤先生的是，他还在网上公开了臧平分当年在部队时寄给他的一批诗稿，由此，我们对诗人有了更多的了解。这批诗歌有一组诗《过去的故事》，共五首（《序》《初征》《见主席》《新疆行》《盼望》），另有《印传单》《扫墓》《赠刀》《白桦》《海》《长城》《心》《灯光》《南去的列车》《信》《责备》《如果》《最后的话》《我曾有过一个朋友》等十四首，大体上写于1970年前后。我估计李志勤与臧平分是同学兼诗友，当时李先生在驻福建空军部队，而臧似乎是在北方的部队，因为他的诗《白桦》里出现了"免渡河"这个很冷僻的地名。免渡河在内蒙古自治区东北部，大兴安岭南麓，嫩江流域以西，呼伦贝尔草原以东，北与额尔古纳河接壤，处于呼伦贝尔腹地的牙克石境内。他的诗歌中出现的"白桦""白杨""蒙古小刀""长城"之类物象，与这一地域大体吻合。

这段时间应该是臧平分创作的高峰期，其题材涉及红卫兵生活，《初征》的背景大约与一零一中学"文革"早期的红卫兵兴起，尤其是"六月不眠的夜/七月狂欢的眼/八·一的欢聚/七·二九布满泪水的笑脸"；《见主席》是"八·一八"接见情景的回忆；《新疆行》里面有对串联时在新疆境遇的描述，如"大辩论啊/乌市轰动/散传单哟/竟遭围攻/石河子哎/深夜解围"等等。如果把《盼望》理解为红卫兵们要奔赴各地去串联，"发动革命"前的告别，怕是不会大错的，而且，这还是一段初恋的萌发——"她在什么地方？/我看着晚风/晚风推着白杨"。这组题为《过去的故事》实说红卫兵岁月，暗写这段失却的恋情，所以是"过去的故事"，要表达"我曾有过一个朋友/就像刀子一样刻在心头/即使我含笑地死去/她也不会离开我的胸口"。

在臧平分的这些诗里，一种高调的理想主义浪漫激情和一段缠绵却失去的爱恋，是两个基本线索。前者如《印传单》《扫墓》《赠刀》《海》《长城》；后者如《白桦》《心》《灯光》《信》《责备》《如果》《最后的话》《我曾有过一个朋友》。比较起来，我还是喜欢后面这组，初恋时候的《心》《灯光》，和失恋后的《如果》

《我曾有过一个朋友》。"用什么/把这层薄纱捅破/让两颗火热的心更好地结合/没想到啊/没想到的是/这粗鲁的动作/像小河/漫过春天的堤岸"读来令人会心；而"既然没有了未来/过去/也应淡漠/作为过去的朋友/最后一次/向你祝贺"那样酸涩的失恋倒也清纯。

二十岁的诗人，诗句里可以多少看出贺敬之的痕迹，如"西去的列车/寒冷而不平静/含笑的灯光/瞧着散乱的人影"，暗应"在九曲黄河的上游/在西去列车的窗口"。或许也有郭路生（食指）《这是四点零八分的北京》的影响，如"别忘了/告别的夜晚/别忘了/二月十四日的北京"。不过总体来讲，他的诗风深受当年政治抒情诗的影响，音韵铿锵，适于朗诵，意境宏阔，不免空泛。这类诗歌，在那个年代，实在也是一种"文学潮流"，如果有机会展开来"研究"的话，可以从《金训华之歌》《张勇之歌》《理想之歌》一脉看到清晰的源流。

不过，我的问题还纠结在，臧平分是否就是《献给第三次世界大战的勇士》的作者？

李志勤写信对我说："至于'献给'怎样保证是臧的，我只能说我是六八年在信中收到的，复员后（1973年）转抄到一个本上。也许，你看了组诗，也不会有疑问了。"我还在打破砂锅问到底："还想问一句，六八年在什么情况下收到臧给你的'献给'呢？我很关心细节。这首诗是'文革'文学的重要代表作品，我很想就它的作者问题搞出点眉目。"

实在说,读了臧平分的这十九首诗以后,我的这个疑问更重了。尽管臧诗与"献给"在诗歌的形式、音乐感和红卫兵身份上有诸多类似,但是我更感觉到两者"在胸襟意趣,想象力的发散,文字的纯熟之类,后者均与前者不类"。

"献给"是一首技法相对成熟的叙事诗,有完整的"故事",抒情是在故事中完成的;臧诗是完全的抒情,在抒情中叙事。这是诗歌风格中可以明显看到的。

"献给"视野张扬,不但没有局限于国内的"革命",而且有具象的对"国际"的想象,如"我们曾经饮马顿河畔/跨过乌克兰草原/翻过乌拉尔的峰巅/将克里姆林宫的红星再次点燃/我们沿着公社的足迹/穿过巴黎的街巷/踏着国际歌的鼓点/驰骋在欧罗巴的每一个城镇、乡村、港湾/瑞士的湖光/比萨的塔尖/也门的晚霞/金边的佛殿/富士山的樱花/哈瓦那的烤烟/西班牙的红酒/黑非洲的清泉/都不能使我们留恋",这类绮丽意象之不同于"湘江""长城""山脉""草原"也是明显的。

"献给"中的个人情感是两个男人之间的。能把男人之间的情感写到动人,我相信他如果写与异性之恋,还会有非常之语。

关于诗人的"文革"经历,这该是我们判断作者的一个重要角度。如果亲身经历了"八·一八"接见,1968年写下"献给"的作者是不该回避的,但有关"文革",他只写到"公园里一块儿打游击(这该是儿时经历)/井冈山一块儿大串连"这半句,而"嘿,伙计/还记得不/在中美战场上见见我们的红心!/——这是二十年前/一位中央政治局委员的发言",则完全是杜撰的言论。我想,如果是一零一中学老红卫兵的臧平分写到这里,是会有更细致的个人经历和与"中央文革"的过从可以描写。

对于死亡的态度,是我辨析诗人"精神指纹"的根据。为一个崇高目标的实现可以不惜自己的生命,这是一种缘于战争的生命价值观。逻辑上同向推导,为了同样的目标,他人的生命也是可以消灭的,最后就导致一个逻辑:为了某一理念,可以不惜牺牲自我和他人的生命。在这里,"崇高目标"中人的生命意义被抽却了。历史证明,这正是所有世间暴虐行为的精神依据,也是"文革"暴力的依据。可以说"献给"一诗整体上不脱对死亡的歌颂,它以细致的笔触描写了一个"战友"死亡的全过程以及"我"的怀思。如果代入作者1968年因为"看到现实与理想的冲突"因而自杀,则这首诗几乎可以视为作者的精神指纹。有趣的是,臧平分的诗歌中,几次涉及死亡的语句,却是缘于失恋的,他似乎很苦恼于初恋的情人,反复吟咏着"就像刀子一样刻在心头/即使我含笑地死去/她也不会离开我的胸口/如今/她已经死了/我把深深的怀念/托给东去的溪流"。臧诗中的死亡意象是个体的、无奈的、缘于爱情的泯灭;作为对诗人"精神指纹"的辨析,这与"献给"中对死亡的歌颂是不一样的。

当然,还有一个时间的先后问题。如果臧平分确是在1968年把"献给"的抄件寄到福建,作为一个诗歌青年,他当受"献给"的影响。而一个在1968年以前就能接触"献给"这样诗歌的诗人,经过后面的历练和煎熬,两年后应当有更加丰厚、独特的诗作。诗歌的轨迹如同人生的轨迹,因为本质上诗歌是诗人思想的成果。当思想不能用诗句来盛装的时候,诗人就停笔了。类比,这正是我们在郭路生诗歌创作轨迹中看到的。

就是说,在文本比对的意义上,我质疑臧平分对"献给"一诗的著作权;但是在没有"沈阳红后代宣传部长"的确凿材料之前,他的著作权也无法最终证明。

2009年7月,我在博客上发表了上述对臧平分"著作权"质疑的文字之后,又有一位读者给我留言,他说:"我曾是一零一中学的学生。事实是,臧平分没有上天安门接受接见,也没有吹过这些。他只是在广场,与大家一起接受接见。那首'献给'的确是臧平分写的。我们后来一起打桥牌,在一本《文革地下诗歌》出版的时候,他还为标的是'佚名'而不满。臧平分不是虚荣之人,后来也不再写诗,也从不吹嘘。我们比较密切的同学都见过他的'献给'草稿。"

最后这句话很重要。这是第一次有人表示见过"献给"的"手稿",这就使著作权的天平实实在在地又向臧平分倾斜了。

无论如何,当年的红卫兵诗人都已离世。他们给我们留下了这些非常文本,足以使我们咀嚼那个非常的时代,看年轻的激情何以张扬,看一代人的心路如何迢递。当然,我还期待着看到切实的证据,说明《献给第三次世界大战的勇士》的作者。难道五十年就能抹去一个真实存在过的人的痕迹吗?"文革",那个真实存在过的集体疯狂,就真的这么被忘记了吗?

我们把书做好　等待您来发现

读库微信　　读库天猫店　　读库微博：@读库
　　　　　　　　　　　　读库官网：www.duku.cn
　　　　　　　　　　　　投稿邮箱：666@duku.cn
　　　　　　　　　　　　客服邮箱：315@duku.cn

图书在版编目(CIP)数据

读库. 2004 / 张立宪编. -- 北京：新星出版社, 2020.9（2021.3重印）
ISBN 978-7-5133-4104-2

Ⅰ.①读… Ⅱ.①张… Ⅲ.①中国文学－当代文学－作品综合集
Ⅳ.①I217.61

中国版本图书馆CIP数据核字(2020)第147468号

读库2004

主　　编：张立宪
责任编辑：汪　欣
责任印制：韦　舰

出版发行：新星出版社
出 版 人：马汝军
社　　址：北京市西城区车公庄大街丙3号楼　100044
网　　址：www.newstarpress.com
电　　话：010-88310888
传　　真：010-65270449
法律顾问：北京市岳成律师事务所
经销电话：010-57268861
官方网站：www.duku.cn
邮购地址：北京市海淀区万寿路邮局67号信箱　100036
印　　刷：北京雅昌艺术印刷有限公司
开　　本：770mm×1092mm　1/32
印　　张：11
字　　数：220千字
版　　次：2020年9月第一版　2021年3月第三次印刷
书　　号：ISBN 978-7-5133-4104-2
定　　价：42.00元

版权专有，侵权必究；如有质量问题，请与读库联系调换。客服邮箱：315@dukucn